가출

WEIT ÜBER DAS LAND
by Peter Stamm

Copyright ⓒ Peter Stamm, 2016
Korean Translation Copyright ⓒ MUNHAKDONGNE Publishing Corp., 2018

This Korean edition was published by arrangement with Liepman AG, Literary
Agency, Zürich through Bestun Korea Literary Agency Co., Seoul
All rights reserved.

이 책의 한국어판 저작권은 베스툰코리아 출판에이전시를 통해
저작권자와 독점 계약한 (주)문학동네에 있습니다.
저작권법에 의해 한국 내에서 보호를 받는 저작물이므로
무단 전재 및 무단 복제를 금합니다.

이 도서의 국립중앙도서관 출판예정도서목록(CIP)은
서지정보유통지원시스템 홈페이지(http://seoji.nl.go.kr)와
국가자료공동목록시스템(http://www.nl.go.kr/kolisnet)에서 이용하실 수 있습니다.
(CIP제어번호: CIP2018035895)

Weit über das Land

페터 슈탐 장편소설 | 임호일 옮김

가출

어 느 날 , 집 을 떠 났 다

문학동네

일러두기

주석은 모두 옮긴이주다.

헤어지는 것은, 남아 있는 것이다.

_ 마르쿠스 베르너, 『쥔델의 실종』

자우메 발코르바 플라나[*]를 위하여

* Jaume Vallcorba Plana(1949~2014), 카탈루냐 태생의 스페인 문헌학자이자 출판인.

차례

이웃집 땅과 경계를 이루며 우거진 울타리 관목들이 낮 동안에는 거의 눈길을 끌지 않았다. 하지만 해가 지면서 그림자가 길어지면, 초록 일색으로 이어진 울타리는 타넘어가기가 점점 더 어려워지는 담장으로 쑥쑥 자라는 것처럼 보였다. 마침내 정원에서 마지막 빛이 사라지고, 정방형 잔디밭에 온통 어둠이 드리우면 이곳은 더이상 탈출이 불가능한 중세의 지하감옥이 되어버렸다. 그러고 나면 팔월 중순에 이른 이즈음의 대기는 금세 서늘해졌다. 햇빛이 비치는 동안은 땅속으로 물러나 있던 한기와 습기가 이제 땅 위로 뿜어나오는 것 같았다. 한

기와 습기는 아주 사라진 적이 없었다.

　토마스와 아스트리트는 아이들을 침실에 데려다준 후 각자 와인잔을 들고 집 앞뜰 나무벤치에 앉아 일요신문을 나누어 읽었다. 잠시 후 열려 있던 창문으로 콘라트가 울먹이는 소리가 들려왔고, 아스트리트는 한숨을 쉬며 신문을 벤치에 내려놓고 와인잔을 비운 다음 아무 말 없이 집으로 들어가 다시 나오지 않았다. 토마스는 그녀가 콘라트를 달래느라 웅얼거리는 소리를 들었고, 잠시 후 거실 불이 켜지는 것을 보았다. 그런 다음 창문이 닫히고, 이어서 창문을 아주 잠그는 소리가 들렸다. 그것은 그날과 주말을 그리고 휴가를 마감하는 소리였다. 거실 불이 다시 꺼졌다. 토마스는 아스트리트가 현관 바닥에 쭈그려앉아 그들이 오후 늦게 돌아오면서 현관에 부려둔 커다란 가방 속 물건들을 정리하기 위해 꺼내는 중일 거라고 생각했다. 집을 비워둔 동안 틀림없이 이곳도 무더웠던 것 같다. 집안이 후덥지근했다. 마치 강한 압력이라도 가해진 것처럼 실내 공기가 탁하고 밀도도 높았다. 토마스는 옆집 사람들이 거실 탁자에 들여다놓아준 우편물들을 대충 훑어보았다. 아스트리트는 우편물에는 눈길을 주지 않은 채 그의 바로 뒤에 서 있었다. 그는 그녀가 뒤에서 자기를 지켜보는 걸 느꼈다. 중요한 우편물은 없다고 말하며 그는 탁자 쪽 의자에 가서 앉았다. 아스트리트는 창문을 열고 거실을 나가면서 저녁 준비를 해야겠다고 말했다. 그들은 주유소 편의점에서 빵과 우유 그리고 치즈와 혼합 샐러드 한 봉지 등 먹을거리를 몇 가지 사온 길이었다. 아이들은 위층에 가고 없었다. 토마스는 위층에서 아이들이 무언가 때문에 다투는 소리를 들었다. 저녁식사 후 그와 아스트리트가 아이들을 침실로 데려다주었는데, 콘라트는 거의 잠결에 이를 닦았고, 평소와 달리 엘라는 책을 더 읽어도 되느냐고 묻지도 않았다.

토마스는 아스트리트가 깨끗한 옷가지와 더러워진 옷가지 두 더미로 분류하고 있을 거라고 생각했다. 더러워진 옷가지들은 지하실에 있는 세탁실로 가져갔고, 깨끗한 옷가지는 부부 침실의 옷장에 차곡차곡 쌓아두었다. 아이들 옷은 다음날 아침에 위층으로 가져가기 위해 가지런히 개어 계단에 놓았다. 그녀는 잠시 계단 초입에 멈춰 서서 위층에서 나지막하게 들려오는 소리를 들었다. 아이들이 새로 세탁해 깨끗해진 잠자리에 누워 이리 저리 뒤척이는 소리였다. 아이들은 이런저런 생각을 하는 중이거나, 아니면 아직도 해변에 있거나 벌써 학교에 가 있는 꿈을 꾸고 있는 듯했다.

아스트리트와 토마스 부부의 침실 불이 켜졌다. 덧창들로부터 새어나오는 빛이, 땅거미가 지면서 이미 모든 색채를 잃어버린 잔디 위로 가로무늬를 드리웠다. 아스트리트는 샤워를 하고 나서 다시 현관으로 갔다. 여행가방에서 남은 빨랫감을 가져오기 위해서였다. 그녀는 예의 그 표정 없는 시선으로 거울을 들여다보았다. 그녀는 이따금 그런 눈으로 토마스를 바라보기도 했다. 그럴 때면 토마스는 무슨 생각을 하느냐고 물었지만 매번 별생각 하지 않는다는 대답이 돌아왔다. 그렇게 세월이 흐르면서 그는 그녀의 말을 믿기 시작했고, 더이상 그녀에게 무슨 생각을 하느냐고 묻지 않았다.

토마스는 신문을 묶어서 벤치 위에 놓았다. 그는 와인 잔을 들고 마시려다 잠시 망설이며 이리저리 흔들었다. 그러더니 마시지 않은 채 그대로 아스트리트의 빈 잔 옆에 자기 잔을 놓았다. 그것은 생각이라기보다는 심상心想

이었다. 아침햇살 속의 쓸쓸한 벤치, 그 위에 놓인 이슬 젖은 신문, 와인잔 두 개, 절반이 차 있고 그 속에서 익사한 초파리 두서너 마리. 두 잔을 투과한 햇빛이 연회색으로 퇴색한 나무벤치에 붉은 반점을 투영시키고 있었다. 집에서 나온 두 아이가 여기저기 무리를 이루어 유치원과 학교로 가는 다른 아이들의 대열에 합류했다. 잠시 후 토마스는 출근하기 위해 집을 나섰다. 그는 이웃 할머니에게 인사를 건넸다. 할머니의 이름을 한번 들어서 알고 있었는데 다시 잊고 말았다. 그는 그 할머니가 거의 매일 아침 개를 데리고 있는 걸 보았다. 그 나이에도 불구하고 할머니의 걸음걸이는 활기차 보이고, 인사에 대답하는 목소리도 크고 또렷하게 들렸다. 그녀의 모든 것이 정상이고, 모든 것이 그렇게 계속되기라도 할 것처럼. 그가 오후에 집에 돌아온다면, 신문과 와인잔은 이미 치워져 있을 것이다.

토마스는 일어나서 집을 따라 측면으로 이어진 좁다란 자갈길로 들어섰다. 집 모퉁이에 다다라서는 잠시 망설이더니 야릇한 미소를 지으며 정원 문 쪽으로 방향을 틀었다. 그는 이 미소를 느끼기 전에 알아차렸다. 대문을 열면서는 소리가 나지 않게 문짝을 살짝 들어올렸다. 어릴 적 축제에 갔다가 늦게 집으로 돌아올 때면 잠든 부모님을 깨우지 않기 위해 그랬던 것처럼. 그는 완전히 맨정신이었음에도, 자신이 술에 취한 사람처럼 걷는 것 같다고 느꼈다. 천천히, 걸음을 옮길 때마다 땅을 살피며 걸었다. 그는 이웃집들을 지나 도로를 따라갔다. 멀어져갈수록 이웃집들이 점점 더 낯설게 느껴졌다. 창문여러 군데 불이 켜져 있었다. 아직 열시가 안 된 시간이었는데도 공원이나 거리에는 사람이 없었다. 그가 지나쳐온 가로등이 그의 앞쪽으로 그림자의 키를 점점 더 길게 늘여놓았다. 하지만 다음 가로등이 그림자를 삼키더니 그의 뒤쪽으로 새로운 그림자를 토해냈다. 그림자는 점점 짧아져가다가 그를 추월하는 순간 다시 점점 길어지면서 그의 앞을 부지런히 달렸다. 그림자는 그에게 바통을 넘겨줄, 형체를 알 수 없는 유령 계주자 같았다. 그렇게 한 구역을 지나 우회도로로 접어들자 상업지구가 마을 앞쪽 평지에 길게 늘어서 있었다.

제법 큰 재활용공장의 출입문이 열려 있고, 문안에서 단조로운 기계음이 쏟아져나왔다. 토마스는 가급적 사람들의 눈에 띄지 않으려는 듯, 허리를 숙였다. 옛 산업 수로에 도달해서야 처음으로 몸을 돌려 뒤를 돌아보았다. 아무도 보이지 않고 재활용공장의 기계음만 나직하게 들려왔다.

길은 일정 구간 수로를 따라 뻗어나가다 좁은 다리로 이어졌다. 토마스는 이제 걸음을 빨리했다. 마치 마을이라는 중력지대를 벗어나 무중력지대로 들어선 것처럼, 밤의 미탐험지대 속으로 곧장 내달았다. 길 양쪽 가장자리에 펼쳐진 잔디밭은 말사육장으로, 담장이 높게 둘러쳐져 있었다. 잔디밭의 한쪽 끄트머리에 말 몇 마리가 서로 바짝 달라붙어 있었는데, 마치 머리가 여럿 달린 괴물의 형체처럼 어둠 속으로 사라져갔다. 농장 건물들은 불이 꺼져 있었다. 토마스는 건물들 바로 앞에까지 다가가 멈춰 서서 귀를 기울여보았다. 아이들이 더 어렸을 적에 아스트리트와 그는 아이들을 데리고 자주 이곳을 지나 산책을 하곤 했다. 하지만 농장 주인에게 개가 있었는지 이제는 기억이 나지 않았다. 그는 빠른 걸음으로 건물을 지나갔다. 여전히 소리 같은 건 들리지 않았다. 다만 갑자기 할로겐등이 켜지면서 건물 앞뜰과 거리

일부가 환해졌다. 하지만 그뿐이었다.

숲 가장자리에 도착하자 토마스는 안심이 됐다. 달은 보이지 않았다. 숲속은 자갈길만이 희미하게 모습을 드러내고 있었다. 텅 빈 밤이 그를 앞으로 끌어당기는 것 같았다. 길은 계속해서 제방을 따라 뻗어나가다 제방을 가로질러 건너편의 좁고 길쭉한 숲 가장자리로 이어졌다. 그곳은 조금 더 밝았다. 멀리서 자동차 소리가 들려왔고, 기차 소리도 한 번 들렸다. 토마스는 시계를 한참 들여다본 끝에 간신히 시간을 확인했다. 열시 삼십분이었다. 기차는 정확했다. 그는 잠시 생각에 잠겨, 환하게 불을 밝힌 역으로 짧은 열차 대열이 들어서고 몇 안 되는 승객이 기차에서 내려 지하도를 통과해 자전거 거치대로 가서 자물쇠를 풀고 각자 저마다의 행선지로 사라지는 장면을 상상해본다.

걸음을 멈춘 지금 비로소 토마스는 숲속이 얼마나 조용한지 깨달았다. 아마도 그 때문에 그는 혼자 있지 않다는 느낌을 받은 것 같았다. 마치 어둠 속에 무언가 매복하고 있는 느낌이었다. 사람도 아니고 짐승도 아닌, 일종의 보편적 생명체가 숲 전체를 품고 있는 것 같았다.

그는 길이 끝나는 지점까지 계속해서 걸었다. 그 지점부터 산업수로가 강으로 흘러드는 뾰족한 모서리 지역까지는 백 미터가 채 안 되는 거리였다. 토마스는 초원을 가로질러, 어린 시절 저녁이면 아이들과 모여 불장난을 하던 곳으로 갔다. 강보다 산업수로에 유량이 더 많은 것 같았다. 수로와 강이 맞닿는 구역의 강바닥에는 물이 거의 말라 있었다. 그럼에도 강을 건너기가 쉽지는 않아 보였다. 토마스는 댐을 견고하게 하기 위해 설치된 직방형의 거친 석재 위에 앉았다. 강바닥에서 퀴퀴한 냄새가 올라오고 있었다. 그는 담뱃갑을 꺼내 손가락으로 더듬어 헤아려보았다. 열한 개비였다. 그는 한 개비에 불을 붙이고 하늘을 올려다보았다. 하늘은 이제 완전히 어둠에 잠겼다. 구름 한 점 없는데도 별은 그리 많아 보이지 않았다. 그는 바지 주머니의 소지품들을 살펴봤다. 초소형 손전등이 달린 열쇠꾸러미와 작은 칼, 치실, 라이터 그리고 손수건이 들어 있었다. 손전등으로 비춰가며 돈을 세어보니 삼백 프랑 남짓했다. 한기가 느껴졌다. 불을 피워볼까, 하고 잠시 생각에 잠겼으나 그는 곧 수로를 건너 작은 도보용 다리까지 되돌아간 후 계곡을 따라 서쪽으로 걸음을 내디뎠다.

좁은 다리의 널빤지는 축축하고 미끄러웠다. 토마스는 미끄러지지 않으려고 난간을 꽉 잡고 걸었다. 다리를 건너자 좁다란 오솔길이 나타났다. 칠흑 같은 어둠에다 길이 매우 좁아서 오른쪽 왼쪽의 덤불에 의지해 발을 끌며 앞으로 천천히 걸어야 했다. 마침내 곧게 뻗은 자갈길이 나타났다. 이 길은 양쪽에 숲을 끼고 약 0.5킬로미터가량 이어졌다. 그리하여 그는 또 한 차례 길게 펼쳐진 목초지대를 지나갔다. 전면을 바라보자 차량 두 대가 무서운 속도로 국도의 다리를 횡단하고 있었다. 자동차 전조등들이 내뿜는 원추형 불빛이 강 건너편 마을의 집들을 스치며 이내 언덕 뒤로 사라졌다. 국도에 다다랐을 무렵 멀리서 또 한 대의 자동차 소리가 들려왔다. 그는 고갯길의 높게 자란 덤불에 몸을 숨기고 기다렸다. 자동차가 가까워지다가 휙 지나갔다. 더이상 아무 소리도 들리지 않게 되자 토마스는 덤불에서 벌떡 일어나 다리 위를 달렸다. 마을을 조금 앞두고 그는 간선도로를 다시 벗어나, 강을 끼고 행글라이더 비행장으로 연결된 좁은 길로 들어섰다. 그는 비행장을 지나왔다. 어린 시절 행글라이

더 조종사들을 보기 위해 자전거를 타고 여러 번 와봤던 곳이다. 하지만 토마스는 행글라이더 비행에는 전혀 관심이 없었다. 그는 단지 언젠가는 직접 행글라이더를 조종해보겠다는 꿈을 품었던 아이들과 동행할 뿐이었다.

활주로 가장자리에 격납고가 있고, 격납고 뒤로는 덤불에 가려진 캠핑카가 십여 대 있었는데, 토마스는 이들 캠핑카의 윤곽만 알아볼 수 있었다. 사방에 불빛은 없고, 어떤 소리도 들리지 않았다. 그는 매우 피곤한 느낌이 들었다. 맨 앞에 있는 캠핑카 쪽으로 가서 조심스럽게 문고리를 더듬어 찾아 잡아당겨보았으나 잠겨 있었다. 다른 캠핑카들도 모두 마찬가지였다. 다만 그중 한 캠핑카 앞에 천막이 설치되어 있었고, 다행히 이 천막의 문은 어렵지 않게 열렸다. 토마스는 천막 안으로 들어갔다. 바닥에 나무깔판이 깔려 있는 것 같았다. 실내 공기는 탁했고, 목초 냄새와 오래된 합성수지 냄새 그리고 시큼한 음식찌꺼기 냄새가 풍겼다. 작은 손전등으로 희미한 불빛을 비춰보니 캠핑용 식탁 한 개, 의자 네 개, 그리고 싱크대 한 개가 갖춰진 간이 주방이 눈에 들어왔다. 한쪽 구석에 뻣뻣하게 코팅된 직물 덮개가 하나 놓여 있었다. 토마스는 덮개로 몸을 둘둘 말고 딱딱한 바닥에 누웠으나 그것만으로는 여전히 추웠다. 그는 집 생각이 났다. 아스트리트가 자신의 부재를 이제 알아챘을지 궁금했다. 그녀는 종종 그보다 먼저 잠자리에 들었고, 그가 침대 속으로 들어가도 잠에서 깨는 일이 없었다.

아침에 토마스가 옆에 없는 걸 알게 된 아스트리트는 평소 거의 항상 자기가 남편보다 먼저 일어나면서도, 오늘은 그가 벌써 일어났나보다 생각했을 것이다. 그녀는 잠에 취해 위층으로 올라가 아이들을 깨우고 나서 다시 내려올 것이다. 그후 십 분이 지나면 시원하게 샤워를 하고, 아직도 분명 잠자리에 누워 있을 아이들을 부를 것이다. 콘라트, 엘라! 일어들 나라니까! 지금 일어나지 않으면 지각이야. 항상 같은 말에 항상 같은 대답이 나올 것이다. 그러고 다시 몇 분 후, 나 벌써 일어났어요, 금방 내려갈게. 주방으로 향하는 길에 아스트리트는 거실에 눈길을 줄 테고, 거기에도 토마스가 없는 걸 보고 잠깐 이상하다는 생각이 들었을 것이다. 하지만 아침의 이 첫번째 사십오 분간은 할일이 꽉 짜여 있어서, 그녀로서는 다른 생각을 할 겨를이 없었다. 커피머신 전원을 켠 뒤 물을 더 붓고 빵과 버터, 잼과 꿀, 우유와 코코아 등으로 식탁을 차린다. 그녀는 다시 한번 큰 소리로 아이들을 불렀다. 이번에는 좀더 큰 소리로, 약간 화가 난 어조로. 그러고는 커피머신에서 첫번째 커피를 내려 그냥 선 채 마셨다. 그러고 나면 마침내 아이들이 쾅쾅거리며 계단을 내려와 식탁에 자리를 잡았다. 콘라트는 잠이 덜 깬 눈을 껌뻑거렸고, 엘라는 옆자리에 책을 펴놓고 앉았다. 아스트리트가 두번째로 경고하자 엘라는 투덜거리면서 책을 덮고 빵에 버터와 잼을 발랐다. 입에 음식을 가득 문 채 콘라트가 드디어 물었다. 아빠는? 아빠가 오늘은 일찍 회사에 가야 했나봐. 아스트리트는 자기가 왜 그렇게 말했는지 알 수가 없었다. 그게 가장 간단한 설명이라는 생각이 들었고 그렇게 대답하면서 심지어 그 대답이 거의 사실처럼 여겨졌다. 아빠가 오늘은 일찍 회사에 가야 했어. 토마스가 그전까지는 한번도 아침식사 전에 집을 나선 적이 없음에도, 아이들은 더이상 묻지 않았다. 아스트리트는 토마스가 오늘 선약이 있다는 얘기를 한 적이 있었는지 잠깐 기억을 더듬어보았다. 하지만 아이들이 막 식사를 끝내고 일어서는 바람에, 아이들이 혹시 잊고 가는 건 없는지 살펴줘야 했다. 너희들 오늘 수영하러 가지? 샌들 챙겨라. 참, 넌 스웨터 입고, 밖이 아직 쌀쌀해. 책 여기 있다! 자, 이제 출발! 그녀는 아이들 뺨에 키스를 해주고 문밖으로 밀어냈다. 그녀는 잠시 문을 열어둔 채 그 자리에 서서 아이들이 집모퉁이를 돌아 보이지 않게 될 때까지 바라보았다. 정원 문이 삐걱거리는 익숙한 소리를 내다가 쾅 하고 닫혔다. 공기가 벌써 약간은 가을냄새를 풍겼다.

머리를 말리기 위해 욕실로 가면서 아스트리트는 오늘은 옥외 수영장으로 가는 게 좋을지 생각해보았다. 빨래도 해야 하고 여행가방들을 마저 정리하고 장도 봐와야 했다. 그녀는 하루 일정을 짰다. 욕실에서 나와서야 비로소 그녀는 다시 토마스 생각이 났다. 그녀는 사무실로 전화를 걸었다. 비서가 토마스는 아직 출근하지 않았다고 하면서, 휴가는 재미있게 보냈느냐고 물었다. 그럼요, 아주 재미있었어요. 토마스의 일정표 좀 봐줄래요? 오전에는 별다른 게 없는데요, 하고 잠시 후 비서가 대답했다. 오후에만 고객 한 분과 약속이 있어요. 그 사람 들어오면 잠시 나한테 전화 좀 해달라고 전해주세요, 하고 아스트리트가 말했다.

그녀는 자전거를 타고 장을 봐온 후 바깥에 빨래를 널고 여행가방 정리를 마쳤다. 비닐봉지 하나에 아이들이 해변에서 주워모은 조개껍데기들이 들어 있었다. 아스트리트가 봉지에 든 것들을 식탁에 쏟아놓자 모래 알갱이들이 같이 흘러나왔다. 그녀는 조개껍데기와 달팽이 집들을 넓적한 바구니에 담고, 조심스럽게 모래를 닦아냈다. 식탁에 흠집이 생기지 않게 하기 위해서였다. 그러고 나서는 여행가방들을 다락방에 차곡차곡 쌓아두었다. 다락방의 공기는 거의 한증막처럼 뜨거웠다. 약간 침울한 기분으로 아스트리트는 바닷가에서 보낸 이 주를 생각했다. 그녀가 특히 좋아했던 열기와 스페인의 상설시장, 그리고 그곳에서만 살 수 있었던 경이로운 야채와 과일, 헤아릴 수 없이 많은 종류의 생선 등을 떠올렸다. 우리 그냥 여기에서 살지, 하고 토마스가 마지막 날 농조로 말했다. 그녀는 웃었다. 그러고는 일 년 내내 여기 바닷가에서 살면 어떨까 하는 말에 대해 모두 함께 생각에 잠겼다. 물론 장난삼아 한 말이었다. 그러나 아스트리트는 토마스의 두 눈에서 그리고 아이들의 두 눈에서 감격스러운 광채가 번득이는 것을 보았다. 돈은 어떻게 벌지? 우리가 조개껍데기로 장식품을 만들어 해변 산책길에서 팔면 되지. 그럼 학교는? 아빠가 우리 선생님이잖아. 그래도 집이 최고야, 하고 아스트리트가 결론적으로 말했다. 대문 밖에 항상 바다가 있으면 그것도 언젠간 별것 아닌 게 돼. 그리고 겨울에는 틀림없이 폭풍이 몰아칠 거야. 집안은 습기로 축축해질 테고. 난방도 제대로 할 수 없게 될걸. 그녀는 가족 문제에 관한 한항상 이성적인 목소리를 냈다. 이따금 그녀는 토마스가다른 삶을 선택했다면, 만약 그들이 부부가 되지 않았다면 어땠을까, 자신에게 묻곤 했다.

토마스에게서는 전화가 없었다. 그녀가 장을 보러 간사이에 전화를 했을 수도 있지만 음성 메시지를 남기고 싶지는 않았던 것 같다. 아니면 전화하는 걸 그냥 잊고 있었는지도 모를 일이었다. 휴가를 다녀온 뒤라 할일이 분명 많을 테고, 생각할 거리도 무척 많을 것이다. 남편 문제로 여자 비서에게 다시 전화를 건다는 것이 아스트리트에게는 심히 괴로운 일이었다. 그래서 그녀는 전화를 포기하고 잠시 수영장에 갔다 오기로 했다. 그녀는 앞으로 좀더 많이 몸을 움직이고 날씨가 허용하는 한 수영을 하겠다고, 휴가 동안 결심했었다. 수영 계절이 지나면 다시 조깅을 시작할 생각이었다.

라디오에서는 오후에 소나기가 오고 기온도 내려갈 거라고 예보했지만 아직 날씨의 변화는 느껴지지・않았다. 아스트리트는 한낮에 수영을 하러 갈 수 있다는 것이 자기에게 주어진 특권이라는 생각이 들었다. 동시에, 토마스는 일에 매달리고 있고 아이들조차 학교에서 수학 문제를 푸느라 머리를 싸매거나 방학 체험에 관한 작문을 하고 있을 지금, 자신은 그토록 할일 많은 분주한 세상에서 비켜나 있다는 생각이 들기도 했다. 그녀는 양심의 가책도 들었지만 이런 가벼운 죄책감을 은근히 즐기기도 했다.

탈의실은 지저분했다. 사방에 쓰레기가 널려 있었고, 담청색 시멘트 바닥은 끈적거렸다. 방학 마지막날이자 어쩌면 올해의 마지막 더운 날이었을지 모를 어제는 분명 많은 사람들이 이곳에 몰려왔을 것이다. 바닷물에서 이 주간 수영을 하고 온 그녀에게 풀장은 마치 몸이 가라앉는 것처럼 무겁게 느껴졌다. 그녀는 열 바퀴만 돌고 물 밖으로 나와 수영복을 말리기 위해 잠시 햇볕에 누워 있었다. 그리고 열한시 반경에 다시 집으로 돌아왔다.

그녀는 우편함을 비우고 잠시 신문에 눈길을 주다가 마지막 빨래를 널었다. 아이들이 즐겨 먹는 사과무스와 누텔라를 곁들인 팬케이크를 만들어주기로 아이들에게 약속한 터였다. 라디오를 들을 때마다 짜증이 났지만 음식을 준비하는 동안은 그냥 틀어두었다. 그녀는 프로그램 진행자들과 청취자들이 항상 못마땅했다. 프로그램 진행자들은 호들갑을 떨며 쓸데없는 얘기를 늘어놓으면서, 퀴즈에 답하기 위해 전화를 거는 청취자들을 바보 취급하고 있었다.

아이들은 늦게서야 집에 왔다. 오 주 동안 친구들을 보지 못했으니 집에 오는 동안 틀림없이 얘깃거리가 많았을 것이다. 엘라는 짧게 인사만 건네고 곧장 거실로 사라졌다. 아스트리트가 식탁을 차리는 동안 엘라는 소파에 앉아 책을 읽었다. 학교는 어땠니? 엘라는 뭐라고 알아듣기 힘든 말을 중얼거렸다. 주방으로 눈길을 돌리자 콘라트가 팬케이크 가장자리에서 떼어낸 조그만 조각을 입에 넣고 있었다. 손 치워라! 그녀가 소리쳤다. 좀 기다리지 못하겠니? 아빠는요? 하고 콘라트가 물었다. 아빠는 오늘 식사 같이 못하신다, 할일이 많으시단다, 하고 아스트리트가 말했다. 그럼 팬케이크 우리가 더 먹을 수 있겠네, 하고 콘라트가 말했다.

식사중에 아이들은 같은 반 친구들이 방학 동안 어디에 다녀왔는지, 어떤 경험을 했는지에 관해 이야기했다. 아스트리트는 아이들의 얘기를 건성으로 들으며, 토마스가 어떻게 된 건지 골똘히 생각했다. 그녀는 불안한 마음을 달랬다. 무슨 일이야 있을라고. 어제 저녁만 해도 그 사람 달라진 게 없었어. 휴가여행 동안에도 별다른 일이 없었고. 아니, 그와는 반대였지. 이 주 동안 전례없이 화기애애하게 지냈단 말이야. 해변 아니면 콘도에서만 거의 시간을 보내고. 돌아오는 길에 차에서 좀 진이 빠지기는 했어. 프랑스에서는 두 번씩이나 교통체증을 겪었고. 하지만 토마스는 그런 일로 짜증내는 사람은 아니야. 원만하고 한결같은 사람이지. 그 사람 말마따나 평범한 사람이잖아. 집과 회사를 비운 것에 대해서도 분명 진부한 설명을 늘어놓겠지. 아스트리트는 아직 그리 큰 걱정은 하지 않았다.

아이들은 오후수업을 받으러 다시 학교에 가고, 아스트리트는 정원을 살펴보러 나갔다. 이 주 동안 손질을 하지 않아서 정원이 엉망이 되어 있었다. 잡초가 발목까지 자라고, 토마토는 가지들이 엄청나게 무성해졌다. 아스트리트는 잡초를 뽑고, 토마토 가지를 솎아 높이 동여맸다. 서쪽에서 먹구름이 몰려와 해를 가렸다. 아스트리트는 잔디를 깎았다. 제초기 소리가 마치 밀폐된 공간에 있는 것처럼 유별나게 크게 들렸다. 잔디를 미처 다 깎지 못했는데 빗방울이 떨어졌다. 서둘러 빨래를 걷어 집 안으로 날랐다. 빗발이 아주 서서히 굵어졌다. 아스트리트는 제초기를 지하실로 옮겨놓고, 집의 덧창들을 모두 열었다. 그러고는 콘라트의 방에서 창밖으로 내리는 비를 바라봤다. 비는 거의 아무 소리 없이 부드럽게 떨어졌다. 공기가 서늘해졌다. 그녀는 한기를 느껴 창문을 닫았다. 집안은 여전히 더웠지만 전보다 견딜 만했다.

날씨와 함께 아스트리트의 기분도 달라졌다. 계단을 내려오면서 그녀는 학교에서 곧 돌아올 아이들을 생각했다. 아이들에게 비옷을 챙겨 보냈어야 했나 싶었다. 그녀는 자신의 부주의를 자책했다. 자신이 엘라와 콘라트를 지켜줘야 한다는 생각이 종종 들곤 했다. 불량한 급우들, 아이들을 들들 볶는 선생들, 그리고 모든 아이들의 일상에 속해 있는 자질구레한 것들로부터 말이다. 그런데 필요를 느끼면서도 실천에 옮기지 못했다. 전화벨이 울렸다. 토마스의 비서였다. 그녀는 벌써 여러 번 전화를 했노라고 말했다. 아스트리트보다 더 흥분한 목소리였다. 토마스가 두시에 고객과 만나기로 되어 있다는 것이었다. 정원에 나가 있었어요. 그러고는, 대체 자신이 왜 그렇게 말했는지 모르겠는데, 남편이 몸이 불편해요. 죄송해요, 내가 전화를 드렸어야 하는 건데, 하고 말했다. 비서는, 오늘 아침만 해도 토마스의 행방에 관해 물어놓고는 지금 그가 집에 있다고 주장하는 아스트리트에 대해 이상하다는 생각을 하진 않는 듯했다. 간단명료한 설명이 모든 진지한 생각을 몰아내는 것 같았다. 거짓말을 좀더 믿게 하기 위해 아스트리트는 토마스가 심한 감기에 걸렸다고 덧붙였다. 어쩌면 자동차의 에어컨 때문에 혹은 운전을 너무 오래해서 그런 것 같다고. 이 주 전에 저도 고약한 코감기에 걸렸었던걸요, 하고 비서가 웃으며 농담하듯 말했다. 내일은 출근하실까요? 잘 모르겠네요, 하고 아스트리트가 말했다. 그럼 여독 잘 푸시고 빨리 쾌차하시라고 전해주세요, 라며 비서는 다시 웃었다.

아스트리트는 저녁식사를 생각하며 기분 전환을 시도했다. 저녁엔 어떤 음식을 만들까, 밖에는 비가 오니까 아이들과 따뜻한 주방에 함께 있으면 괜찮겠지. 그러다 갑자기 토마스가 저녁식사에도 나타나지 않고 내일도 집에 오지 않을 거라는 생각이 굳어졌다. 그런 예감이 들자 숨이 막혀왔다. 그녀는 걱정을 거두기로 했다. 하지만 앞으로 무슨 일이 벌어질지 이미 짐작이 가기라도 하는 것처럼, 가슴이 먹먹해지면서 불안해졌다.

토마스는 잠자리가 불편했지만 잠을 청할 수밖에 없었다. 등이 아프고 차가웠다. 천막 안은 여전히 칠흑같이 어두웠다. 손목시계에 눈을 바짝 갖다대도 시간을 읽어낼 수가 없었다. 한동안 그는 누운 채 다시 잠을 청해

보려 했다. 그러나 한기가 온몸에 스며드는 바람에 결국 덮개에서 기어나와 일어섰다. 바깥은 조금 더 밝았다. 어느새 달이 하늘에 걸려 있었다. 거의 보름달에 가까웠지만 아주 멀리 있는 것 같았다. 토마스는 격납고를 지나 풀이 깔린 활주로로 갔다. 활주로에는 옅은 안개가 베일처럼 너울거렸다. 시야도 확 트여 있었다. 동쪽에서 벌써 여명이 밝아오는 게 보였다. 그는 몇 차례 무릎을 굽혔다 폈다. 몸이 좀 따뜻해지자 캠핑카 쪽으로 돌아왔다. 하늘이 빠르게 밝아오고 있었다. 숲에서는 재잘대는 새들의 합창소리가, 멀리서 소 방울소리가 그리고 이따금 강 건너편 국도에서 자동차 소리가 들려왔다.

토마스는 허기를 느꼈다. 그는 다시 한번 캠핑카의 문을 열려고 시도했으나 여전히 모두 잠겨 있었다. 문을 하나 부수어 열어볼까, 하고 잠시 생각했지만 그러려면 연장이 필요했는데, 그가 가진 건 주머니칼뿐이었다. 손톱 소제를 하거나 편지봉투를 뜯을 때나 유용할 칼이었다. 막 포기하려던 찰나, 한 캠핑카의 미닫이창이 하나 약간 열려 있는 걸 발견했다. 몇 차례 시도 끝에 그는 한쪽 팔을 간신히 들이밀어 잠긴 고리를 풀 수 있었다. 창은 아주 작았다. 그 좁은 창을 비집고 들어갔다는 것이 스스로 생각해도 놀랍기만 했다.

캠핑카 안은 비좁았고, 곰팡이 냄새가 났다. 토마스가 비집고 기어들어온 창은 일종의 침대 겸용 소파 위에 나 있었다. 이곳저곳 몇 번 더듬어보다가 그는 전등 스위치를 찾아냈다. 희미한 절전용 전구가 캠핑카 안을 초록색 빛으로 밝혔다. 사방 벽과 수납장에는 싸구려 인조 호두나무 무늬가 입혀져 있었다. 쿠션 커버는 유행 지난 마름모무늬가 깔린 자홍색과 베이지색 천이었고, 창문에는 편물 커튼이 달려 있었다. 토마스는 수납장을 모두 열어보았다. 그중 하나에 기름과 식초가 담긴 끈적거리는 병들과 거의 다 쓴 겨자튜브, 각종 양념과 인스턴트커피, 티백 등이 그리고 다른 하나에는 면과 쌀, 토마토캔과 봉지수프가 보관되어 있었다. 마침내 그는 비스킷 두 갑과 초콜릿 반 조각을 찾아냈다. 비스킷을 먹고 나자 속이 약간 불편했지만 적어도 허기는 가셨다. 그는 전등을 끄고 문을 열었다. 놀랍게도 밖이 벌써 환해져 있었다.

캠핑카 주차구역 한가운데에 작은 담장을 두른 풀장

이 하나 있고 그 옆에는 전면이 트인 건물이 한 채 있었는데, 일종의 대피소 같았다. 안에는 샤워시설과 화장실, 세면대가 갖춰져 있었다. 더운물은 나오지 않았지만 토마스는 그중 한 샤워기 아래로 가서 간단하게 몸을 씻었다. 차가운 물이 그의 원기를 돋웠다. 간밤에 거의 잠을 못 잤음에도 샤워를 하고 나니 정신이 번쩍 들었다. 그는 어쩔 수 없이 세면대 옆에 걸려 있던 더러운 수건으로 몸의 물기를 닦았다. 그러고 나서 다시 한번 캠핑카로 들어가 초콜릿을 주머니에 넣고, 빈 비스킷 갑을 들고 나와 쓰레기통에 버렸다. 캠핑카의 문을 잠그거나 창을 통해 나오는 수고는 하지 않았다. 다음번에 주인들이 오면 아마도 문이 잠겨 있지 않고, 비스킷이 없어진 걸 이상히 여기겠지. 하지만 누군가 침입했다는 생각은 못할 것이다.

토마스는 전날 걸어왔던 좁은 길로 발길을 옮겼다. 비행장까지는 어떤 길이든, 어떤 초원이며 어떤 숲이든 그가 잘 알고 있었다. 그러나 건너편 작은 지역의 마을 주변에 관해서는 그의 머릿속 지도가 점점 흐릿해졌다. 철로와 주요 도로 그리고 마을들만 떠오를 뿐 그 사이의 지역은 하얗게 지워져 있었다.

행글라이더 활주로가 끝나는 지점에서는 강과 숲 사이로 잔딧길이 좁아들었다. 백 미터가 채 안 되는 거리에서 노루 세 마리가 높게 자란 풀을 뜯고 있었다. 토마스는 걸음을 멈췄다. 노루들이 고개를 높이 쳐들고 그가 있는 쪽을 응시했다. 꽤 떨어져 있었는데도 그를 발견한 모양이었다. 잠시 그렇게 서 있던 노루들은 다음 순간 이상하리만치 느린 동작으로 숲을 향해 뛰어가 나무들 사이로 사라졌다. 숲속이 훨씬 더 안전해, 길에서 벗어나야 해, 하고 토마스는 생각했다. 아직까지는 그를 찾는 사람이 없었다. 어쩌면 아스트리트는 그가 사라진 것을 아직 눈치채지 못하고 있는지도 모르겠다. 하지만 그는 아무와도 마주치고 싶지 않았다. 나중에라도 자기를 기억하는 것이 싫었기 때문이다.

밤중에 집을 나왔을 때 그는 자기도 모르게 서쪽을 향해 걸었다. 그리고 이제 비로소 처음으로 어느 길을 택해야 할지 곰곰이 생각해보았다. 계속해서 계곡을 따라가면 얼마 안 가 시내와 가까운 곳에 다다르게 될 것이다. 그곳은 불빛이 많고 사람들도 너무 많아서 숨을 수가 없다. 밤이 와도 그곳은 안전하지 못하다. 안전을 위해서는 남쪽으로, 구릉지역으로, 산속으로 가야 했다.

그는 좁은 자갈길을 택했다. 길은 숲속으로 이어지다 높은 비탈길로 연결되었다. 그러나 그 길은 곧 크게 원을 그리며 마을 쪽으로 되돌아가고 있었다. 토마스는 그 길을 버리고 다시 가파르게 위로 뻗어올라간 숲으로 들어서서 대각선 방향으로 올라갔다. 높은 곳에 이르자 국도의 자동차 소리가 비행장에서보다 훨씬 또렷하게 들렸다. 그렇게 자동차 소음은 계속되는데, 새들은 더욱 조용해졌다.

산마루에서 숲이 끝났다. 토마스는 아래를 내려다보았다. 초원과 들판 한가운데에 농장들이 몇 군데 흩어져 있었다. 농장에는 커다란 가축우리와 곡물창고를 갖춘 우람한 건물이 들어서 있었다. 좀더 멀리로는 작은 마을이 하나 보였는데, 그 마을엔 집 서너 채와 교회가 전부였다. 마을 뒤쪽 지평선으로는 숲이 우거진 구릉들이 사슬처럼 이어졌다. 토마스는 빽빽하게 대열을 이룬 옥수수밭을 지나갔다. 옥수수 줄기가 얼마나 높게 자랐던지, 그것들이 흔들리지만 않았다면 그가 그 속을 걷고 있는 걸 아무도 알아챌 수 없을 정도였다. 옥수수밭을 빠져나오자 앞이 훤히 트였다. 커다란 과일나무들이 늘어선 초원, 낮은 경작지들, 밀과 사탕수수 밭이 한눈에 들어왔다. 사람들 눈에 띄지 않기 위해 토마스는 들길을 따라 걸었다. 트랙터 한 대가 자기 쪽으로 오고 있는 걸 본 그는 걸음을 멈추고 숨을 곳을 찾았지만 사방 어디에도 숨을 만한 곳이 없었다. 트랙터는 엘라 또래로 보이는 어린 학생이 몰고 있었다. 소년이 고개를 끄덕여 인사를 건네자 토마스는 될 수 있는 한 건성으로 응수했다.

그는 마을을 비켜가기로 했다. 그렇게 길을 가다보니 교차로에 도달했다. 조그만 예배당과 금도금된 예수상이 달린 커다란 십자가가 있는 곳이었다. 그는 받침돌에 적힌 성경구절을 해독해냈다. 오, 이 길을 지나가는 자들 모두 주의깊게 살펴라, 어떤 고통이 나의 고통과 같은지. 예배당은 문이 잠겨 있었다. 창살이 쳐진 창문 너머로 수수한 나무벤치가 몇 개 보였다. 작은 제단은 싱싱한 꽃들로 장식되어 있었다. 토마스는 예배당 입구에 있는 사암砂巖 계단에 앉았다. 지평선에는 그의 마을이 있는 언덕이 보였다. 그는 기대했던 것보다 훨씬 못 미치는 곳에 와 있었다. 날이 다시 어두워지기 전까지는 어딘가에 숨어 있는 게 가장 안전할 것 같았다. 하지만 어둠 속에서 길을 잃을까봐 겁이 났다. 그리고 개들도 무서웠다. 밤에는 개들의 동정을 살피기가 낮보다 더 어려웠다. 그는 해를 보고 방향을 잡기로 했다. 바로 얼마 전에 그는 콘라트에게 보이스카우트의 지혜를 알려준 적이 있었다. 태양이 있는 방향으로 시계의 시침을 맞춘다. 그 상태에서 시계판의 열두시 정각이 가리키는 방향과 시침의 중간 지점이 남쪽이다.

풀들이 부드럽게 물결을 이루며 계속해서 오르막이 이어졌다. 곧 다시 숲이 우거진 지역이 나타났다. 숲 가장자리에는 나무딸기들이 즐비했다. 토마스는 딸기를 몇 개 입에 넣었다. 시원한 바람이 불어올라왔다. 바람이 나뭇가지들을 잡아 흔들어대자 나뭇잎들이 바스락거렸다. 널찍널찍하게 심긴 너도밤나무들이 군락을 이루고 있었다. 곧게 뻗은 나무 기둥들이 넓은 공간에 세운 원주들 같아 보였다. 초록색 이파리 지붕이 계속해서 흔들거리며 땅바닥에 빛깔무늬를 던지고 있었다. 토마스는 목재 수송로 옆에 쌓여 있던 목재 더미 위에 앉왔다. 아침에 일어나 느꼈던 신선함은 어느덧 사라지고, 이제 피곤이 엄습해와 심신이 녹초가 되어버렸다. 생각을 제대로 할 수 없을 정도로 노곤했다. 그때였다. 발소리가 들려왔다. 그는 이 숲의 신체에 화농처럼 불거진 작은 전나무 단지로 재빨리 달아나 몸을 숨기기 위해 웅크려앉았다. 몇 미터 안 되는 거리에서 어떤 여자가 말을 타고 지나가고 있었다. 그의 나이 또래로 보이는 여자는 안장 위에 꼿꼿이 앉아 말발굽 소리에 맞춰 몸을 아래위로 움직였다. 나뭇가지 사이를 뚫고 새어나온 빛살들이 그녀의 날씬한 몸 위로 드리웠다. 잠깐 동안 토마스는 멋진 장면이라는 생각이 들었다. 다만 이 장면의 고요함과 조화로움을 감상하기에는 방해가 되는 장소가 아쉬웠다. 그는 전나무숲으로 더 깊이 들어갔다. 길쪽에서는 더이상 그가 보이지 않을 거라는 판단이 들 때쯤, 전나무 잎으로 뒤덮인 부드러운 땅바닥에 누워 잠시 휴식을 취했다. 그는 아스트리트가 말 위에 앉아 있는 모습을 상상했다. 그녀는 결혼 전에 승마를 즐겼다. 그녀의 옛 사진첩에 그런 사진들이 있었다. 그녀는 자신이 서 있어야 할 위치를 확실하게 의식하고 있었다. 토마스는 그녀와 함께해온 이십오 년 동안 그녀의 이러한 확고한 신념, 이런 올곧은 태도가 마음에 들었다. 비록 아스트리트가 그런 태도를 견지하기 위해 무척이나 애쓴다는 걸 그가 항상 눈치채고 있기는 했지만, 아니, 그걸 알고 있었기 때문에 그녀를 더 좋아했는지도 모르겠다. 불안과 위기와 다툼의 순간들이 있었지만 성적 쾌감의 순간들도 있었다. 그럴 때면 그는 전례없이 그녀가 더 가깝게 느껴졌고, 오늘 이 순간에도 그녀와 처음 교제하던 몇 달간 못지않게 그때의 그녀가 사랑스러웠다. 그녀의 그런 모습이 얼마나 더 계속되다가 허물어지게 될까? 그는 자신에게 물었다.

아이들은 거실에 앉아 숙제를 하고 있었다. 아스트리트는 아이들과 함께 탁자에 앉아 있기가 힘들었다. 그녀는 위층으로 올라갔다. 빨래를 가지런히 개고 물건들을 정리해서 옷장에다 차곡차곡 포개놓았다. 그러고 나서는 토마스의 셔츠들을 다렸다. 그러다 문득 더이상 그럴 필요가 없겠다는 생각이 들었다. 그리고 동시에 어처구

니없게도 자신이 그의 흔적을 기억에서 지워버리고 있다는 말도 안 되는 생각이 들었다. 그녀는 고개를 내저었다. 내심 화도 났다. 다리미에서 나오는 뜨거운 스팀과 깨끗하게 개어놓은 빨래 냄새가 그녀의 마음을 진정시켰다. 변한 것은 하나도 없었다. 그녀는 다림질에 집중했다. 셔츠의 옷깃과 어깨 부분, 등과 팔, 그리고 커프스를 차례로 다렸다. 다림질이 끝난 셔츠들은 옷걸이에 끼워 행거에 걸어두었다. 그렇게 걸려 있는 모습이 마치 아직 생명을 얻지 못한 토마스의 복제된 클론들 같았다. 아스트리트는 얼핏 초인종소리를 들었나 싶었다. 그녀는 다리미를 다리미판에 올려놓고 귀를 기울여보았지만 집안은 조용하기만 했다. 그녀는 아이들을 불렀다. 너희들 숙제 다 했어? 콘라트가 신경질적으로 엘라를 불러댔다. 엘라 좀 내버려둬라, 아스트리트가 다시 외쳤다. 그녀는 콘라트가 계단으로 올라오는 소리를 들었다. 콘라트가 문안에 서 있었다. 너는 숙제 다 했니? 심심해. 나하고 좀 놀아줄래요? 이제 저녁 준비해야지, 아스트리트가 말했다. 책이라도 읽으렴. 아빠는 어디 있어요? 콘라트가 물었다. 아빤 오늘 안 오신다. 며칠간 못 오실 거야. 아스트리트는 콘라트가 그녀의 어설픈 거짓말을 곧이곧대로 믿고 뭐라고 되묻지 않는 것이 신기했다. 토마스가 사라진 것을 진지하게 받아들이는 사람은 이 집에서 그녀가 유일한 것 같았다. 처음에는 그런 상황이 일종의 위안 같았다. 그러나 그의 부재가 길어질수록 그녀는 점점 더 공황에 빠져들었다. 가끔씩 머리가 돌 것 같았고, 이 모든 게 잘못된 꿈인가 싶었다. 그런가 하면 토마스가 한 번도 여기 산 적이 없고, 존재한 적도 없었던 건가 하는 생각까지 들었다.

식사를 준비하면서 그녀는 저녁 뉴스를 들었다. 모든 것이 여전했다. 시보時報도 여전했고 아나운서의 차분한 목소리도 여전했으며, 세계 곳곳의 위기 상황과 정치가들의 책략, 운동선수들의 승패도 여전했다. 식탁을 다 차린 아스트리트는 텔레비전 앞에 앉아 있는 아이들을 불렀다. 아이들은 결국 그녀가 뭐라고 윽박지르고 나서야 식탁에 와 앉았다. 이번에는 마침내 엘라가 아빠에 관해 물었다. 아스트리트는 거짓말을 되풀이했다. 이번엔 훨씬 쉽게 나왔다. 반복을 하다보니 거짓말이 정말 같아졌다. 그녀는 토마스의 공범자가 된 것이다. 그리고 그렇게 공범자가 됨으로써, 즉 그와 은밀히 결탁함으로써 그와 연결되어 있는 듯한 느낌이 들었다. 아빠는 며칠간 출장 가셨단다. 오늘 아침 일찍 떠나셨기 때문에 너희들과 인사도 나눌 수가 없었어. 아빠가 차 가지고 가셨어? 엘라가 물었다. 아스트리트는 놀란 눈으로 아이를 쳐다보고 나서 말했다. 나도 모르겠구나. 아마 아닐걸.

아이들을 잠자리로 데려다준 후 아스트리트는 스웨터와 비옷을 입었다. 그러고는 차고로 가보았다. 차가 그대로 있었다. 그녀는 집 앞 벤치에 앉았다. 불과 스물네 시간 전만 해도 그녀가 토마스와 함께 앉아 있던 벤치였다. 비는 더이상 오지 않았다. 하지만 기온이 전날에 비해 분명 10도 이상은 내려간 것 같았다. 청바지로 나무의 습기가 배어드는 걸 느낄 수 있었다. 그녀는 그가 떠나기 전에 정확하게 어떤 일들이 있었는지 기억을 더듬어보았다. 그들은 신문을 읽었다. 그녀는 문화면을 뒤적였고, 토마스는 경제면을 읽었다. 콘라트가 울며 부르는 소리에 그녀는 집안으로 들어가 우는 애를 달랬다. 콘라트는 이것저것 물었다. 잠을 미루기 위한 질문들일 뿐이었다. 그녀는 잠시 아이와 이야기를 나눈 후 아이에게 다시 한번 잘 자라며 키스를 해주고 아이의 방을 나왔다. 그다음에는 현관 바닥에 쭈그려앉아 여행가방을 정리하기 시작했다. 자리에서 일어섰을 때 그녀는 눈앞이 캄캄해졌다. 그녀는 그제야 비로소 자신이 얼마나 지독하게 피곤했는지 깨달았다. 그녀는 빨랫감들을 지하실에 갖다둔 후 욕실로 들어가 부리나케 이를 닦고 옷을 벗었다. 속옷 바람으로 침실로 가 옷장에서 잠옷을 꺼냈다. 장 속 옷가지의 선선한 냄새가 그녀를 더욱 노곤하게 만드는 것 같았다. 침대에 누웠을 때 비로소 그녀는 토마스에게 밤 인사를 건네지 않았던 게 생각났다. 하지만 그는 틀림없이 금방 침대로 올 것이었다. 그녀가 기억하는 건 거기까지였다. 그녀는 그 밤에 토마스가 침대에 왔었는지조차 알 수 없었다. 그녀는 여느 때와 마찬가지로 일어나자마자 이불을 털었다. 나중에 그녀는 집 앞에서 신문과 와인잔 두 개를 발견하고 그것들을 집안으로 들여왔다. 초파리가 몇 마리 빠져 있는 와인잔을 비우고 잔들을 씻은 후, 전날 저녁 채 못 다 읽은 신문을 재빨리 마저 읽어치우고, 다른 신문들과 함께 폐지 더미에 올려두었다.

아스트리트는 자리에서 일어나 정원 문 쪽으로 가서 문을 열지 않은 채 거리를 둘러보았다. 아직 어두워지기 전이었는데도 사람들이 눈에 띄지 않았다. 이웃에는 대부분 노인들이 살고 있었다. 그녀는 그들과 눈인사만 하고 지냈다. 그녀는 토마스를 찾아봐야겠다고 생각했지만 아이들끼리만 집에 놔둘 수가 없었다. 지금은 더욱 그랬다. 한동안 정원 문가에 서 있던 그녀는 아무런 결정도 내리지 못한 채 집안으로 들어왔다. 그녀는 수화기를 손에 들고 망설이다가 경찰 전화번호를 눌렀다. 그러나 이내 다시 수화기를 내려놓았다. 경찰인들 이 한밤중에 무엇을 할 수 있겠는가? 그녀는 내일 아침 일찍 전화하기로 마음먹었다. 누군가와 토마스의 실종에 대해 이야기를 나눌 생각을 하니 마음이 좀 진정되었다. 그럼에도 침대에 누워서는 여전히 한참 동안 잠을 이룰 수 없었다.

잠에서 깨어난 토마스는 정신이 멍했다. 오래 잔 줄

알았는데 이제 겨우 새벽 네시였다. 밀집한 전나무숲은 완벽한 은신처였다. 분명 수년 동안 아무도 드나들지 않은 곳 같았다. 하지만 숨는 것만으로는 아무것도 해낼 수 없었다. 숲속에서 오래 머물 수는 없는 노릇이었다. 배는 고프지 않았지만 갈증이 그를 괴롭혔다. 그는 일어나서 옷에 달라붙은 전나무 잎들을 털어내고 숲을 나왔다.

지대가 이제는 한층 더 광활해 보였다. 들과 숲이 더 넓어진 것 같았고, 농가들은 흩어져 있는 것이 아니라 옹기종기 모여 조그만 마을들을 형성하고 있었다. 처음으로 그는 시야를 넓혀보았다. 구릉지대가 멀리 열을 짓고 있었고, 그 뒤쪽으로는 안개 속에서 산들이 희미하게 윤곽을 드러냈다. 하늘에는 검은 구름이 덮여 있었다. 토마스는 걸음을 재촉했다. 길이 모두 내리막이어서 속도를 낼 수 있었다. 하지만 큰길로 나갈 엄두는 내지 못하고 들길을 택했다. 들길은 지그재그로 이어지며 우회로가 많았다. 그는 사람들의 눈에 띌까봐 여전히 겁이 났다. 이곳은 차로 오면 집에서 십오 분이 채 안 걸리는 거리였다. 그의 고객이 몇 명 살고 있는 지역이기도 했다. 혹시라도 마주치게 된다면 분명 그에게 말들을 걸어

올 것이다. 그의 옆에 차를 세우고 어디로 가는지 묻고
자기 차로 데려다주겠다고 할 수도 있다. 나중에 그들은
어디서 그와 마주쳤으며 그가 무슨 말을 했는지 기억할
것이다.

비가 내리기 시작했다. 빗발이 서서히 거세졌다. 토마
스가 대피소를 찾을 무렵에는 이미 옷이 흠뻑 젖어 있었
다. 재킷은 입지 않은 채였다. 전날 저녁 집 앞에서 들고
온 얇은 털스웨터뿐이었다. 머리카락이 머리에 달라붙
었고, 한기가 느껴졌다. 감기에 걸릴까 두려웠다. 계속
해서 구릉지대를 걷다보니 커다란 숲이 나왔다. 그러나
나무들은 비를 피할 만한 곳을 제공해주지 못했기에 거
기서 오래 머물지 않았다. 그는 숲에서 나왔다. 아래쪽
에 마을이 보였다. 그 마을은 지금까지 그가 거쳐온 마
을들보다 약간 커 보였다. 마을 한가운데 자리잡은 교회
주변으로는 오래된 목재 가옥들이 늘어서 있었고, 동네
외곽 지역에는 조그만 상점들과 주택들이 널려 있었다.
경사진 한 지역에는 똑같이 생긴 단독주택들이 살풍경
하게 늘어서 있었다. 주택지 맨 바깥쪽에 호텔처럼 보이
는 커다란 박공지붕 건물이 한 채 있었는데, 사람이 거

주하지 않는 것 같았다. 롤블라인드들이 모두 내려져 있었고, 건물 뒤 주차장은 텅 비었다. 거기서라면 어두워질 때까지 비를 피할 수 있을 것 같았다. 어쨌든 사람들 눈에 띄지 않고 그곳으로 가기만 하면, 혹시라도 누가 있을 경우 다시 숨기도 어려워 보이지 않았다.

그는 가파르고 좁은 길을 내려갔다. 길이 마을로 접어들자 새로 깎은 잔디밭을 가로질러갔다. 그 건물의 뒤쪽 울타리는 손질이 되어 있지 않았고, 군데군데 틈이 벌어져 있었다. 건물 둘레로 아스팔트가 깔린 공터에 낡은 캠핑카 한 대가 주차되어 있었다. 좁은 내리막길이 문이 두 개 달린 차고로 이어졌다. 그리고 건물 뒤쪽에는 초라한 출입구로 올라가는 좁은 옥외 계단이 설치되어 있었다. 토마스는 외시경이 달린 육중한 철문을 보고 놀랐다. 설치된 지 얼마 안 된 것 같았다. 그러나 건물은 꽤나 고적해 보였고, 이유는 알 수 없지만 틀림없이 사람이 사는 것 같지 않았다. 지붕 처마는 그리 많이 나와 있지 않았다. 지금 내리고 있는 가랑비를 약간 피할 수 있을 정도였다. 토마스는 계단 맨 꼭대기에 앉아 담배를 꺼냈다. 담뱃갑은 젖었고, 담배 필터는 물을 잔뜩 머금고 있었다. 한 모금 빨아들이자 필터의 물이 입안으로 들어와 혀가 썼다. 그는 자리에서 일어나 반쯤 피운 담배를 문 옆에 놓인 재떨이에 버렸다.

그는 아무런 결정도 내리지 못한 채 오랫동안 계단에 앉아 있었다. 빗소리, 건물 앞 대로에서 들려오는 자동차 소리, 비에 젖은 도로 위를 철버덕거리며 굴러가는 타이어 소리, 그리고 마을 교회의 시계탑에서 십오분을 알리는 소리, 그다음 삼십분을 알리는 소리가 들려왔다. 그는 어린 시절에 맞던 비와 군복무 시절의 비, 그리고 산속에서 보냈던 여름휴가의 비를 생각해보았다. 모든 비는 한결같이 시간을 초월해 있었다. 피곤이 몰려왔다. 하지만 추위와 그가 앉아 있는 딱딱한 시멘트 계단 때문에 졸음조차 달아났다.

갑자기 그의 머리 바로 위에서 조그맣게 쿵 하는 소리가 들려오는 바람에 그는 흠칫 놀라 위쪽을 쳐다보았다. 문이 열리고 여자가 하나 나왔다. 짧은 가죽 미니스커트에 망사 스타킹을 신고 샛노란 민소매 배꼽티를 걸친 여자가 문을 연 채 서 있었다. 여자도 그와 마찬가지로 놀란 것처럼 보였으나 곧 평정을 되찾았다. 안녕하세요?

여자가 말했다. 그녀의 음성엔 직업여성 특유의 상투적인 어조가 담겨 있었다. 누구시더라? 그러더니 담배에 불을 붙이고, 열이 오른다는 양 손부채질을 해대며 연거푸 담배연기를 내뿜었다. 그렇게 몇 모금 빨아대다가 재떨이에 담배를 비벼 끄며 말했다. 안으로 들어올래요? 안이 여기보다는 편안해요. 토마스는 깊게 생각하지 않고 일어나 그녀를 따라 안으로 들어갔다.

그녀는 붉은 등이 켜진 복도를 지나 의자와 소파 그리고 탁자 몇 개와 스탠드바가 설치된 커다란 홀로 그를 안내했다. 덮개를 씌운 탁자 옆에는 텔레비전이 놓여 있었다. 텔레비전 화면에서는 젊은 커플이 언쟁을 벌이고 있었는데, 볼륨이 낮아 무엇 때문에 싸우는지는 알 수 없었다. 작은 탁자 옆에는 젊은 여자 둘이 앉아 뜨개질을 하는 중이었다. 한쪽은 목욕가운을 걸쳤고, 다른 한쪽은 슬립이 드러나 보일 만큼 짧고 몸에 꽉 끼는 원피스를 입고 있었다. 두 여자는 토마스를 흘깃 보는 듯하다가, 하던 이야기를 계속 나누었다. 토마스가 알아들을 수 없는 언어였다. 그는 어느 나라 말인지조차 분간할 수 없었다. 그를 안으로 데려온 여자는 스탠드바 뒤쪽으로 갔다. 뭐 좀 마시겠어요? 샴페인? 맥주? 토마스는 커피 있습니까? 하고 물으며 스탠드에 앉았다. 물론이죠, 여자가 말했다. 그녀는 보온주전자를 집어들어 두 잔 가득 따라 스탠드에 놓고는 스탠드를 돌아나와 토마스 옆 의자에 앉았다. 내 이름은 아만다예요, 헝가리에서 왔어요. 외국인치고 그녀는 독일어를 제법 잘하는 편이었다. 나는 여행중인데, 비가 와서 좀 난처했소. 우리 가게는 원래 여섯시나 되어야 여는데, 그녀가 말했다. 당신은 예외예요. 옷이 마를 때까지 기다리면서 잠시 쉬어가려던 참이었소, 그가 말했다. 그러자 마치 그가 명령이라도 한 것처럼 아만다가 자리에서 벌떡 일어나 다른 두 여자 쪽으로 가서 앉았다. 다음 순간 원피스를 입은 여자가 토마스에게 다가와 옆에 앉았다. 그녀는 금발에 예쁘고 앳돼 보였다. 내 이름은 밀레나예요, 루마니아에서 왔어요, 그녀가 말했다. 어디서 오는 길이에요? 그녀의 독일어는 먼저 여자보다 서툴렀다. 토마스는 애매하게 손짓을 했다. 스위스가 마음에 들어요? 그가 물었다. 여기 온 지 한 달밖에 안 됐어요, 밀레나가 말했다. 그전에는 인터라켄의 어떤 클럽에서 일했어요. 인터라켄은 참

아름다운 도시죠, 토마스가 말했다. 양쪽에 호수를 끼고 있고. 그들은 잠시 아무 말이 없었다. 밀레나가 토마스에게 미소를 보내며 한쪽 눈으로 윙크를 했다. 여기는 처음이에요? 빌라 구경할래요? 그녀는 토마스의 대답을 기다리지 않고 일어나 그가 들어온 복도 쪽으로 그를 끌고 갔다. 그리고 어떤 방의 문을 열었다. 방안 한가운데 커다란 욕조가 있었다. 이거 우리 월풀욕조예요, 그녀가 말했다. 이 욕조, 한 시간 후면 당신이 즐길 수 있어요. 예쁜 아가씨 한 명이나 두 명하고요. 멋지군. 토마스는 당황한 어조로 말했다. 내 방 보여줄게요, 밀레나가 말했다. 그녀는 좁은 계단을 올라갔다. 그는 그녀를 따라갔다. 달리 선택의 여지가 없었다. 삼십 분에 백오십 프랑, 한 시간에 삼백 프랑이에요. 에이널섹스는 백 프랑 추가. 우린 보너스카드도 있어요. 삼십 분짜리 여섯 번 예약하면 숏타임 한 번 서비스해드려요. 성매매업소에 가본 적이 없던 토마스는 요금을 비롯해 그녀가 들려준 이런저런 얘기들이 놀랍기만 했다. 이런 곳의 경험도 나름대로 독특한 매력이 있겠다는 생각이 들었으나 그는 단지 쉬고 싶을 뿐이라고 재차 말했다. 밀레나는 돌아서서 두 계단을 올라갔다. 그녀의 얇은 원피스 속으로 젖꼭지가 드러나 보였다. 그녀는 그의 어깨에 한쪽 팔을 얹고 천천히 허리를 움직였다. 이런, 완전히 젖었네요, 그녀가 말하며 미소를 던졌다. 옷을 벗으셔야겠어요. 마사지해줄게요. 저 잘해요. 섹스 없이 한 시간에 백팔십 프랑. 그녀는 토마스의 손을 잡고 그를 계단 위로 잡아당겼다. 내가 겁나요? 잡아먹지 않을게요.

토마스가 없는 아침식사가 거의 일상이 되었다. 하지만 아이들이 나가고 나면 아스트리트는 부지런히 방마다 다니며 공연히 물건들을 들었다 놨다 했다. 아이들 방에서는 여기저기 널려 있는 장난감들을 치웠다. 그녀는 엘라의 작은 책상 앞에 넋을 놓고 앉아 책상 위에 널브러져 있는 잡동사니들을 바라보았다. 소녀들을 위한 잡지와 장난감탁자, 플라스틱인형들, 주화 몇 개 그리고 립글로스 등, 아직 이렇다 할 윤곽이 잡히지 않은 삶, 바로 그 때문에 이런 물질적 보증이 필요한 삶의 한가운데 있는 아이의 소유물들이었다. 아스트리트는 자신에게 물었다. 나는 어떤 것에 나를 의지할 수 있을까? 옷과 신발들? 몇 안 되는 장신구들? 유년기의 앨범들? 다락방 어딘가에는 그녀의 옛 물건들이 담긴 판지상자 하나가 아직 그대로 있었다. 학창시절의 공책과 스케치, 그 밖의 잡동사니들. 게을러서 그냥 내버려두었던 것들로, 이제는 더이상 필요 없는 물건들이었다. 이따금 그것들과 마주치기는 했지만 그녀는 그것들보다는 아이들 물건에 더 애착이 갔다. 전부 내다버릴까 하는 생각이 여러 번 들기도 했다.

전날 밤, 아스트리트는 경찰서에 가기로 마음먹었다. 그런데 지금은 겁이 났다. 혹시라도 그 발길이 토마스의 실종에 대한 종지부 같은 게 되진 않을까, 그의 실종이 공기관으로부터 사실로 증명된다면 그의 실종이 영원히 그녀 자신의 인생에 한 부분으로 남는 건 아닐까. 그녀는 또 한 가지 다른 이유로 망설이고 있었는데, 그 이유에 대해서는 그녀 스스로 굳이 캐고 싶지 않았다. 비록 그 이유가 두려움보다 더 강렬하게 그녀를 사로잡고 있었음에도 말이다. 그녀는 창피했던 것이다. 파출소에 가면 사람들이 쳐다볼 것이다. 왜 사라졌는지 당장은 몰라도 사람들은 신문에 실종자 광고가 실리면 차차 알게 될 것이다. 한밤중에 집을 나간 이후로 소식이 끊겼다. 실종자의 소재를 아는 사람은 경찰에 연락하기 바란다. 그렇게 되면 토마스가 자기와 아이들을 버리고 떠났다는 사실이 사람들에게 알려질 테고, 그렇게 되면 입방아들을 찧어대며 온갖 억측을 동원할 것이다. 동시에 사람들은 그녀에게 등을 돌릴 것이다. 그리고 별의별 생각들과 무언의 질문들로 그녀의 삶을 압박해올 것이다.

어느새 열시 반이었다. 그녀는 가까스로 자리에서 일어섰다. 거리로 나서자 중력이 제 기능을 발휘하지 못하는 것처럼 몸이 너무 가벼워지면서 발을 옮길 때마다 허공을 딛는 것 같았다. 다행히 동네에서는 누구와도 마주치지 않았다. 역에는 사람들이 여럿 있었는데, 여자 두 명은 장바구니를 땅에 내려놓은 채 이야기를 나누고 있었고, 젊은이 두서넛이 벤치에 앉아 담배를 피우고 있었다. 그리고 간이 매점에서는 한 노인이 로토용지에 숫자를 적어넣고 있었다. 사람들 얼굴이 그녀의 눈에는 모두 캐리커처에서처럼 일그러져 보였다. 아스트리트는 이제 더이상 이 일상세계의 일원이 아니었다. 어제까지만 해도 당연히 그 일원으로 움직였건만. 이제 그녀에게는, 누구의 눈에도 보이지 않는 주홍글씨가 새겨져 있었다.

예전엔 파출소가 통행이 드문 측면도로에 있었는데, 몇 년 전 역사 옆의 신축 건물로 이전했다. 파출소 바로 옆에는 카페를 겸한 제과점이 있었다. 아스트리트는 파출소로 들어가기 전, 불안한 시선으로 주위를 둘러보았다. 창구에는 아무도 없었다. 그녀는 의자에 앉았다가 금방 다시 일어났다. 벽에는 '도난 예방을 위한 수칙5'라는 벽보가 붙어 있었다. 절대 휴가를 가지 말라는 말이지. 책꽂이에는 사이버테러와 외국여행, 비상경보시설, 무기소지법에 관한 안내책자들이 꽂혀 있었다. 마침내 창구에 여자 직원이 나타났다. 아스트리트보다 약간 나이가 들어 보이는 그녀는 편안하고 친절한 인상을 풍겼다. 아스트리트는 실종신고를 하러 왔다고 말했다. 창구 직원은 몇 마디 물어보더니 경관을 한 사람 불렀다. 루프입니다, 하고 경관이 말했다. 아스트리트의 눈에는 아주 젊어 보였다. 얼굴선이 부드러웠고, 어린아이처럼 청순해 보였다. 그녀는 텔레비전에서 본 나이 지긋한 수사반장 같은 사람이었으면 더 좋았을 텐데 하고 생각했다. 좀 거칠어 보이기는 해도 경험이 많아 보이는 얼굴에다 끔찍한 사건을 신고해도 눈 하나 깜짝 않을 그런 사람 말이다. 경관은 그녀에게 악수를 청한 후 좁은 복도를 지나 노랗게 칠해진 작은 접견실로 그녀를 안내했다. 아스트리트는 실종신고를 하러 왔다고 재차 말했다. 잠깐 실례하겠습니다, 곧 돌아오겠습니다. 경관이 말했다. 접견실에는 의자가 두 개, 그리고 컴퓨터와 프린터가 놓인 탁자 한 개가 전부였다. 사방 벽은 밋밋했다. 창밖으로 작은 안마당이 내다보였다. 블라인드의 얇은 금속판자들이 마치 격자 창살처럼 보였다.

경관이 서류철을 들고 돌아와 아스트리트의 맞은편에 앉았다. 자, 이제 말씀해보세요. 그녀는 자신의 남편이 그저께 밤에 사라졌는데, 어디로 갔을지 전혀 알 수가 없다고 말했다. 실종자들은 거의 모두 이삼일 정도 지나면 다시 나타납니다, 경관이 침착한 어조로 말했다. 하지만 어쨌든 수배 원칙상 실종자의 인적사항은 기록해야겠습니다. 진지한 얼굴, 아니 조금은 슬픈 얼굴로 그가 실종신고서를 들여다보는데, 그런 양식을 처음 대하는 것 같았다. 그러고 나서 그는 산만한 음성으로 질문하기 시작했다. 그는 아스트리트와 토마스의 인적사항을 기입하고, 실종 장소 및 시간을 적었다. 이어서 그녀의 가족 상황을 물었고, 한집에 사는 아이들과 토마스의 직업, 직위, 건강상태 그리고 각별히 두드러진 그의 신체적 특징에 관해 물었다. 문신이 있나요? 피어싱은요? 아니요, 하고 아스트리트가 말했다. 그런 모습을 한 토마스를 떠올리자 아스트리트는 하마터면 웃음이 나올 뻔했다. 수염이나 콧수염이 있습니까? 그녀는 고개를 저었다. 별다른 특징이 없어요. 옷은 어떻게 입었습니까? 그녀는 토마스를 떠올려보려고 했으나 정신을 집중하면 할수록 그의 모습이 점점 더 흐릿해지기만 했다. 베이지색 바지와 셔츠, 그런데 셔츠는 무슨 색이었지? 흰색? 푸른색? 회색 스웨터를 입었어. 안경을 꼈던가? 그녀는 잠시 주춤하며 골똘히 생각에 잠길 수밖에 없었다. 다음 순간 아니야, 하고 그녀가 말했다. 토마스는 안경을 낀 적이 한 번도 없었어. 그가 어떤 이동수단을 이용하고 있을지도 그녀는 말할 수가 없었다. 단지 자동차와 그의 자전거가 집에 그대로 있다는 말밖에. 그리고 그가 가지고 있는 것이 뭔지도 그녀는 알 수가 없었다.

돈? 그건 분명 가지고 있을 것이다. 신분증명서는 그의 지갑에 그리고 신용카드 역시 지갑에 들어 있다. 열쇠꾸러미와 어쩌면 담뱃갑도 그리고 라이터와 손수건도 지니고 있을 터이고. 하지만 틀림없이 무기는 지니고 있지 않을 것이다. 토마스에 대해 진술하는 동안 그녀에게는 토마스의 경직된 모습, 뻣뻣하게 굳어버린 얼굴이 떠올랐다. 그것은 흡사 죽은 사람의 모습이었다.

경관은 실종신고용지에서 시선을 들어 아스트리트의 눈을 바라보았다. 그러고는 이제 화제를 돌리려는 듯 잠시 뜸을 들이다 입을 열었다. 그의 목소리에 갑자기 활기가 돌았다. 여쭤볼 게 있습니다. 혹시 자살 가능성을 생각해보시진 않았나요? 아스트리트는 고개를 내저었다. 절대 그럴 리 없어요. 그 사람, 절대 그런 짓 할 사람이 아니에요. 그녀가 화를 내며 말했다. 금전 문제라든지 다른 어려움이나 걱정은 없었습니까? 없었어요. 최근에 두 분이 다투신 적 있습니까? 우린 휴가에서 막 돌아온 참이었어요. 그녀가 대답 대신 말했다. 스페인에 갔었어요. 바닷가 말이에요. 아름다웠죠. 다툰 적은 없어요. 그 반대라고요. 그 사람이 왜 사라졌는지 도무지

감을 잡을 수가 없어요. 그녀는 잠시 말을 끊더니 자신도 놀랍다는 듯이 덧붙였다. 우리는 본래 싸움을 모르고 지냈어요. 경관은, 그녀의 말을 듣지 못한 것처럼, 그들 부부에게 자가 소유의 휴가용 별장이 있는지 물었다. 그녀가 없다고 답하자 그는 남편의 최근 사진을 수중에 지니고 있느냐고 물었다. 그의 사진을 지니고 다닐 생각은 한 번도 해본 적이 없는 그녀였다. 괜찮으시다면 댁에 한번 가서 살펴보고 싶은데요, 경관이 말했다. 실종자가 집안 어딘가에 숨어 있는 경우도 종종 있거든요. 댁에 가면 사진도 받을 수 있겠죠.

순찰차의 문을 열어주던 경관은 아스트리트가 주저하는 걸 알아차렸다. 다른 차를 이용할 수도 있습니다. 사람들 눈에 잘 띄지 않는 차 말입니다. 아스트리트는 집으로 가는 길을 설명해주었다. 경관이 집을 찾아가는 데 어려움이 없어 보이는데도 차를 타고 가는 내내 길안내를 계속했다. 그가 길가에 차를 세우고 내렸다. 아스트리트가 앞장서서 정원 길을 따라 집을 향해 가는 동안, 근사한 집이군요, 하고 경관이 말했다. 휴가 때 찍은 사진들을 아직 컴퓨터에 옮겨놓진 않았어요. 그녀는 거실로 들어서며 말했다. 경관은 현관에 선 채 집안을 좀 살펴봐도 되겠느냐고 물었다. 신발을 벗어야 하나요? 아뇨, 괜찮습니다. 아스트리트가 말했다. 그녀는 경관이 양말에서 냄새가 날까봐 그런 건 아닐 거라고 생각했다.

그녀는 카메라에서 메모리카드를 꺼내 랩톱으로 사진들을 옮겼다. 주로 아이들이 게임용으로 사용하는 컴퓨터였다. 그녀는 사진들을 훑어보았으나 거의 모든 사진이 엘라와 콘라트 위주였다. 그중 한 장에는 토마스와 콘라트가 등을 보이며 바다로 달려가는 모습이 담겨 있었고, 다른 사진은 아스트리트가 레스토랑에서 찍은 커다란 파에야 팬이었는데, 거기에는 토마스의 얼굴 아래쪽이 나와 있었다. 살짝 미소 띤 얼굴이었으나 어딘가 스산해 보였다. 그녀는 스키 여행과 크리스마스이브, 그리고 작년 여름휴가 사진들도 찾아보았으나 그중에도 토마스의 얼굴이 또렷하게 나온 것은 하나도 없었다. 어쩌면 그가 사진 찍히는 걸 의식적으로 피해온 걸까. 그녀의 삶에 자신의 흔적을 남기지 않으려고, 훗날 그녀가 그의 뜻에 반해 사용할 수도 있는 증거를 남기지 않기 위해서 말이다.

마침내 그녀는 일요일 산책중에 찍은 사진들 가운데 한 장을 찾아냈다. 콘라트 아니면 엘라가 찍었을 게 분명한 사진이었다. 또렷하게 나오진 않았지만 토마스의 표정이 아주 자연스럽고 생기 있어 보였다. 미소를 짓고 있었는데, 무언가 말을 하고 나서 대답을 기다리는 듯했다. 그녀는 소형 사진 프린터로 그 사진을 출력했다. 사진을 전부 컴퓨터에 저장해두니 한 번도 들여다보지 않게 된다고 그녀가 불평을 늘어놓자 토마스가 크리스마스 선물로 사준 프린터였다.

그녀는 경관이 계단으로 내려오는 소리를 듣고 복도로 나갔다. 이쪽은 지하실입니까? 그가 물으며 지하실 문을 가리켰다. 아스트리트가 그를 안내하기 위해 내려가려고 하자 그가 말했다. 그냥 거기 위에 계세요. 순간 그가 무엇을 찾고 있는지가 분명해졌다. 토마스가 숨어 있는 게 아니라, 지하실이나 다락방에서 목을 매달아 자살했을 거라고 판단한 게 분명했다. 물론 토마스가 결코 그럴 사람이 아니라고 그녀는 확신했지만 그런 생각만으로도 왠지 온몸이 떨려왔다. 심장이 고동치는 가운데 그녀는 경관이 지하실에서 올라오기를 기다렸다. 다행히 그는 계단을 올라오면서 안심한 듯 고개를 가로저었다. 아무 일도 없었구나!

그는 커피를 사양하며 물 한 잔이면 된다고 하더니 그마저도 입에 대지 않았다. 그는 사진을 꼼꼼히 들여다보았다. 이 사진을 저에게 전송해주시면 좋겠습니다, 라고 말하며 사진 전송에 필요한 자신의 이메일 주소를 그녀에게 건넸다. 그 사진 신문에 나오는 건가요? 아스트리트가 물었다. 그런 걸 묻는 자신이 창피했지만 어쩔 수 없었다. 아닙니다, 경관이 말했다. 남편분 사진은 경찰의 실종자 파일에만 저장됩니다. 남편분이 혹시라도 어디선가 국경경비대라든가 교통경찰에게 신분증을 제시하게 될 경우, 실종신고가 되어 있다는 걸 우리 동료들이 남편분께 전해드릴 겁니다. 그분이 동의를 하시면 저희가 부인께 그분의 현 주거지를 통보해드릴 거고요. 그게 다인가요? 아스트리트가 물었다. 성인이라면 잠수를 탈 권리가 있습니다, 경관이 말했다. 범죄나 자해의 위험이 있다는 정보가 입수된다면 경찰견과 함께 수색에 나서게 됩니다. 하지만 실종 시점에서 서른여섯 시간이 지나고 나면 그것도 그리 쉽지 않습니다. 그럼 아이들은요? 아스트리트가 말했다. 아이들에게는 뭐라고 얘기하죠? 아까 말씀드렸듯이, 실종자들은 대체로 이삼일 후면 다시 나타납니다, 라고 말하며 그는 자리에서 일어섰다. 그러고는 물잔을 들어 단숨에 들이켰다. 루프예요, 그가 아스트리트에게 악수를 청하더니 자신의 명함을 건네며 말했다. 그녀는 무어라 대답을 못하고 우물거렸다. 필요하면 언제고 연락하셔도 됩니다. 댁한테요? 그녀가 물었다. 제가 근무중일 때라면 도와드리죠. 그는 그녀에게서 명함을 다시 가져가 뒷면에다 자신의 휴대전화번호를 적어주었다. 급할 땐 이 번호로 전화하세요. 그가 말했다.

경관이 가고 난 후, 아스트리트는 처음으로 울음을 터뜨렸다. 토마스의 사진이 아직 그대로 놓인 탁자 옆에 앉아 울었다. 처음에는 나직하게, 그러다 점점 더 크게. 그녀의 몸이 격렬하게 들썩거렸고, 오열이 서서히 잦아들면서 그 간격이 뜸해졌다. 드디어 그녀는 마음을 가라앉히고 욕실로 가서 찬물로 얼굴을 씻었다. 그러고는 출력한 토마스의 사진을 서랍 속에 감췄다.

토마스는 바의 가장 어두운 구석에 앉아 있었다. 실
내가 차츰 사람들로 채워졌다. 남자 대여섯 명이 자리에
앉거나 선 채로 젊은 여자들과 이야기를 나누기도 하고,
여자들과 함께 붉은 등이 켜진 복도 쪽으로 사라지기도
했다. 그러다 반시간쯤 지나 다시 나타났다. 커플로 온
경우도 있었다. 여자는 청순한 아름다움이 돋보이는, 이
를테면 이 장소에 어울리지 않는 인상을 풍겼다. 검은
머리에 피부는 매우 흰 편이었고, 진으로 된 미니스커트
와 품이 넉넉한 흰색 블라우스 차림이었다. 그녀는 자기
는 거들떠보지도 않고 업소의 여성과 거래중인 남자 옆
에 서 있었다. 토마스는 그녀의 표정을 읽어낼 수가 없었
다. 놀란 것 같기도 하고, 세심하게 주위를 살피는 것 같
기도 했다. 그녀는 잠시 후 그 남자와 업소의 여성을 따
라 바에서 나갔다. 그녀의 표정은 홀을 마지막으로 보는
것처럼 보였다. 그녀의 시선은 훗날의 기억에 이곳을 담
아두기라도 하려는 듯 사방을 샅샅이 훑고 있었다. 토마
스는 고개를 숙이고 눈을 감았다. 음악소리는 크고 너무
단조로워서 곧 그의 의식에서 사라졌다. 그는 남은 현금

이 별로 없었지만 바에서 맥주 한 병을 또 가져왔다. 신용카드로 술값을 지불해야 할 것 같았다. 자취를 감추려면 은행카드나 신용카드는 절대 사용하면 안 된다는 것쯤은 어린애들도 다 알고 있다. 조만간 아스트리트가 경찰서에 갈 테고, 경찰은 그가 사라지고 난 후의 계좌 변동상황에 대해 틀림없이 그녀에게 물을 것이다. 이런 생각을 하다보니 그는 보호받고 있다는 기분이 들었다. 침대에서 아스트리트 곁에 누우면, 몸을 서로 맞대지 않아도, 그녀의 온기와 그녀 몸의 무게가 느껴졌다. 두 사람이 마치 중력으로 묶인 채 서로 더 가까워지지는 않으면서 회전하는 두 천체가 된 것 같은 느낌이었다.

토마스는 누군가 자신의 어깨를 흔드는 느낌이 들었다. 잠깐이었지만 그것 이외에는 아무것도 존재하지 않는 듯 느껴지던 흔들림이 파도처럼 퍼져서 그의 온몸을 뒤덮는 것 같았다. 눈을 떠보니 젊은 남자 하나가 그의 탁자 앞에 서 있었다. 검은색 곱슬머리의 남자가 경멸적인 표정으로 히죽 웃고 있었다. 피곤하쇼? 남자가 물었다. 약간. 토마스가 말했다. 그럼 잠자러 가셔야지, 바도 이제 비었는데. 집으로 가시는 게 더 좋겠소. 실컷 주

무신 다음에 다시 오죠. 남자의 목소리가 그리 불친절하지는 않았지만 마치 명령처럼 들렸다. 토마스는 바에 가서 카드로 계산을 했다. 맥주 두 병 마셨을 뿐인데 그는 약간 비틀거렸다. 그가 다시 한번 뒤를 돌아보았다. 젊은 남자가 아직 그에게서 눈을 떼지 않고 있었다. 전실前室에서 그는 잠시 머뭇거리다가 잡히는 대로 옷걸이에 걸린 재킷을 하나 집어들었다. 짙은 초록색 비옷이었다. 그는 재빨리 건물을 빠져나왔다. 그제야 그는 시계를 들여다보았다. 열두시 반이 막 지나고 있었다. 비는 그쳤지만 길은 아직 젖어 있었다. 마을의 집들은 모두 불이 꺼졌으며, 가로등 몇 개만 희미한 빛을 밝히고 있었다. 토마스는 마을을 뒤로하고 큰길을 따라 걸었다. 그렇게 몇백 미터쯤 걸어가다가 걸음을 멈추고, 그가 들고 나온 비옷의 주머니들을 들춰보았다. 라이터와 볼펜, 허브사탕 봉지와 영수증 몇 장, 그리고 동전 몇 개, 휴대용 수첩, 빈 안경집이 들어 있었다. 그는 휴대용 수첩과 볼펜, 동전과 라이터만 남기고 나머지는 모두 버렸다.

반시간쯤 걷자 좀더 넓은 길이 나왔다. 그리고 이제 자기가 있는 곳이 어딘지 알 수 있었다. 그는 작은 도시의 가장자리에 서 있었다. 이 도시를 가로질러가면 집들이 거의 없는, 더 안전한 숲지대에 들어설 수 있을 것이다. 이따금 자동차가 양방향으로 오갔다. 사위가 고요해 토마스는 매번 자동차 소리를 미리 들을 수 있었고, 그럴 때마다 울타리 뒤나 집 모퉁이로 몸을 숨겼다.

그 길을 따라 시내로 들어가자 작은 보행자전용구역에 도달했다. 그는 먹을 것을 사기 위해 상가를 따라 걸었다. 얼마 전 신문에서는 슈퍼마켓의 쓰레기컨테이너에서 나오는 음식물로 먹고사는 사람들이 있다는 기사를 읽은 적이 있었다. 그런데 이 상가에는 옷가게와 신발가게, 스포츠용품점과 제과점뿐이었다. 마침내 그는 슈퍼마켓을 찾아냈다. 컨테이너들이 들어차 있는 화물전용 플랫폼 입구에는 마치 성채의 입구처럼 보안용 철제 격자문이 설치되어 있었다.

쥐죽은듯 조용한 도시가 유령도시를 연상케 했다. 토마스는 이곳 사람들이 그와 마찬가지로 깨어 있으면서 이 모든 걸 정지시킨 건 아닐까 하는 생각이 들었다. 어릴 때 읽고 나서 한 번도 잊은 적이 없는 책이 생각났다. 지상의 거의 모든 사람들이 돌처럼 딱딱하게 굳어버리고, 어린아이들만 한 무리 살아남아 비행선을 타고 지구 여행을 한다. 그러던 어느 날 다른 생존자들을 만나 그들과 생사를 가르는 싸움을 벌이는 이야기였다. 토마스는 그런 결말에 얼마나 실망했었는지 지금도 기억하고 있다. 만약 그였다면, 사람들이 살지 않는 세계를 어린이들이 영원히 계속해서 여행하는 이야기로 만들었을 것이다.

역에는 자동판매기가 있었다. 토마스는 동전이 다 떨어질 때까지 초코바 몇 개와 감자칩 몇 봉지 그리고 단음료 몇 캔을 끄집어냈다. 그러고는 그것들을 스웨터로 둘둘 말아 팔소매로 봇짐처럼 묶었다. 자동판매기 옆 진열상자에는 이 도시의 지도와 근방의 트레킹용 지도가 비치되어 있었다. 그는 지도를 보면서 자신이 가야 할 길을 최대한 꼼꼼히 머릿속에 새겨두었다.

길은 시내를 빠져나와 공업지대를 거쳐 목초지와 들판 그리고 거의 함께 형성된 듯한 두 개의 작은 마을을 통과했다. 발이 아팠지만 토마스는 계속해서 걸었다. 계곡이 좁아지면서 얼마 후 건물들이 밀집해 있는 지역이 나타났다. 이름을 들어본 적이 있는 정신병원이었다. 이곳 역시 조용하고 어두웠다. 건물들 사이에 들어선 조그만 별채 옆에서 가로등이 외로이 불을 밝히고 있었다. 거기에 병원 단지의 안내도가 설치되어 있었는데, 안내도에는 병원의 부서와 작업장 그리고 주택 용도의 건물들이 표시되어 있었다. 그러나 모든 길들이 안내도의 가장자리에서 끝났다. 병원은 마치 아무도 벗어날 수 없는 섬 안에 있는 것 같았다. 토마스는 트레킹 지도에서 본 코스를 상기하고 병원 시설들을 지나 숲으로 통하는 언덕길로 향했다. 막다른 길이라는 표지가 붙어 있었지만 일단 가보기로 했다. 어느 다층 건물 앞을 지나갈 무렵, 일층의 창문 하나에 불이 켜져 있는 걸 보았다. 안에는 한 여자가 컴퓨터 앞에 앉아 있었는데, 아마도 야간 당직자인 듯했다. 여자는 책을 읽는지, 혹은 다른 세상을 헤매는지, 고개를 숙이고 있었다. 토마스가 서점에서 아스트리트를 알게 된 후로 그녀는 그에게 여러 차례 책을 권했다. 그녀를 생각해서 읽기는 했지만 그는 한 번도 진정으로 독자가 된 적이 없었다. 책 속 인위의 세계가 그에게는 한 번도 생생하게 느껴지지 않았다. 그는 나이가 들수록 도무지 책에 재미를 붙이거나 책을 통해 기분

전환할 필요를 느끼지 못했다.

숲 가장자리에 이르자 아스팔트길이 숲길로 바뀌었는데, 길이 상당히 넓은 편이어서 어둠 속에서도 쉽게 알아볼 수 있었다. 토마스는 다른 공간에 발을 디딘 듯한 느낌이었다. 촬촬 물소리가 들려왔다. 처음에는 크게 들리던 소리가 길 위로 올라가면서 다시 작아졌다. 이따금 딱 하고 부러지는 나뭇가지 소리 말고는 여전히 고요했다. 숲 한가운데에 거대한 콘크리트 건물의 윤곽이 드러나 보였다. 아마도 군의 탄약보급창인 것 같았다. 지대가 점점 평평해졌다. 숲에서 빠져나오자 토마스는 해방감을 느꼈다. 위험을 벗어난 기분이었다. 벌써 조금 전부터 소 방울소리가 들려왔다. 어느새 아주 가까이 들리는가 싶더니 목장과 소들의 검은 실루엣이 보였다. 방울소리가 더 가깝게 다가왔다. 소들이 그를 알아본 게 분명했다. 소들이 경중경중 뛰면서 그에게로 다가왔다. 전기철조망 때문에 더는 다가오지 못했지만, 목장 끝에 이를 때까지 줄곧 옆에서 그를 따라왔다. 토마스는 방울소리 때문에 농부들이 깨어날까봐 겁이 났다. 하지만 그가 농장을 다 지나올 때까지 불은 켜지지 않았다. 개조차

짖어대지 않았다.

길은 걷기가 수월해졌으나 다리는 여전히 아팠다. 그는 울타리를 두른 잔디밭의 좁은 샛길을 내려왔다. 그러다 길은 다시 오르막이 되어 둥근 산봉우리 쪽으로 뻗어나갔다. 토마스는 거기서 잠시 쉬어가기로 했다. 잔디는 짧게 깎여 있었지만, 비 때문인지 아니면 벌써 이슬이 내린 건지 아직 젖어 있었다. 그의 단화 바닥으로도 습기가 느껴졌다. 산꼭대기에 이르자 수목이 무성했다. 그는 풀 위에 앉아 주위를 둘러보았다. 광활한 하늘에 별들이 총총 떠 있었다. 멀리 어디선가 불빛이 가물거렸다. 토마스는 지평선에 뾰족뾰족하게 늘어선 산들을 보고서야 방향을 가늠할 수 있었다. 그는 감자칩 두 봉지와 초코바 한 개를 꺼내 먹었다. 입속에 넣은 음식물이 뒤섞이며 역한 죽처럼 느껴졌다. 그는 콜라로 그것을 한꺼번에 깨끗이 삼켜버렸다. 그러고는 감자칩 빈 봉지를 정성스럽게 접어서 빈 콜라캔과 함께 나머지 음식물을 싸둔 보따리에 집어넣었다.

동쪽에서 달이 떠오르고 있었다. 때문은 오렌지빛을 띤 달이 아주 가까이 있는 것처럼 보였다. 달은 높이 떠오를수록 점점 더 작아졌다. 동시에 달빛은 더 밝아져서 어느새 온누리를 우윳빛으로 물들였다. 토마스는 너무 지쳐 더이상 걸을 수가 없었다. 그는 풀숲에 누워 어린 아이처럼 몸을 잔뜩 웅크렸다. 춥지는 않았지만 습기가 옷으로 스며들었다. 그는 집과 아스트리트와 잠들었을 아이들을 생각했다. 그가 집을 떠나온 게 몇 주전이라도 되는 듯, 그들은 아주 멀리 있는 것 같았다.

아이들은 네시가 지나자마자 학교에서 돌아왔다. 엘라가 먼저 왔고 얼마 후에 콘라트가 왔다. 콘라트는 하굣길에는 언제나 어슬렁거리며 늦장을 부렸다. 콘라트가 주방으로 들어와 말없이 엄마를 포옹할 때쯤이면 엘라는 벌써 거실 탁자에 앉아 숙제를 하고 있었다. 아스트리트는 어린아이답게 붙임성이 좋은 콘라트와의 이런 순간이 좋았다. 그럼에도 그녀는 아이를 떼어놓으며 숙제 있느냐고 물었다. 나 배고파. 사과 한 개 먹는 게 어때, 라고 말하며 그녀는 거실의 엘라를 향해서도 외쳤다. 엘라, 너도 사과 먹을래? 그녀는 사과 두 개를 여러 조각으로 잘라 조그만 접시 두 개에 나누어 담은 후 하나는 콘라트에게, 다른 하나는 엘라에게 갖다주었다. 그러고는 딸아이의 어깨 너머로 공책에 써내려가는 글의 첫 단락을 읽어보았다. 제목은 '휴가 경험'이라고 적혀 있었는데, 엘라는 해변에서 이리저리 돌아다니던 개들에 관해서만 쓰고 있었다. 그중 한 마리는 아주 붙임성이 있어 쉽게 친해질 수 있었다. 나는 그 개가 어떤 종류인지 몰랐다. 아버지는 그 개가 '잡종'이라고 했다. 그리고 '잡종'은 혼혈이기 때문에 아주 좋은 개라고 했다. 나는 그 개를 집으로 데려오려고 했는데, 어머니가 개를 데리고는 국경을 넘을 수 없다고 했다.

아이들을 달래기 위해 지어내야 하는 선의의 거짓말들, 오늘도 아스트리트는 이 많은 거짓말 중 하나를 생각해냈다. 점심식사 때도 그녀는 토마스가 고객과 점심 약속이 있다고 했다. 아이들은 엄마의 해명에 모순이 있다는 걸 눈치채지 못했는지 아무것도 되묻지 않았다. 아이들은 오늘따라 유난히 조용했다. 조금 겁을 먹은 것 같기도 했다. 아스트리트는 엘라의 접시에서 사과 한 조각을 집어 입에 넣었다. 어, 그거 내 건데. 엘라가 말했다. '잡종'은 t자로 끝나는 거야. 아스트리트가 말했다. 아니지, 끝이 아니라 중간이 t자야.*

저녁식사를 준비하면서 그녀는 빤히 보이는 거짓말로 더는 아이들을 속일 수 없겠다는 생각이 들었다. 그러면 아이들에게 무어라고 말해야 하나? 아빠가 사라졌다, 라고? 그게 아니라면 달리 뭐라고 하나? 무슨 일이 일어났는지 그녀 자신도 모르는 마당에. 그에게 좋지 않은 일이 생긴 건 분명 아닐 것이다. 그는 떠나야 했다. 그냥 떠나야 했던 거다. 어쩌면 바로 이게 제대로 된 설명인지도 모른다. 그는 애인이 있지도 않았고, 돈을 횡령한 적도 없으며, 갚을 수 없는 빚을 진 적도 없었다. 그는 자살을 한 것도 아니고, 그냥 사라져버렸다. 집을 나가고 싶은 욕망, 이런 심리는 그녀에게도 그리 생소하진 않았다. 엘라가 아주 어렸을 때 배앓이 때문에 밤새 잠투정을 하며 몇 시간이고 울음을 그치지 않는 날이면, 지칠 대로 지친 그녀는 몇 번이고 그대로 집을 나가

---

* '잡종'은 독일어로 Bastard인데, 원문에서 엘라는 Basdard로 잘못 쓰고 있다.

곤 했다. 반시간이고 한 시간이고, 아기 혼자 내버려둔 채로. 그길로 역으로 가서 플랫폼 벤치에 앉아 깊은 한숨을 쉬었다. 열차가 도착하고 사람들이 내리고 탔다. 아스트리트는 의자에서 일어나 열차를 향해 걸음을 옮겼다. 문이 닫히고 열차는 떠나갔다. 아스트리트는 다시 의자에 가서 앉았다. 그러고는 집으로 돌아간 순간 집안이 흉가처럼 고요하면 어쩌나 걱정이 되었다. 마침내 그녀는 걸음을 되돌렸다. 엘라는 계속 울고 있었다. 용을 쓰며 우느라 얼굴이 완전히 홍당무가 되어 있었다. 아스트리트는 아기를 침대에서 안아들고 집안을 이리저리 오가며 울음을 그칠 때까지 다정하게 속삭였다. 아스트리트는 이 짧았던 도주들에 대해 토마스에게 한 번도 얘기한 적이 없었다. 그런 짓을 한 자신이 부끄러웠기 때문이다. 만약 토마스도 그런 도주를 생각한 거라면, 일상의 소음 속에서 자신을 되찾기 위한 시간이 필요해서였을 것이다. 토마스는 곧 돌아올 것이며, 그들은 다시 예전처럼 살게 될 것이라는 경관의 말이 정녕 틀리지 않으리라. 다만 이런 삶이 당연한 것은 아니며, 언젠가는 다시 둘 중 한 사람이 몇 시간, 아니 영원히 사라질 수도 있다는 것을 깨닫자 마음이 불안했다.

아이들은 예전과 달리 투덜대지 않고 식탁을 차렸다. 식사를 하면서도 여전히 말이 없었다. 마침내 아스트리트가 입을 열었다. 아빠가 집을 나가셨어. 아빠가 어디 있는지 그리고 언제 돌아오실지는 엄마도 모르지만, 그리 오래 걸리지는 않을 거야. 아빠가 돌아가신 거야? 엘라가 물었다. 아스트리트가 놀란 눈으로 딸을 쳐다봤다. 아니야, 절대 그렇지 않아. 어떻게 너 그런 생각을 다 하니? 엘라가 식탁에서 벌떡 일어나 위층으로 뛰어올라갔다. 아스트리트도 엘라를 쫓아 올라갔다. 엘라는 몸을 웅크린 채 침대에 누워 울고 있었다. 아스트리트는 딸의 뒤에 누워 딸을 안으며 말했다. 아빠는 틀림없이 잘 계실 거야. 휴가 끝에 시간이 필요하신 걸 거야. 틀림없이 곧 돌아오신다니까, 정말이야. 엘라는 아무 대답이 없었지만 차츰 진정되는 것 같았다. 잠시 후 아스트리트가 말했다. 아래층에 내려가봐야겠다, 콘라트가 뭐하고 있는지 봐야겠어. 너 괜찮은 거지? 엘라가 고개를 끄덕였다.

콘라트는 여전히 식탁에 앉아 있었다. 앞의 접시에 있는 빵을 주사위 모양으로 잘게 썰어놓은 채, 아빠 왜 집을 나간 거야? 콘라트가 물었다. 아스트리트는 아들 옆에 앉아 어깨에 손을 얹으며 말했다. 사람은 이따금 혼자 있고 싶을 때가 있어. 너도 그럴 때가 있지 않니, 안 그래? 네 방에 문 잠그고 있을 때 말이야. 이제 마저 먹어. 컴퓨터게임 해도 돼? 콘라트가 물었다.

토마스가 잠에서 깼을 때는 벌써 동이 트고 있었다. 달이 중천에 떠 있었지만 점점 밝아오는 하늘에서 힘을 잃어갔다. 전날 밤 실루엣으로만 보이던 나무 군상은 밝은 데서 보니 몇 그루 안 되는 나무들이었고, 그마저도 병들어 있었다. 꼭대기의 잎들은 거의 떨어지고, 기둥은 담쟁이덩굴이 휘감고 있었다. 공기에서 달콤한 냄새가 났다.

옷에는 습기가 배어 있었지만 춥지 않았다. 그는 축축한 풀에 두 손을 적셔서 눈을 비벼 잠을 깼다. 그러고는 보따리를 어깨에 메고 남쪽을 향해 걸음을 옮겼다. 사방을 둘러보아도 사람이 보이지 않았다. 그는 들길을 걸으며 줄곧 방향을 잃지 않기 위해 주의를 기울였다.

그가 택한 길은 목초지를 따라 뻗어나갔는데, 갈수록 험해지다가 임시 유턴 표시가 된 숲 가장자리에 이르자 끝났다. 토마스는 숲으로 들어갔다. 숲의 상당 부분이 침엽수들이었다. 공기에 꿀이라도 탄 듯 달콤한 향기가 더욱 짙게 풍겼다. 지형이 매우 가팔라졌다. 조금 떨어진 곳에 오솔길이 보여 그리로 들어섰다. 하지만 지그재그로 협곡을 내려가던 이 길도 얼마 안 가 종적을 감췄다. 숲의 경사가 심해서 걷는다기보다 미끄러져내려가기 일쑤였다. 협곡을 다 내려가서는 양치식물과 키 낮은 덤불들을 헤치고 나가느라 또 애를 먹었다. 거미줄이 얼굴과 손에 달라붙었다. 그가 알아볼 수 있는 식물들이 많았다. 그는 식물들의 이름을 기억하고 있는 자신이 신기했다. 쇠뜨기와 검푸른색 열매를 맺는 우산나물, 고약한 냄새를 풍기는 황새주둥이, 까치밥나무처럼 생겼지만 독이 있고 빨간색 겹딸기가 열리는 인동덩굴. 모두 어렸을 때 아버지에게 배운 것들이었다. 쏴 하고 물 떨어지는 소리가 들려왔다. 멀찌감치 아래쪽에 폭포가 보였다. 이삼 미터 높이의 낭떠러지에서 폭포수가 조그만 웅덩이로 떨어져내리고 있었다.

폭포 바로 위쪽에 얕은 곳이 있어서 토마스는 개울을 건너갈 수 있었다. 그곳에서 그는 다시 한번 얼굴과 손을 씻고, 두 손으로 개울물을 퍼서 마셨다.

계곡의 건너편은 경사가 더욱 심했다. 토마스는 풀뿌리와 작은 나무들을 붙잡으려 했으나 계속 미끄러졌다. 마침내 지대가 평평해졌을 때는 바지가 온통 더러워져 있었다. 거리상으로는 별 진척이 없었는데, 한 시간을 낭비했다.

조금 전까지만 해도 오락가락하던 하늘이 어느새 푸르게 물들기 시작하면서 몇 개의 조각구름들이 대각선으로 떨어지는 햇살을 받아 금빛으로 붉게 빛났다. 이윽고 햇살이 숲과 초원에까지 이르러 온누리가 빨갛게 타오르기 시작했다. 토마스는 삼면이 숲으로 둘러싸인 작은 목초지 가장자리 숲에 앉았다. 사람의 손길이 닿지 않은 풀들이 무성하게 자라 있었다. 그는 역의 자동판매기에서 산 나머지 음식들을 마저 먹었다.

보호막 역할을 해주던 숲에서 나오자 멀지 않은 곳에 마을이 보였다. 마을에는 십여 채의 농가가 들어서 있었다. 사람들은 보이지 않았다. 내심 불안해하면서 그는 마을로 들어섰다. 그는 마을을 가로질러갔다. 한 농가의 외양간 문이 열려 있었다. 안을 들여다보니 한 여자가 소를 착유기 쪽으로 잡아매고 있었다. 라디오 소리가 들려왔다. 진행자의 쾌활한 음성과 함께 왈츠의 첫 박자가 울리기 시작했다. 그는 계속해서 빠르게 걸었다. 치즈공장을 지날 때는 안에서 덜거덩거리는 소리와 좔좔 물 흐르는 소리가 들렸고, 앞의 외양간에서 들리던 것과 똑같은 음악소리가 들려왔다. 좁은 길이 언덕으로 이어져 있었다. 언덕에 오르자 멀리 아침햇살을 받아 반짝거리는 샌티스산과 쿠어피르스텐산맥이 보였다. 토마스는 뒤를 돌아봤다. 아래쪽으로 조그만 마을이 완벽한 질서를 이루고 있었다. 이 질서를 유지하기 위해 얼마나 힘을 쏟아야 했을까. 매일 아침 일찍 일어나 똑같은 일을 반복해야 했을 것이다. 소젖을 짜고, 외양간을 청소하고, 목초지에 거름을 주고, 풀을 깎고, 건초를 걷어들이는 일을. 지난 수세기에 걸쳐 이뤄진 기계화 덕분에 한결 쉬워지기는 했겠지만, 그가 생각하는 일이란, 체력의 문제가 아니라 일체의 정확성에 대한 신뢰의 문제였다. 그역시 이러한 부언의 합의에 일조하면서 자신이 예기豫期

했던 대로 기능을 해왔다. 이런 기능 수행에 관한 생각을 한 번도 입 밖에 꺼낸 적은 없지만 말이다. 그는 아홉 해 동안 학교에 다니며 공부를 했고, 군복무를 마친 후 수습사원으로 일하다 아스트리트와 결혼해 아이들을 낳고, 부모의 집으로 이사해 차근차근 살림을 꾸려나갔다. 이 모든 것을 구축하기 위해 그는 힘이 많이 들었고, 이제 그들은 이 집에서 살게 되었는데, 이 집은 서서히 허물어져가고 있었다. 눈에 띄지는 않지만 계속해서 허물어져가고 있었던 것이다. 건물은 허물어져 폐허로 돌아갈 때 비로소 완성된다는 말을, 그는 어디선가 읽은 적이 있다. 어쩌면 사람에게도 적용되는 말 같다.

토마스는 매일 사무실에 나가서 맡은 바 소임을 다했다. 고객관리 대장을 만들고, 거래를 성사시키고, 고객의 세금신고용지를 작성했다. 소상인들 중 몇몇은 변화된 시장 상황에 적응하지 못하거나 자신의 능력 부족 또는 경영마인드 부족으로 파산했지만, 대부분은 살아가는 동안 커다란 곤경에 처하는 일 없이 일정한 부를 획득하고 때가 되면 연금생활자 단계로 진입했다. 그때가 되면 그들, 이를테면 소목장이나 철물수리공 또는 정육

점 주인과 그의 대를 이을 아들 같은 사람들이 그와 마주앉았다. 그들은 돈과 부동산, 자산목록과 적당한 투자에 대해 자문을 구했다. 하지만 정작 중요한 문제에 관해서는 일절 말이 없었다. 왜 그랬을까? 매일같이 힘들게 지내느라 그런 문제에 관해 생각할 겨를이 없었거나, 어쩌면 그런 문제는 해답이 없다는 것을 알고 겁이 나서 문제 제기를 하지 않았을지도 모른다. 이런 그들을 경탄해야 할지, 혹은 경멸해야 할지 토마스는 알지 못했다.

조금 더 큰 다음 마을로 들어서자 벌써 활기가 돌았다. 자동차들이 거리를 질주하고, 등교중인 아이들이 보이고, 식료품점 앞에서는 화물차 한 대가 상품을 인도하고 있었다. 토마스는 될 수 있는 한 중심가를 우회했다. 이 지역에서 여행자는 흔히 볼 수 있는 일이지만, 그는 떠돌이처럼 보일 게 틀림없었다. 세수를 하지 않아 얼굴이 지저분한데다 옷도 꾀죄죄하고 배낭이나 스틱도 지니고 있지 않았기 때문이다.

그는 사과나무들이 들어찬 과수원을 지나갔다. 하지만 풀 위에 떨어진 사과들은 아직 익지 않았다. 사과밭 옆에 널찍하게 펼쳐진 검은 그물 아래로는 월귤나무들이 가득했다. 울타리 문이 잠겨 있지 않아 그는 안으로 들어가 열매를 몇 줌 땄다. 어린 시절 산에서 따 먹었던 것들보다 훨씬 더 크고 달콤했다. 그때 전동기 소리가 점점 가까이 들려왔다. 아직 허기를 다 채우지 못했지만 그는 그곳을 살그머니 빠져나왔다.

한 농가 옆에서 알파카 몇 마리가 풀을 뜯으며 커다란 눈으로 그를 쳐다보고 있었다. 알파카의 얼굴은 익살꾼을 닮았다. 목초지의 울타리에는 함부로 먹이를 주지 마시오, 라는 팻말이 달려 있었다. 팻말 옆의 뚜껑 달린 양철통에는 사료용 빵이 들어 있었다. 토마스는 뚜껑을 열고 마른 빵 몇 조각을 꺼내 주머니에 넣었다.

길은 이제 신축 건물들이 모여 있는 가파른 지역을 내려가고 있었다. 건물들은 농가와 단독주택을 절충한 구조였다. 짧게 깎은 평평한 잔디밭에 어린이용 물놀이 풀과 그네 그리고 트램펄린이 설치되어 있었다. 아래쪽 좁은 계곡에는 문이 닫힌 음식점과 제재소가 있었다. 제재소 뒤에는 거미줄과 먼지로 더러워진 널빤지들이 오랫동안 사람 손을 타지 않은 듯 놓여 있고, 대로와 개울 사이에는 톱질로 잘라낸 나무기둥들이 층층이 쌓인 채 건

조중이었다. 보다 더 아래쪽으로 제방이 있고 제방 앞에 가늘고 긴 수조가 설치되어 있었다. 토마스는 나무판자 더미를 가림막삼아 옷을 벗고 얼음처럼 차가운 물속에 몸을 담갔다. 몸을 씻은 후 옷의 아주 더러워진 부분만 대충 빨아 말오줌나무 가지에 널었다. 그리고 나서 마른 빵을 개울물에 축였다. 빵은 물냄새와 함께 입속에서 부서졌으나, 허기는 채워주었다. 빵을 다 먹고 나니 기분도 한결 좋아졌다. 발가벗은 채 그는 햇볕에 누워 휴식을 취했다.

날이 서늘했지만 아스트리트는 아이들이 잠자리에 들자 다시 밖으로 나갔다. 그녀는 신문과 와인잔을 들고 나무벤치에 앉았다. 정확히 이틀 전, 그러니까 사십 팔 시간 전에 그녀는 토마스와 함께 바로 여기 앉아 있었다. 눈을 감으면 토마스가 그녀 옆에 앉아 있는 것 같았다. 집안에서 콘라트의 울음소리가 들리는 것 같았다. 당신이 좀 보고 올래요? 그녀가 말했다. 그냥 놔둬, 하고 토마스가 말했다. 좀 있으면 괜찮아질 거야. 그래도

가봐요. 그녀가 단호하게 말했다. 그는 한숨을 내쉬며 마지못해 일어나 집으로 들어갔다. 잠시 후 그가 콘라트와 이야기하는 소리가 들려왔다. 두 사람의 웃음소리도 들렸다. 이제 자거라, 토마스가 어느 틈에 계단을 내려오면서 소리쳤다. 그러고는 거실 불이 켜지고, 토마스가 창가에 기댄 채 말했다. 당신도 들어오지 그래. 곧 갈게요. 아스트리트가 말했다. 그녀는 그가 창문 닫는 소리를 들었다. 그녀는 그와 아주 멀리 떨어져 있는 것 같은 느낌이 잠시 들었다. 그가 새 와인병을 가지러 지하실로 내려갔으리라고 생각했다. 그는 잠시 난방실에도 들러 난방용 기름을 살펴보면서 올겨울을 지내기에 충분할지, 아니면 가을에 주문을 해두어야 할지, 머릿속으로 계산을 하고 있었을 것이다. 지하실에서 나온 그가 실외 온도계를 살펴봤다. 영하 10도가 가까웠다. 하지만 내일은 다시 따뜻해진다고 했다. 다음 순간 아스트리트는 차분히 달래는 듯한 텔레비전소리를 들었다. 사람들 음성이 들리고 여러 가지 소리와 음악소리가 들렸다. 그녀는 신문을 내려놓고 잠시 때를 기다리는 듯 조용히 앉아 있다가, 자리에서 일어나 정원 밖으로 나갔다. 어딘가에

참고가 될 만한 무언가가 있기라도 한 것처럼, 그녀는 길 아래위를 살폈다. 하지만 특별히 눈에 띄는 것은 하나도 없었고, 단지 단독주택들로 둘러싸인 밤길만이 보일 뿐이었다. 그녀는 토마스가 거리에 서 있는 것을 보았다. 그는 어느 방향으로 가야 할지 갈피를 잡지 못해 그녀처럼 당황해하는 모습이었다. 일주일에 한 번 그는 배구를 했고, 배구가 끝나면 클럽 친구들과 함께 한잔하러 가곤 했다. 그런 날이 아니라면 그는 거의 매일 저녁 집에 있었다. 한동안은 어릴 때 친구와 가끔 만났었는데, 그 친구가 자유교회의 신도가 된 이후로는 그 교회 이야기 외에 다른 이야기는 일절 하지 않게 되면서 더이상 만나지 않았다. 아스트리트는 그 친구에게 전화를 걸어볼까 잠시 생각했으나, 토마스가 마음속 괴로움이 있었던들 결코 그 친구와 나누었을 것 같진 않았다. 그 말고는 토마스가 찾아갔을 만한 사람이 아무도 떠오르지 않았다. 토마스는 가까운 친구가 없었다. 직장 동료나 고객 그리고 배구클럽 친구들과 피상적인 관계를 유지하는 데 만족하는 것 같았다. 그들 부부는 사람들과 잘 어울리지 않는 편이었다. 아이들이 생긴 뒤로는 저녁에 외출하는 일이 거의 없었다. 아스트리트는 종종 토마스에게 옛친구들과 다시 연락도 하고 어울려보라고 했지만, 그는 그럴 필요를 전혀 느끼지 않는 것 같았다. 당신하고 애들 있으면 됐지, 뭘. 그의 대답은 늘 이랬다. 부모님이나 누이와도 관계가 좋았으면서 연락은 자주 하지 않았다. 아스트리트가 그들의 생일을 상기시켜주지 않았으면, 그는 아마도 매번 까맣게 잊고 지나갔을 것이다.

그제야 오늘이 토마스가 배구하러 가는 날이라는 게 떠올랐다. 그들 팀이 운동을 하는 체육관은 학교의 부속 건물이었는데, 집에서 불과 몇백 미터밖에 떨어져 있지 않았다. 그녀는 잠깐 집으로 들어가 아이들의 동정을 살폈다. 아무 기척이 없는 것을 확인한 뒤, 그녀는 재킷을 걸치고 살며시 문을 닫고 나왔다.

체육관은 반지하에 있었다. 아스트리트는 커다란 창가에 서서 아래쪽을 내려다보았다. 매주 화요일마다 그랬듯 오늘도 배구 연습이 한창이었다. 남자들이 길게 줄을 서 있었는데, 특정한 경기 상황을 연습하는 것 같았다. 한 사람씩 차례로 트레이너로부터 공을 받아 경기장의 일정한 구석을 향해 던지고 나서 다시 돌아가 길게 줄을 서는 것이었다. 아스트리트는 줄을 선 사람들 속에서 토마스를 찾아보았지만 그가 거기 있을 리 만무했다. 밖에서 들으니 배구공 던지는 소리가 먼 천둥소리 같았다. 바닥에 부딪힐 때마다 귀를 찢는 듯한 신발의 마찰음이 들려왔고, 이따금 공이 빗나가거나 정통으로 꽂힐 때면 괴성이 들렸다. 똑같은 동작의 끝없는 반복이 공허해 보였다. 그녀에게는 선수들이 온통 실체 없는 생산품을 만들어내는 컨베이어벨트에 늘어선 로봇처럼 보였다. 아스트리트는 눈을 떼지 못하고 계속 그들을 응시했다. 트레이너가 더이상 공을 던지지 않으려는지, 공을 가슴에 끌어안았다. 그러자 남자들이 그의 주위로 둥그렇게 모여서 다음에 계속할 훈련에 관해 상의하는 것 같았다. 그녀는 그들 중 누군가 창가에 있는 자기를 알아보기라도 할까봐 덜컥 겁이 나 어두운 곳으로 한걸음 물러섰다.

그녀는 공놀이를 하고 있는 사람 대부분과 면식이 있었다. 남편이 그들과 연습을 할 때 인사를 나누거나, 해마다 여름휴가 전이면 정기적으로 열리는 클럽의 그릴파티에서 인사를 나눈 사람들이었다. 그릴파티가 열릴 때면 부인들은 샐러드를 만들어 접이식 식탁에 올려두었다. 토마스는 고기 굽는 일을 도왔고, 아스트리트는 서로 친한 사이처럼 보이는 부부 세 쌍이 모여 있는 식탁에 앉아 있었다. 그들은 마을의 이런저런 소문을 교환하며 연방 웃음을 터뜨렸다. 다른 사람들이 아스트리트 쪽으로 와서 짧게 인사를 건네며 손을 내밀었다. 그러고는 그녀에게 거의 신경을 쓰지 않았다. 아이들이 짬짬이 식탁으로 와서 칩을 한 줌씩 집어들거나 급히 아이스티를 마셨다. 무슨 놀이를 하느냐고 아스트리트가 묻자 아이들은 숨을 몰아쉬며 대답을 하는 둥 마는 둥 하더니 곧장 같이 놀던 아이들에게로 되돌아갔다. 토마스가 마침내 그녀 맞은편 벤치에 끼어들었다. 누군가 그에게 뭐라고 소리를 지르자 그가 웃음을 터뜨렸다. 그녀는 피곤해서 집에 가야겠다고 말했다. 그 말을 하면서 그녀는 자신이 좌중의 흥을 깨고 있다는 생각이 들었다. 하지만 그녀는 시끌벅적한 분위기를 더이상 일 분도 견디기가 힘들었다. 하지만 결국 그러고도 한참 후에야, 자정이 지나 한기가 내려앉을 무렵에야 집으로 돌아왔다.

아스트리트는 생각했다. 트레이닝이 끝나면 남자들은 주점으로 가서 한동안 다소 취기가 돌 정도로 마신 후, 집으로 돌아가 축축한 운동복을 현관 바닥에 던져놓고 잠든 부인 옆으로 기어들어갈 것이라고.

그녀는 다시 집으로 돌아갔다. 집으로 들어가기 전, 잠시 머뭇거리며 나무벤치를 바라봤다. 신문과 마시다 만 와인잔이 아직 그대로 놓여 있었다. 그녀는 마치 시곗바늘을 그 시간으로 되돌려놓으려는 듯, 그것들을 그대로 밖에 내버려두었다. 집안으로 들어갔지만 불을 켜지 않았다. 토마스가 벌써 잠자리에 들어가 자신을 기다리고 있다는 생각이 들었다. 그녀는 그의 이불 속으로 들어갔다. 이렇게 늦게까지 어디 갔었어? 하고 그가 유쾌한 음성으로 말하며 그녀를 잡아당겨 키스했다. 그는 한 손을 그녀의 가슴에 올려놓았다. 그의 손은 배 쪽으로 미끄러져가다가 팬티를 밀치고 들어가더니 가랑이 사이를 더듬었다. 그녀의 상상은 계속되었다. 그가 그녀의 위에 오르고, 그녀는 그의 무게를 느끼며, 그의 힘찬 움직임과 숨소리 그리고 신음소리를 들었다. 그러다 퍼뜩 정신이 든 그녀는 울음을 터뜨렸다. 그녀는 잠이 들고 싶지 않았다. 깨어나는 것이 두려웠고, 다음날 아침이 두려웠다. 토마스가 여전히 그녀로부터 멀리 떠나 있을 다음날 아침이.

토마스는 정오경에 잠에서 깼다. 하늘엔 구름이 끼어 있었고, 바람이 차고 추웠다. 그는 발가벗은 채 내버려진 느낌이었다. 옷이 아직 채 마르지 않았지만 그냥 끼어 입었다. 잠을 완전히 떨쳐버리기 위해 잠시 뜸을 들이고 나서 개울을 따라 좁은 계곡에 이를 때까지 계속해서 걸었다. 계곡은 곧바로 남쪽으로 이어졌다. 그는 아스팔트길을 따라 걸었다. 길은 계속 오르막이었는데, 처음에는 숲을 통과했고, 다음에는 가파른 초원을 올라갔다. 한참 아래쪽 협곡에 개울이 흐르고 있었으며, 물 흐르는 소리가 나직하게 들렸다. 깎은 지 얼마 안 됐는지 신선한 풀냄새가 풍겼다.

계곡은 얼마 안 가 점점 넓어지면서 분지를 형성했다. 길은 두 갈래로 갈라져 집들이 모여 있는 곳을 지나 조그만 돼지우리가 딸린 치즈공장이 덩그러니 서 있는 곳에서 다시 하나로 합쳐졌다. 돼지우리에서 밀려나오는 악취에 토마스는 인분을 떠올렸다.

숲 가장자리에 이르자 사거리가 나타났다. 사거리 앞에 꽃이 심겨 있는 화단은 마치 생긴 지 얼마 안 된 무덤처럼 보였다. 작은 연못에서는 왜가리 한 마리가 굼뜬 날갯짓으로 날아오르고 있었다.

농가들의 전면은 나무판자가 덧대어 있었는데, 대부분 파스텔색으로 칠이 되어 있었다. 어느 집 앞 작은 채소밭에는 회향, 콩, 콜라비, 사탕무 등이 자라고 있었고, 길고 가는 각목과 비닐포장지로 궁색하게 급조한 듯한 조그만 집 앞에는 토마토가 자라고 있었다. 서쪽 언덕에서 불어오는 돌풍을 맞은 비닐포장지들이 요란하게 바스락거렸다. 시든 수국이 담긴 커다란 항아리가 땅바닥에 쓰러져 있었다. 집의 입구 옆에는 갓난아기의 빨래가 널려 있었다. 창문 하나가 반쯤 열려 있었지만 사람의 기척은 없었다. 계곡 전체가 황량해 보였다. 허름한 작업복 차림의 여자가 초원을 가로지르며 무언가 찾고 있는 듯한 모습을 딱 한 번 보았을 뿐이다. 그러나 그가 그녀에게 다가가기도 전에, 그녀는 대피소 옆에 세워둔 낡은 볼보를 타고 사라졌다.

산책길은 도로에서 갈라져 호두나무와 사과나무 밭을 지나면서 계곡 오른쪽 측면으로 경사가 더욱 가팔라져 올라갔다. 이 지역은 사방이 경사면 같아 보였다. 방향을 가늠할 수 있는 지평선은 어디에도 보이지 않았다. 그는 약간 현기증이 났다. 산마루에 도달하자 거기서부터는 길이 목초지를 통과하고 있었다. 초원에는 오물이 묻은 소 몇 마리가 풀을 뜯고 있었다. 도처에 버들옷들이 다발을 이루며 자라고 있었다. 위쪽으로 더 올라가자 풀들이 한층 짧아졌고 이제 막 꽃을 피운 연보라색 콜키쿰들이 눈에 들어왔다. 방목장 가장자리에 작은 외양간이 있었다. 외양간은 지붕이 낮아 토마스가 똑바로 서기가 힘들 정도였다. 바닥은 분뇨로 가득차 있는 것이, 며칠 전부터 청소를 하지 않은 듯했다. 외양간의 한쪽 벽은 바람이 잘 통하도록 판자 칸막이가 설치되어 있었고, 그 옆 곳간에는 농기구와 울타리용 자재 그리고 건초 더미가 몇 덩이 들어 있었다. 몸을 숨기기에 좋은 장소였지만, 당장 먹을 것이 없는 그로서는 다시 길을 재촉할 수밖에 없었다.

산마루의 바람은 계곡에서보다 훨씬 세찼다. 길은 사람들이 다닌 흔적이 별로 없어 보였다. 풀 위 몇몇 군데에 희미하게 발자국이 남아 있을 뿐이었다. 도처에 쇠똥이 널려 있었고, 토마스가 다가가면 쇠똥에 앉아 있던 커다란 적갈색 파리들이 윙윙거리며 날아들었다.

드디어 산 정상에 도달했다. 처음으로 그는 남쪽 멀리 거무스름하게 숲으로 덮인 구릉을 내다볼 수 있었다. 멀리 호수 일부가 보였고, 그 뒤로 연무 속에 희미하게 구릉지가 떠올랐다. 내리막길에 토마스는 자신의 몸에서 무언가 떨어져나간 듯한 느낌이 들었다. 불안과 고통이 떨어져나갔다. 그는 성큼성큼 힘차게 걸었다. 어느 산막山幕 앞에 이르자 이정표가 여러 갈래 길을 가리키고 있었다. 그 지명들 중 어느 것도 그에게 도움이 되지 못했다. 그는 일단 남쪽 숲을 가로질러가보기로 했다. 지형이 점점 더 가팔라졌다. 토마스는 비탈을 미끄러지듯 내려갔다. 비탈에는 손길이 전혀 닿지 않은 어린 전나무들과 너도밤나무들이 자라고 있었는데, 가시덤불의 위세에 위축된 듯 보였다. 그는 갑자기 발을 헛디디며 가까스로 어린 나무를 하나 붙잡았다. 맥박이 빨라지고 온

몸이 화끈화끈 달아올랐다. 그는 거칠게 숨을 몰아쉬면서 몸을 일으켜 땅바닥에 발을 짚었다. 자신의 미련함에 화가 났다. 그의 아래쪽에 있는 바위들은 그리 높지 않았으나 만약 여기서 발이라도 삐끗하는 날에는 분명 며칠, 아니 몇 주나 걸려야 사람들이 그를 발견하게 될 것 같았다. 그는 거의 기다시피 하며 어렵사리 몇 발 되돌아가 경사가 다소 완만한 곳에 이를 때까지 대각선으로 내려갔다.

거의 계곡 밑바닥에 이르렀을 무렵 그는 길 하나와 맞닥뜨렸는데, 등고선과 평행을 긋고 있을 뿐, 어디서 시작되어 어디로 이어지는 길인지 도통 알 수가 없었다. 검은 나비 한 마리가 그의 머리 주변을 팔랑거리며 날고 있었다. 어디로 가야 할지 알 수 없던 토마스는 나비를 따라가보기로 했다. 그는 사람을 도와주는 동물이 등장하는 동화들을 떠올렸다. 잡은 물고기를 다시 물속으로 돌려보낸다든가 개구리에게 키스를 해준다든가 병든 노루를 돌봐주는 등 선행을 베푼 사람들을 동물이 다시 도와주는 이야기 말이다. 그는 이제까지 동물들을 그리 달가워하지 않는 편이었다. 그것들은 속셈을 알 수 없는 기분 나쁜 존재였기 때문이다.

키 낮은 관목들로 둘러싸인 비탈진 숲 한가운데 자그마한 사냥 오두막이 한 채 서 있었다. 오두막 외벽에는 뿔 달린 짐승의 두개골이 몇 개 걸려 있었다. 오두막 앞에는 가공하지 않은 나무로 만든 탁자와 벤치가 거의 쓰러질 것 같아 보였으며, 그 썩어들어가는 나무에서 버섯들이 자라는 중이었다. 오두막 옆에서 졸졸 흐르는 샘물 소리만이 이곳에 아늑한 분위기를 더해주고 있었다. 토마스는 샘물로 목을 축이고 골짜기 아래쪽으로 계속해서 내려갔다. 땅은 점토질을 띠었고, 자극적인 냄새가 대기를 가득 채웠다. 개울을 따라 아래쪽으로 뻗어나간 좁은 길은 군데군데 패어 들어갔거나 아예 망실되었다. 아주 오래전부터 사람이 다니지 않은 게 분명했다.

계곡이 끝나는 지점에 이르러 냇물은 초록빛으로 맑게 반짝거리는 작은 강으로 흘러들었다. 강을 따라 숲길이 이어졌다. 나무들의 그늘을 보고 토마스는 방위를 가늠할 수 있었다. 그는 강을 거슬러올라갔다. 올라갈수록 계곡이 좁아지더니, 좌우로 높다랗게 치솟은 주상절리가 나타났는데, 그 둥그런 모습이 흡사 선사시대의 거대한 공룡을 방불케 했다. 여기저기 암벽이 갈라져 있었고 단층도 보였다. 이끼가 낀 표지판에 '낙석 주의'라는 경고문이 붙어 있었다.

계곡이 좁은 분지에서 끝날 즈음 길은 다시 급경사를 이루며 위로 향했다. 토마스는 기진맥진했다. 그동안 그는 쪽잠에다 선잠만 잔데다 제대로 먹지도 못했다. 발이 천근만근 무거웠고, 얼굴에는 식은땀이 흘렀다. 한걸음 한걸음이 고역이었다. 그는 쉴 자리를 찾았으나 그곳은 경사가 너무 심했다. 언덕에 오르자 숲이 끝나고 시야가 훤히 트였다. 정겨운 풍경이 눈앞에 펼쳐졌다. 초록색 구릉과 농장, 그리고 작은 마을 들이 보였다. 그보다 가까이에 조그만 섬 두 개를 품은 호수가 있었고, 그 건너편은 완만한 경사를 이룬 기슭이었다.

여기서부터 길은 내리막으로 접어들었다. 토마스는 피곤함을 잊고 부지런히 걸음을 옮기려 했으나 다리가 자꾸만 꺾였다. 그럼에도 그는 잠자리를 찾아나섰다. 길은 횡목으로 축조된 강변을 따라 이어졌다. 도처에 작은 다리들이 수없이 많이 널려 있었다. 한동안 할미새가 토마스를 따라왔다. 아래위로 날갯짓을 하면서 그의 곁을 따라오는데, 얼마나 낮게 물위를 나는지 이따금 수면에 금을 긋는 듯했다. 냇물은 좁고 길쭉한 숲을 따라 흘렀으며, 길가에는 여러 곳에 벤치와 불 피운 자리가 있었다. 하지만 어디에도 토마스가 안전하게 쉴 만한 곳이 없었다. 마침내 그는 거의 평지를 이루는 지대에 이르러서야 숲으로 들어갈 수 있었다. 그는 마른 낙엽들을 발로 긁어모은 후 그 위에 재킷을 깔고 누웠다.

평소 같았으면 아스트리트는 잠자리에서 쉽게 일어났을 텐데. 하지만 이날은 울려대는 자명종을 눌러 끈 후 다시 잠이 들었다. 콘라트가 그녀의 어깨를 살며시 흔들며 엄마, 깼어? 하고 속삭였을 때 비로소 잠에서 깼다. 샤워는 나중에 하기로 하고, 그녀는 잠이 덜 깬 채로 자기와 아이들이 먹을 아침을 준비했다. 콘라트와 엘라가 나가고 나자 그녀는 다시 침대로 돌아갔다. 하지만 더이상 잠이 오지 않아 이리지리 뒤척이기만 했다. 뚜렷한 생각이 잡히지 않았다. 아홉시에 전화벨이 울렸다. 주무시는데 제가 깨웠나요? 토마스의 비서였다. 남편분은 좀 어떠세요? 사무실에 언제쯤 다시 나오실 수 있을까요? 오늘 아침에 제가 차로 병원에 데려가기로 했어요. 아스트리트는 시간을 벌기 위해 이렇게 말했다. 더 자세한 얘기는 나중에 전화로 말씀드릴게요.

그녀는 장을 보기 위해 마을로 나갔다. 파출소 앞을 지나가야 할 때가 되자 길을 바꿔 건너편으로 걸었다. 파출소 안을 들여다보고 싶지 않았다. 집으로 돌아와서는 파출소에 전화를 걸어 루프 경관을 바꿔달라고 했다. 전화를 받은 여자가 무슨 용건이냐고 물었다. 개인적인 일이라고 아스트리트는 대답했다. 곧이어 그 경관의 목소리가 들렸다. 그녀는 혹시 새로운 소식이 없는지 물었다. 새로운 소식이 있으면 즉시 연락드릴게요. 아스트리트는 아무 말이 없었다. 잘 지내시죠? 그가 물었다. 아뇨, 잘 지내지 못해요, 라고 말하고 그녀는 씁쓸하게 웃었다. 그가 죄송하다고 말했다. 하루종일 순찰을 도는데, 원하신다면 나중에 댁에 한번 들르겠습니다. 네, 그래주시면 고맙고요. 그런데 아마…… 그녀는 무슨 말을 하려다가 그만두었다. 그럼 나중에 뵙죠, 하고 경관이 말했다.

열시에 아스트리트는 사무실로 전화를 걸어, 토마스가 대상포진에 걸렸노라고 말했다. 오 저런, 안됐군요. 비서가 말했다. 우리 어머니도 그 병에 한 번 걸린 적이 있어요. 남편분은 어쩌다 그렇게 되셨대요? 의사 말로는 휴가 때 너무 많은 햇볕을 쏘인 탓이래요, 하고 아스트리트가 말했다. 그녀는 온라인 포털사이트에서 이 병에 관한 정보를 얻은 후 기록해둔바 있었다. 그럼 얼마나 있어야 다시 사무실에 나오실 수 있을까요? 토마스는 적어도 이 주 정도는 집에서 쉬어야 한다는군요, 아스트리트가 말했다. 하지만 경우에 따라서는 한 달 정도 가기도 한대요. 전염성도 있고요, 하고 덧붙였다. 그럼 우리 모두가 쾌유를 빈다고 전해주세요, 비서가 말했다. 시간 나시는 대로 의사진단서 좀 가져다주시고요. 그럴게요, 하고 아스트리트가 약속을 하고 수화기를 내려놓았다.

소파 옆의 작은 탁자에는 토마스가 최근에 읽은 책들이 놓여 있었다. 원예 잡지와 친환경 살충제를 판매하는 회사의 팸플릿이었다. 아스트리트는 카탈로그와 잡지를 폐지 더미 위에 얹어버리고, 책꽂이의 책들을 정리했다.

그러고는 소파에 걸쳐 있던 토마스의 스웨터를 욕실 빨래통에 갖다넣었다. 침대 옆에 있던 그의 잠옷과 양말도 빨래통에 넣었다. 거울 아래 선반에 있던 그의 세면용품과 화장품들은 옷장 속에다 갖다넣었다. 그녀는 집안을 돌아다니며 그가 여기저기 남겨둔 잡동사니들을 모았다. 고객으로부터 선물로 받아 반쯤 먹다 남은 말린 과일 봉지, 드라이버, 접착제 튜브, 구매목록, 홍보용 볼펜 등. 말린 과일은 마저 먹어 없애고, 나머지 것들은 모두 치워버렸다. 그들의 침실에는 책상이 하나 있었는데, 이 책상에서 토마스는 가끔 사무실에서 가져온 일을 마저 끝마치곤 했다. 그녀는 책상에 널려 있던 서류들을 모두 모아 서랍 속에 넣었다. 조그만 비닐가방에는 지난 휴가 때 들른 음식점 영수증과 콘도 예약 영수증, 현금인출기 영수증 몇 장이 들어 있었다. 끝으로 그녀는 토마스의 흔적을 지워 없애버리기라도 하려는 듯 젖은 수건으로 책상을 말끔히 닦아냈다.

정오를 조금 앞두고 초인종이 울렸다. 루프였다. 그보다 앞서서 거실로 들어가면서 그녀는 창문 커튼 사이로 정원 문 옆에 경찰차가 서 있는 걸 보았다. 제 여자 동료

가 밖에서 기다리고 있습니다. 루프가 말했다. 잠시 그
들은 말없이 마주보고 앉았다. 그러다 아스트리트가 먼
저 입을 열었다. 결혼하셨어요? 제 아내가 4월에 첫아이
를 낳았습니다. 우리의 첫아이요. 딸입니다. 어떻게 생
각하세요, 댁한테는 이런 일이 일어날 리 없겠죠, 그렇
지 않아요? 아스트리트가 말했다. 그는 묵묵히 고개만
내저었다. 그녀는 그것이 자신의 질문에 대한 긍정인지
부정인지 알 수 없었다. 다음 순간 그녀는, 두 아이 중
첫째인 엘라가 아주 어렸을 때 가끔 아이 혼자 내버려둔
적이 있다고 털어놓았다. 이 일은 아직 아무에게도 말한
적이 없어요, 제 남편에게조차도요. 그런 생각은 누구
나 할 수 있을 겁니다. 루프가 말했다. 하지만 그렇다고
모든 사람이 집을 나가지는 않아요. 아스트리트가 말했
다. 천만 다행히도, 그러지 않죠. 제 입장이라면 댁은 어
떻게 하실 것 같아요? 그녀가 물었다. 앞서 말씀드린 대
로 대부분의 사람들은 며칠 지나면 돌아옵니다. 루프가
말했다. 남편분의 친구들에게 일일이 전화를 한번 걸어
보세요. 어릴 적 친구들도 말입니다. 남편분이 은행카드
나 신용카드를 사용할 경우 부인께서 조회해보시면 그

의 소재를 알 수 있습니다. 그 밖에 달리 방도가 없습니다. 수사반장님의 우연에 맡길 수밖에요. 물론 사립탐정에게 의뢰하는 것은 순전히 그녀의 자유라고도 그는 말했다. 하지만 비용이 많이 들 뿐 아니라 사립탐정이라고 경찰보다 더 나으리라는 보장은 없다는 것이었다. 숨으려고 하는 사람을 찾기란 쉽지 않습니다. 그가 말했다. 댁은 제가 나쁜 아내라고 생각하겠죠, 아스트리트가 말했다. 그렇지 않으면 왜 그 사람이 저를 떠났겠어요? 그녀의 얼굴에 눈물이 흘러내렸다. 루프는 잠시 망설이다가 그녀의 손을 두 손으로 감싸쥐었다. 마치 작은 동물을 보호하거나 도망가지 못하게 하려는 것처럼. 아닙니다. 아니에요, 하고 그가 말했다. 그러고는 잠시 경찰 신분을 잊기라도 한 듯 격앙된 음성으로 말했다. 사람이 그런 짓을 하면 안 되죠. 그는 그녀의 손을 놓으며 자리에서 일어섰다. 이제 가봐야겠습니다, 제 동료가 기다리고 있어서요. 댁이 우리집에 올 때마다 제가 눈물을 보이는군요. 아스트리트가 말했다.

자정이 지날 무렵 토마스는 잠에서 깼다. 어떤 소음이 들려 깨어난 느낌이 들기는 했으나 정확히 그게 무슨 소리였는지는 기억이 나지 않았다. 어느 정도 휴식을 취한 듯싶었는데 다리에는 여전히 통증이 남아 있었다.

그는 숲에서 나와 비탈길을 내려가 마을로 들어섰다. 처음에는 주택가를, 그다음에는 넓은 도로가 관통하는 중심가를 지났다. 대부분의 쇼윈도에는 아직 불이 켜져 있었지만 사람은 하나도 보이지 않았다. 이 마을은 진열장에 있는 상품들만 살고 있는 것처럼 보였다. 가정용품과 자전거, 휴대전화기, 유행 의류 등이 진열되어 있었는데, 정형화된 마네킹에 걸쳐놓은 옷들이 마네킹 자체보다 훨씬 생기 있어 보였다.

토마스는 이제 자기가 어느 지점에 있으며 어떤 방향으로 가야 할지를 알 수 있었다. 집에서 멀리 떨어져 있고 보니 그는 자동차가 와도 더이상 숨을 필요가 없어졌다. 걸음을 늦추지 않고 얼굴만 돌린 채 고개를 숙이면 그만이었다.

역 바로 옆에 스낵코너가 있었다. 안에서는 머리가 희끗희끗하고 나이든 여자가 판매대를 닦으며 정리하는 중이었다. 토마스는 망설이다 문을 두드렸다. 여자는 깜짝 놀란 듯 몸을 움츠렸다. 그러더니 곧 유리문으로 다가와 잠시 토마스를 훑어보고는 문을 열었다. 영업 끝났어요, 하고 그녀가 말했다. 배가 고파서 그럽니다. 토마스가 말했다. 목소리가 갈라져 나왔다. 이틀 전부터 그는 누구와도 이야기를 나눈 적이 없었던 것이다. 뭐 좀 남은 거 있습니까? 여자는 판매대 뒤로 들여놓은 유리진열장을 들여다보았다. 뵈렉소시지*가 아직 남아 있네요. 그녀가 말했다. 좋습니다, 그거 데울 필요 없습니다. 맥주 하나하고요. 에페스 괜찮으세요? 여자가 물었다. 그녀는 소시지와 맥주를 비닐봉지에 넣어 토마스에게 건네주고는 팁 감사하다고 말했다. 토마스는 음식값을 지불하느라 남은 돈을 모두 써버렸다. 하지만 걱정스럽기는커녕, 오히려 그 반대였다. 이전보다 훨씬 더 자유로워진 느낌이었다.

마지막 기차는 오래전에 떠났다. 토마스는 역사 앞 벤치에 앉아 소시지를 먹으며 얼음처럼 찬 맥주를 마셨다.

---

*산양유와 다진 고기로 속을 채워 구운 소시지.

그는 누군가 놓고 간 무가지를 뒤적거렸다. 해변에 밀려온 향유고래 네 마리와 어떤 사람이 밴쿠버에 세웠다는 벌거벗은 악마상, 그리고 세상에서 가장 긴 혀를 가지고 있다는 남자 이야기 등이 토막 기사들로 실려 있었는데, 이 모든 게 그를 우울하게 할 뿐이었다. 그는 신문을 휴지통에 버렸다. 그러고는 구두와 양말을 벗고 형광등 아래에서 발을 들여다보았다. 발은 벌겋고, 발목에는 찰과상이 나 있었다. 다행히 물집은 잡히지 않았다.

마을은 도로를 따라 끝없이 이어졌다. 그는 축구장을 지나갔다. 축구장 건너편에는 커다란 공장이 있었다. 내려져 있는 롤블라인드 너머로 불빛이 보였다. 환풍기 돌아가는 소리가 들렸고, 배기통에 달린 얇은 금속판자가 바람결에 따라 팔랑거렸다. 그 소음들에 토마스는 웬일인지 미국이 생각났다. 한 초라한 음식점의 베란다에서 술에 취한 두 사람이 무언가를 놓고 티격태격하고 있었다. 토마스는 신축 주택단지로 들어섰다. 버스정류장도 새로 짓고 있었다. 가로등의 오렌지색 불빛이 길가의 잔디를 회색으로, 새로 심은 어린 나무의 가지들을 검은색으로 물들였다. 마침내 도로가 끝나고, 가로등도 더는 없었다. 토마스는 어둠 속으로 들어섰다. 구름이 낀 하늘에 달은 아직 보이지 않았지만 아주 깜깜하지는 않았다. 구름이 문명의 남은 빛을 희미하게 반사하고 있었다. 공기는 미적지근하고 습했다.

벌써 얼마 전부터 지나가는 자동차가 한 대도 없었다. 사방은 조용하기 이를 데 없었다. 봉우리를 하나 넘어서자 멀리 건너편 호숫가에 불빛이 보였다. 불빛은 일직선을 그으며 야경을 밝혔다. 불빛 너머로 산들이 거무스름하게 드러나 보였고, 높은 산정에는 안전비행을 위해 붉은 등들이 점멸하고 있었다. 이따금 화물차나 배달차가 지나갔다. 혼자 길을 걷는 사람은 낮보다 밤에 훨씬 더 많이 눈에 띄지만, 토마스는 그냥 길을 따라 걷기로 했다. 길을 벗어나면 곧 방향을 잃어버릴 것 같아서였다. 낮에는 주거지역을 다닐 엄두가 나지 않았다.

한번은 등뒤에서 짐승 한 마리가 그를 향해 빠르게 다가오는 듯한 느낌이 들었다. 깜짝 놀라 발을 멈추고 돌아보았으나 더이상 아무 소리도 들리지 않았고, 아무것도 보이지 않았다.

길이 두 갈래로 갈라졌다. 그는 하늘에 운을 맡기고

아래로 향하는 길을 택했다. 약 한 시간가량 옥수수밭과 초원 사이로 난 길을 따라 곧장 걸었다. 농가도 몇 군데 지나왔다. 그는 일정한 박자에 맞춰 걸으면서 어릴 때 배운 방랑의 노래를 나지막이 불렀다. 반짝이는 별들과 밤 불꽃이 눈에 들어오고, 깊은 마음속 저멀리 끝없는 동경이 나래를 폈다.

한번은 도로 위 경사지의 어느 조그만 마을을 지날 때였다. 마을에는 규격화된 사각형 콘크리트 건물들이 대부분이었는데, 거의가 신축인 듯했고 집집마다 철조망 울타리로 둘러싸여 있었다. 입구에 등을 밝게 켜둔 집이 많았지만, 이렇게 배타적으로 보이는 가옥 전면 뒤쪽에 정말 사람들이 살고 있을지, 토마스는 상상하기 힘들었다. 이를테면 누군가 지금 잠자리에 누워 잠을 자고 꿈을 꾸고 있는지, 한밤중에 깨어나 아이들 방에서 무슨 소리가 나지 않나 하고 귀를 기울이는지, 지난날이나 앞으로 올 날들을 생각하고 있는지 등등이 토마스는 잘 상상이 가지 않았다. 어느 집 차고 문가에는 특정 축구팀을 상징하는 빛깔의 숄이 걸려 있었고, 거기에는 익살맞은 글씨체로 지옥에 오신 걸 환영합니다, 라고 쓰여 있었다.

다시 넓은 들판으로 들어섰다. 토마스는 나직하게 바스락거리는 소리, 아니 왱왱거리는 소리를 들었다. 마치 잠자리가 날갯짓하는 소리 같았다. 주위를 둘러보고 난 후에야 토마스는 그것이 자기 머리 위로 계곡을 가로지르는 고압선에서 나오는 소리라는 걸 알았다. 그는 도로 한가운데로 나가 거기서 눈을 감고 백 보를 걸어보기로 했다. 걸음 수를 세면서 걸었으나 불안한 나머지 구십보 이상 걷지 못하고 눈을 뜨고 말았다.

지금쯤이면 호수에 도달하고도 남았을 시간인데, 아직 호수가 나타나지 않는 게 이상했다. 방향이 잘못되었음에 틀림없었다. 그는 다음날 새벽 동이 틀 때까지 기다리기로 했다. 그래야 일출을 보고 방향을 정할 수 있기 때문이었다. 그는 제방에 앉아 흐릿한 하늘을 바라보았다. 별들이 거의 보이지 않았다.

마침내 날이 밝았고, 토마스는 자신이 걷는 내내 호수와 평행을 이루며 서쪽을 향해 가고 있었다는 걸 알게 되었다. 그는 가까운 들길로 들어섰다. 길은 숲이 우거진 산봉우리를 넘어 남쪽으로 뻗어나갔다. 질퍽한 간벌

間伐 지역 가장자리에 수령이 오래된 떡갈나무들이 있었는데, 꺾어진 듯 굽이진 나뭇가지들이 여명 속에서 마치 상상동화 속 집게팔처럼 보였다. 길은 다시 한번 언덕으로 이어졌고, 갑자기 숲의 정적이 도로의 소음에 밀려났다. 토마스는 십자가와 벤치가 있는 전망대에 도달했다. 그의 앞에 호수가 펼쳐져 있었고, 오른쪽에는 공업지대가, 그 뒤로는 도시가 보였다. 그는 호수의 동쪽 끝으로 우회하려고 했었는데, 이제 보니 원래 계획했던 길에서 수킬로미터 벗어나 있었다.

앞에 놓인 가파른 경사지에는 테라스하우스들이 늘어서 있었다. 그는 걸음을 재촉해 주택가로 들어섰다. 그러고 나서 상가와 주택가가 혼재해 있는 평지를 지나 호수로 향했다. 낮에는 그곳 갈대밭이 구릉의 숲속보다는 몸을 숨기기 쉬울 것 같았다. 쇠락한 다세대주택 앞 채소밭은 한동안 사람 손이 닿지 않은 듯 보였다. 어떤 채소밭에는 호박덩굴이 널려 있었는데, 곰팡이병이 들어 하얗게 변색된 잎들 밑으로 이미 노랗게 익은 호박들이 여남은 개 열려 있었다. 토마스는 주위를 살핀 후 울타리를 타넘어들어가 그중 한 개를 따서 윗도리에 숨긴 다

112

음 호수 쪽으로 걸음을 옮겼다.

호숫가에는 캠핑장이 한 군데 있었다. 안내실의 롤블라인드는 내려져 있었다. 지정된 개장시간에 연락할 수 있는 휴대전화번호가 메모지에 적혀 있었다. 주위에는 사람이 한 명도 보이지 않았다. 대부분의 캠핑카는 장기 임차인들 것 같았으며, 받침대 위에 놓여 있었다. 캠핑카마다 앞쪽으로 텐트를 쳐두었는데, 지붕에는 위성안테나가 설치되어 있고 꽃을 심은 자그마한 앞뜰도 구비하고 있었다. 몸을 숨길 곳을 찾던 토마스는 갈대밭 가장자리에서 작은 보트를 발견했다. 노를 젓는 플라스틱 보트였다. 그 순간 그는 이쪽보다 한적해 보이는 호수 건너편으로 노를 저어 가는 것이 낫겠다는 생각이 들었다.

건너편까지는 일 킬로미터가 채 안 되는 거리였지만, 작은 보트로 방향을 제대로 잡아 앞으로 나아가기가 쉽지 않았다. 잔잔한 물 위에 군데군데 물안개가 서려 있었다. 이른새벽인데 벌써 호수가 지치고 무력하고 나른한 기색을 보였다. 그런 분위기가 토마스에게도 감염되는 것 같았다. 경로를 살피기 위해 뒤를 돌아보자 멀지 않은 곳에 모터보트와 어부인 듯한 여자가 보였다. 그녀는 하얀 플라스틱통들이 길게 열을 지어 매달린 그물을 물에서 걷어올리고 있었다. 토마스는 그녀가 자기에게 말을 걸어오면 무어라고 대답할지 궁리했다. 하지만 여자는 그를 거들떠보지도 않은 채 똑같은 손놀림으로 그물을 걷어올리며, 팔딱거리는 물고기들을 다시 놓아줬다. 그러는 사이 그녀의 배는 통통거리며 멀어져갔다.

노를 젓느라 꽤나 힘을 쏟았는데도 호수로부터 올라오는 한기에 몸이 떨렸다. 그러나 호수 건너편에 닿기 전에 해가 떠올라 공기가 이내 따뜻해졌다. 그는 숲이 있는 쪽으로 방향을 정하고 노를 저었는데, 점점 가까워지자 그곳이 강어귀라는 걸 알 수 있었다. 얼마 떨어지지 않은 지점에 이르자 벌써 물의 유동이 약하게 느껴졌다. 탁한 강물이 호수의 맑은 물과 서서히 뒤섞이고 있었다.

물살이 어찌나 센지 물을 거슬러올라가기가 너무 힘들었다. 하는 수 없이 그는 관목 덤불과 몇 그루의 나무로 둘러싸인 자갈밭에 내려서서 보트를 뭍으로 끌어당겼다. 그러고는 물결에 떠내려온 껍질이 벗겨진 나무둥치에 앉아 작은 주머니칼로 호박을 잘게 썰었다. 호박씨는 발라내서 버렸다.

　썰어놓은 호박을 천천히 씹는 동안, 이런 식으로는 오래 버티지 못할 것 같다는 생각이 들었다. 이제 산이 앞에 놓여 있으니 보다 좋은 장비도 필요하고 비를 피할 도구며 생필품도 필요했다. 산 위에는 스낵 자동판매기도 없고 채소밭도, 쓰레기 컨테이너나 먹다 남은 빵 봉지도 없을 것이다. 그는 가까운 마을에 가서 필요한 것들을 잔뜩 사야겠다고 생각했다. 어쨌든 이제 집에서 이미 멀리 떠나와 있기 때문에, 분명 누구도 그를 알아보지 못할 것 같았다. 옷도 개울에서 빨았기 때문에 사람들 눈에 띌 리 없었다. 그는 시계를 들여다보았다. 상점들은 적어도 두 시간 뒤면 문을 열 것이다. 일찍 햇볕이 든 곳에 그는 사지를 쭉 뻗고 드러누워 눈을 감았다. 햇볕의 온기가 영약처럼 그의 몸에 녹아들어가 추위가 남기고 간 빈 공간을 채워주는 것 같았다.

　아스트리트는 경찰차가 가고 난 뒤에 아이들이 학교에서 돌아와 다행이라고 생각했다. 콘라트는 엘라와 거의 동시에 집에 왔다. 두 아이 모두 말이 없었지만 아스트리트는 아이들이 무언가 묻고 싶은 걸 참고 있음을 눈치챘다. 그들은 모두 입맛을 잃었다. 아이스크림 먹을래? 설거지를 마치고 나서 아스트리트가 물었다. 엘라가 필요 이상으로 재잘거리며 후식 감사하다는 인사를 하는 바람에 아스트리트는 하마터면 울 뻔했다. 이리들와. 그녀가 말했다. 아이들은 그녀에게 다가가 기대에 찬 표정으로 그녀를 바라보았다. 아빠가 어디 있는지 엄마도 몰라, 양팔로 두 아이의 어깨를 각각 짚으며 그녀가 말했다. 왜 집을 나가셨는지도 모르고. 하지만 아빠는 잘 계실 거고, 틀림없이 곧 돌아오실 거야. 엄마는 아무한테도 아빠 얘기 하지 않았어. 그래서 하는 말인데, 너희들도 아빠 얘기 아무한테도 하지 않았으면 좋겠어, 그렇게 할 거지? 그건 우리 집안 문제야. 아빠와 우리들만의 문제라고. 아이들이 고개를 끄덕였다.

수요일 오후에는 수업이 없었다. 아스트리트는 아이들에게 숙제 없느냐고 물었다. 예전 같으면 그녀가 여러차례 경고를 한 후에야 아이들이 숙제를 했겠지만, 이번에는 두 아이가 투덜대지도 않고 주방 식탁에 앉아 말없이 숙제를 했다.

아스트리트는 루프 경관이 했던 말을 다시 떠올렸다. 큰 기대는 하지 않았지만 그녀는 컴퓨터를 켜고 온라인 뱅킹을 시작했다.

왜 그래요? 아이들이 거의 동시에 물었다. 아스트리트가 깜짝 놀라 격렬하게 숨을 토해냈기 때문이다. 토마스가 사라진 뒤로 놀랍게도 통장의 거래명세서에 세 차례에 걸쳐 돈이 빠져나간 기록이 남아 있었다. 한 번은 바로 전날이었고, 나머지 두 번은 불과 몇 시간 전이었다. 계좌의 차변을 살펴보니 마지막 두 번은 취리히 호숫가의 라헨에서 짧은 간격을 두고 연속으로 인출됐는데, 한 번은 현금자동인출기였고, 다른 한 번은 스포츠용품점에서였다. 아스트리트는 잠시 멍하니 앉아 있다가 아이들에게 말했다. 신발들 신어라. 어서 가봐야 해. 그녀는 루프 경관에게 주려고 출력해두었던 토마스의 사진을 서랍에서 꺼냈다. 그리고 스포츠용품점의 이름과 프라우엔펠트의 M&K 식음료 유한회사에서 맨 처음 인출된 금액 명세를 메모했다.

차를 타고 가며 그녀는 아이들에게 설명했다. 아빠가

몇 시간 전에 취리히 호숫가의 어떤 상점에서 은행카드를 사용했어. 그래서 우린 지금 그리로 가는 중이야. 그 이상 할 얘기가 없었다. 그들은 한동안 말이 없었다. 아스트리트는 라디오를 틀었다가 곧 다시 꺼버렸다. 침묵보다 음악이 더 참기 힘들었기 때문이다.

아직 퇴근시간 전이었는데도 취리히에서는 길이 밀렸다. 아스트리트는 점점 초조해졌다. 그녀에게는 일분일초가 아쉬웠다. 한 시간 반이 지나서야 그녀는 목적지에 도착했다. 아스트리트는 호수 근처의 널따란 자갈밭에 차를 세웠다. 엘라가 차에서 뛰어내렸다. 콘라트는 잠들어 있었다. 엘라가 조심스럽게 동생을 깨웠다. 콘라트는 입을 삐쭉거리며 기지개를 켰다. 일어나, 애! 서두르지 않으면 아빠가 가버린다니까, 하고 엘라가 초조하게 말했다.

그들은 그 지역 변두리에 있는 새로 지은 대형 쇼핑센터의 스포츠용품점을 돌아다니며 물었다. 높은 유리지붕이 설치된 중심가에 슈퍼마켓 하나와 작은 상점들 몇 개가 이어져 있었다. 너희들 여기서 기다릴래? 아스트리트가 물었다. 엘라와 콘라트는 스포츠용품점 근처의

석조벤치에 앉았다. 상점 안으로 들어가기 전에 아스트리트는 다시 한번 아이들을 돌아보았다. 엘라는 닌텐도 게임기를 여기저기 누르고 있고, 콘라트는 엘라 옆에서 어깨를 축 늘어뜨리고 앉아 누나를 쳐다보고 있었다. 그 순간 아스트리트는 아이들이 너무 안쓰러웠다. 토마스가 집을 나간 이유를 모르기는 해도, 그녀 자신은 그런 현실을 어느 정도 감내할 수 있을 것 같았다. 하지만 아이들은 감정을 주체하기 힘들 것이다. 벌써 몇 년 전부터 아스트리트는 아이들의 마음을 품지 못한 채 단지 먼 데서 구경꾼처럼 아이들의 삶을 겉돌고 있다는 생각이 들곤 했다.

여자 점원이 어서오세요, 하고 말을 건넸다. 아스트리트는 사정을 자세하게 설명했다. 설명하는 내내 그녀는 토마스의 사진을 손에 들고 있었다. 한동안 망설이던 점원은 고객이 어떤 물건을 샀는지에 관해서 말해주는 것은 금지되어 있다고 했다. 점원은 이런 상황에 자신이 어떻게 해야 하는지 제대로 알지 못하는 것 같았다. 아스트리트는 이 여자가 자신의 말을 믿는 건지, 아니면 혹시 자신을 정신 나간 사람으로 보는 건 아닌지 알 수가 없었다. 사장님 좀 불러주실 수 있을까요? 아스트리트가 물었다. 그럴게요. 어차피 저는 도와드릴 수 없을 것 같네요. 지난 수요일부터 여기서 일하고 있거든요. 점원이 말했다. 잠깐 기다리세요, 하고 그녀가 사라졌다. 아스트리트는 진열된 상품들을 살펴봤다. 운동복과 트레킹화, 캠핑도구, 냉동인스턴트식품 등이 있었다. 그녀는 그중 한 봉지를 집어들고, 성분 표시를 읽어보았다. 마치 거기서 토마스의 의도와 그의 소재에 대한 실마리라도 알아내려는 것처럼. 그때 점원이 약간 더 젊어 보이는 여자를 대동하고 아스트리트에게로 오고 있었다. 두 여자는 무언가 활발하게 이야기를 나누며 걸어왔다. 그리고 아스트리트와 마주하기 직전에 이야기를 멈췄다.

젊은 여자가 아스트리트에게 손을 내밀며 말했다. 보르도나라고 해요. 제가 이 가게 주인이에요. 그녀는 아스트리트와 동년배쯤 되어 보였다. 작달막한 체구에 얼굴은 예쁘장했고 긴 머리는 검은색이었다. 점원이 분명 그녀에게 모든 것을 이야기했을 텐데, 그녀는 다시 한번 이야기를 해달라고 했다. 아스트리트는 토마스가 지출

한 금액이 꽤나 컸다는 것과 돈이 빠져나간 시간을 들려줬다. 점원은 다른 손님을 맞이하기 위해 그 손님 쪽으로 갔다. 죄송합니다만 부인께 어떤 정보도 알려드릴 수가 없네요. 가게 주인이라는 여자가 말했다. 부인 말씀을 제가 확인해볼 수 없으니까요. 아스트리트는 낙담한 눈으로 쇼윈도 바깥을 내다보았다. 하지만 엘라와 콘라트를 남겨두고 온 벤치가 거기서는 보이지 않았다. 그녀는 맥이 탁 풀리면서 현기증이 나 손에 닿는 대로 가까이 있는 초록색 덕다운 재킷을 붙잡았다. 재킷이 옷걸이에서 미끄러지며 바닥으로 떨어졌다. 아스트리트는 다시 행거의 긴 막대를 붙잡고 몸을 앞으로 숙인 채 격하게 숨을 내쉬었다. 어디 안 좋으세요? 주인 여자가 물었다. 저를 따라오세요. 그녀는 아스트리트를 부축하고 계산대 뒤쪽에 있는 뒷방으로 데리고 갔다. 앉으세요, 물 한잔 갖다드릴게요. 아스트리트가 물을 마시는 동안 그녀는 아스트리트 앞에 서 있었다. 제 아이들이 밖에서 저를 기다려요. 걔들한테 가봐야겠어요, 하고 아스트리트가 말했다. 좀 나아졌어요? 주인 여자가 물었다. 아스트리트가 고개를 끄덕였다. 이분이 남편이신가요? 아스트리트가 무릎 위에 올려놓은 손에 여전히 들고 있는 사진을 가리키며 주인 여자가 물었다. 그 사진 한번 줘보세요. 그녀는 잠시 사진을 들여다보더니 다시 돌려주며 말했다. 오늘 아침에 그분에게 물건을 팔았어요. 하지만 드릴 말씀이 별로 없네요. 순간 아스트리트는 이 여자는 토마스 편이다, 그의 숨겨둔 애인이고 공범자로 두 사람이 지금 짜고 자기를 희롱하고 있다, 라는 뚱딴지같은 생각이 들었다.

제니퍼라고 부르세요, 그녀가 말하며 아스트리트에게 손을 내밀었다. 가게 문을 열자마자 아스트리트의 남편이 들어왔고, 뭐가 필요하냐고 물었더니 물건을 사려는 게 아니라 그냥 좀 둘러보러 왔다고 했다는 것이다. 그러고 나서 저는 다른 손님을 맞이했지요, 그녀가 말했다. 저는 그분이 간 줄 알았어요. 그런데 물건을 한아름 안고 카운터로 오지 않겠어요. 그 사람이 뭘 샀나요? 아스트리트가 물었다. 세목을 말씀드리려면 계산기를 살펴봐야겠지만, 대충 기억할 수 있을 것 같아요. 트레킹화 한 켤레, 트레킹바지 한 벌, 그리고 비옷이랑 배낭이었어요. 그녀는 잠시 뜸을 들이다 말했다. 그리고 손전

등, 아니 헤드랜턴이랑 할인판매중인 양말들이었어요. 아마 그게 전부였을 거예요. 참, 주머니칼도 하나 사셨어요. 유리진열장에 있는 걸 꺼내드렸거든요. 저기 보이는 파이오니어 시리즈 신제품 중 하나였죠. 검은색 알루마이트 박스에 든 것 말이에요. 혹시 뭐라고 말은 없었나요? 아스트리트가 물었다. 어떤 계획을 가지고 어디로 간다든가? 날씨 정보를 알려드렸어요. 저녁에 비가 온다고 했었죠. 주인 여자가 말했다. 그분은 별말이 없었던 것 같아요. 더이상은 기억이 나지 않네요. 매일 많은 손님이 찾아오시니까요. 행색은 어땠어요? 아스트리트가 물었다. 어떻게 보이던가요? 살가운 인상이었어요. 좀 피곤해 보이기는 했어요. 수염은 깎지 않았고, 셔츠는 꾸깃꾸깃했어요. 그 밖에는 별로 눈에 띄는 것이 없었어요. 보통 손님과 크게 다를 바 없었다니까요.

아스트리트는 아이들과 함께 그 지역을 훑었다. 음식점이란 음식점은 모두 둘러보고, 몇 군데 안 되는 호텔에도 들러 토마스에 관해 물었으나 그의 흔적은 아무데도 없었다. 역에 가보니 산책로가 그려진 지도가 걸려 있었다. 넓은 도로와 작은 길, 기차노선과 버스노선 등

초록색 선으로 그려진 길들이 복잡하게 얽히며 사방으로 뻗어나갔다. 토마스가 이 지역에서 물건을 산 시간에서 거의 열 시간이 지났으니까 지금쯤 그는 어디든 멀리가 있을 것이다. 아이들만 없었더라면 아스트리트는 아마도 토마스를 찾아나섰을 것이다. 게다가 가게 주인 여자가 말한 대로 비까지 추적추적 내리기 시작했다. 아이들이 피곤하고 배고프다며 투덜댔다. 피자 먹을까? 아스트리트가 물었다. 아이들은 그들이 왜 여기 왔는지도 벌써 까맣게 잊은 채 환호성을 내질렀다.

토마스는 왠지 모를 불안을 느꼈다. 이 모든 게 그를 의식해 연출되기라도 한 듯, 마을 주민들이 배우가 되어 그를 무대에 끌어들여 자신들과 함께 대본을 읊게 하기 위해 그의 등장만을 기다리고 있는 건 아닌가 싶었다. 마을 자체가 넓고 푸른 하늘 아래 구축된 모조 풍경, 인공의 세계 같았다. 태양은 빛나고 집집마다 아침햇살을 받아 반짝거렸다. 연금생활자로 보이는 남자와 여자가 각자 개를 데리고 길가에 서서 날씨 얘기를 나누고 있었고, 자전거를 타고 지나가던 여자가 그들에게 큰 소리로 인사를 건넸다. 학생들이 운동장에서 멀리뛰기 연습을 하고 있었으며, 그보다 어린 아이들이 유치원 놀이터에서 떠들어대며 뛰어다녔다. 토마스는 마을을 관통해서 걸었다. 그 자신이 이 연극의 배우이자 관객이기도 했다. 자동차들이 느릿느릿 지나갔고, 가죽제품가게에서는 여자 점원이 진열장을 닦고 있었는데, 직공 두 명이 그녀에게 농을 걸고 있었다. 젊은 여자 하나가 유모차 위로 허리를 굽힌 채 조곤조곤 이야기하며 아기를 달랬다. 사람들의 제스처와 언어가 시골극장의 아마추어 배우들처럼 과장되어 보이고 과장되게 들렸다.

토마스는 정장을 하고 서류가방을 든 젊은 남자에게 스포츠용품점이 어디 있느냐고 묻고, 그 사람한테서 길안내도 받았다. 쇼핑센터는 역 근처의 대로변에 있었다. 바로 얼마 전에 상점들이 문을 연 것 같았다. 몇몇 상점들은 아직 공사중이었다. 이런 광경들을 보면서 토마스는 자신이 무대 위에서 움직이고 있다는 느낌을 더욱 강하게 받았다.

야외에서 며칠을 지내고 난 토마스에게는 쇼핑센터

의 층고가 높은 로비도 비좁게 느껴졌다. 그러나 그는 이 실내 공간의 일정한 온기와 희미한 네온사인 그리고 신발과 직물류 등 가공제품의 단조로운 냄새가 반갑기만 했다. 이곳은 이해가 가능한 유한한 세계요, 돌발상황도 위험도 없는 세계였다. 젊은 여자 점원 하나가 그에게 말을 걸어왔다. 그는 잠시 둘러보는 중이라고 말했다. 필요한 물건들을 찾아 모으면서 그는 여러 차례 그녀를 바라봤다. 그녀는 진열장을 소제하고, 다른 여자 점원에게 무언가 지시를 한 후, 한 손님의 시중을 들었다. 손님은 한참 동안 고민한 끝에 운동화를 한 켤레 구입했다. 일에 한창 열중하여 즐거운 표정이 역력한 점원은 이 비현실적인 장소에 완벽하게 어울렸다. 그가 물건 값을 치르기 위해 카운터로 다가가자 그녀는 트레킹 계획이 있느냐고 물으며 예의상 관심을 보였다. 산으로 들어갑니다, 하고 토마스가 말했다. 그는 스스로 확인이라도 하려는 듯 다시 한번 말했다. 산으로 가요. 그러나 점원은 그가 구매한 물품의 도난방지장치를 해제하는 데 열중하느라 그의 말에는 귀를 기울이지 않는 것 같았다. 그는 그녀의 두 손을 바라보았다. 손은 단정하게 화장한 그녀의 얼굴보다 약간 더 나이가 들어 보였다. 손톱에는 꼼꼼하게 매니큐어를 칠했고, 손가락에 반지는 없었다. 그런 손을 보자 친근하게 느껴졌다. 그녀에게 남편이나 남자친구는 없고, 고작 고양이 한 마리 정도 있을 것 같다는 확신이 들었다. 그는 잠시 생각에 잠겼다. 그녀는 근무가 끝나면, 그가 이 지역 변두리에서 보았던, 거대한 주택단지에 자리한 그녀의 작은 집으로 귀가할 것이다. 그 집은 분명 이 가게처럼, 이 마을처럼, 이 지역 전체처럼 깔끔하게 정돈되어 있을 것이다. 그녀는 샤워를 하고 저녁 샐러드를 준비한 다음, 라디오를 들으면서 식사를 할 것이다. 만약 그가 오늘 저녁 무슨 계획이 있느냐고 그녀에게 물으면 어떤 대답이 돌아올까? 그는 그녀의 집에서 하룻밤을 묵으면 어떨까, 하고 상상해보았다. 그녀가 샤워를 하는 동안 그는 주방에 앉아 욕실에서 들려오는 소리를 엿들었다. 그녀는 기모노를 걸치고 수건을 머리에 두른 채 주방으로 가 냉장고에서 이것저것 음식을 꺼내며 자기가 먹을 저녁을 준비했다. 그는 앉아서 그녀가 음식 먹는 것을 묵묵히 바라봤다. 그는 그녀 옆 텔레비전 앞에 앉았다가 그녀가 잠자리에 들면 당연한 것처럼 그녀의 이불 속으로 들어갔다. 그녀가 다음날 일하러 가면 그는 집에서 저녁을 기다렸다. 집에서 시간적으로 멀리 떠나왔음에도, 어느 날 문득 그가 다시금 길을 떠나게 될 때까지. 현금인가요, 카드인가요, 하고 여자 점원이 물었다. 카드요. 토마스가 말했다.

그는 현금인출기에서 천 프랑을 인출했다. 스포츠용품점 옆에 있는 슈퍼마켓에서 커다란 병에 든 생수와 배낭을 가득 채울 만큼 여러 가지 먹을거리를 샀다. 칼로리가 많고 오래 두고 먹을 수 있는 것들, 이를테면 비스킷과 초콜릿, 살라미, 딱딱한 치즈, 얇게 썬 호밀빵, 말린 과일, 견과류 등이었다. 잠시 망설이다 값싼 화주도 작은 병으로 하나 샀다. 그러고는 쇼핑센터의 공중화장실에 들어가 옷을 갈아입은 다음, 벗은 옷들은 쓰레기통에 버렸다.

그 마을을 빠져나오자 토마스는 마음이 놓였다. 밤중에 이동하는 것이 가장 바람직하지만 그는 낮 동안 사람들 눈에 띄지 않고 지낼 수 있는 곳을 찾지 못했다. 어쨌든 이제 그는 그럴듯한 여행자로 보였다. 여행자다운 복장에 트레킹화와 배낭까지 갖추었으니 말이다. 하지만 새 장비가 짐이 되기는 했다. 그는 종전보다 천천히, 아우토반 아래쪽에 설치된 노란색 보행자용 이정표를 따라 걸었다. 그렇게 걸어서 평야를 지나자 다음 장소로 한 농촌마을이 나타났다. 마을 가장자리에는 목장과 곡물창고들 사이로 신축 건물 십여 채가 들어서 있었다. 작은 집들이 마치 도시지역의 적들이 침공이라도 한 듯, 하늘에서 뚝 떨어진 것처럼 보였다. 전방에는 약간 높은 지대에서 계곡이 시작되고 있었고, 그 뒤쪽으로 뾰족하고 날카로운 바위들이 보였다. 그러나 산책로는 계곡 측면으로 산허리를 돌아서 올라가고 있었다. 위로 올라갈수록 아래쪽이 광활해지면서 건물들이 밀집한 평지가 한눈에 들어왔다. 구릉들로 둘러싸인 지역이 거대한 아레나처럼 보였다. 더 멀리에는 호수가, 호수 건너편에는 더 많은 마을과 숲, 구릉 그리고 아우토반과 철로가 보였다. 그는 다시금 모조 풍경을 떠올렸다. 마분지로 만든 지형도 같은 마을, 카탈로그에서 떼어낸 조그만 집들과 나무들이 설치된 마을, 인공적으로 초록빛깔이 뿌려진 마을을 떠올렸다.

위쪽 높은 곳으로 올라가서야 길이 계곡 속으로 들어

가 서쪽 산허리를 돌아 남쪽으로 뻗어나갔다. 아래를 내려다보니 농가들이 여기저기 흩어져 있었다. 작은 도로 아래쪽 숲에서 연기기둥이 솟아올랐다. 그 맞은편에는 어른 키만한 수압관들이 평지에 건설된 수력발전소 쪽으로 연결되어 있었다. 계곡이 서서히 높아지는 반면에 길은 아래쪽으로 완만하게 내려갔다. 이삼 킬로미터가량 힘들이지 않고 내려간 토마스는 계곡 바닥에 이르렀다. 여기서부터는 사방이 넓어졌다. 비탈을 뒤덮었던 숲이 사라지고 양과 소들이 풀을 뜯고 있는 녹색 초원이 나타났다. 길게 뻗어나간 마을에 셀프주유소와 문이 닫힌 생필품상점이 하나씩 있었다. 마을이 끝나는 상단上端 지점에 자리한 캠핑장에는 낡은 캠핑카들이 세워져 있었는데, 몇 년은 움직이지 않은 것 같아 보였다. 많은 캠핑카들이 물결 모양 합성수지와 플라스틱으로 만든 간이 지붕으로 덮여 있었다. 한 캠핑카 앞에 노인과 어린 소녀가 마법에라도 걸린 듯 미동도 않고 앉아 있었다.

곧이어 계곡이 좁아지면서 숲이 무성한 협곡으로 변했다. 좁은 길이 하상河床을 따라 뻗어나갔는데, 하상에는 커다란 바위 조각들이 널려 있었다. 계곡에는 물이 전혀 흐르지 않았다. 안내 표지판에는 일기가 좋은 날에도 물이 범람할 수 있으니 주의하라는 경고문이 붙어 있었다. 나무우듬지들 사이로 높은 방죽이 보였다. 좁다란 오솔길이 비탈의 측면을 타고 오르다가 지그재그로 암벽을 통과했다. 군데군데 안전 철조망이 설치되어 있었다.

숲을 빠져나온 토마스는 다른 세상에 당도한 느낌이 들었다. 그는 방죽 끝에 와 있었다. 그의 앞에는 숲과 초원으로 둘러싸인 인공호수가 펼쳐졌고, 호수 건너편은 작은 마을이었다. 회색 바위들이 날카로운 등을 드러내고 있는 지평선이 이미 아주 지척에 와 있는 것처럼 보였다. 지평선 쪽 하늘엔 새털구름이 보였으나 토마스가 서 있는 위쪽 하늘은 아직 청명했다. 그는 호숫가를 따라 걷다가 풀 위에 앉아 요기를 하고 휴식을 취했다. 멀리서 소 방울소리가 들려왔다. 토마스는 눕자마자 곧 잠이 들었다. 선잠 속에서 그는 이 세상을 다 가진 듯한 행복감에 취했다.

아직 아홉시도 되지 않았는데, 아스트리트가 운전을

시작하자마자 아이들은 잠이 들었다. 그녀는 더이상 말할 필요가 없어진 게 다행스러웠다. 이미 저녁을 먹을 때부터 모두가 말을 아꼈다. 아이들이 피자 한 판을 나누어 먹고 난 뒤, 아스트리트는 특별한 날에만 사주던 아이스크림을 아이들에게 선뜻 사주었다. 그녀 자신은 입맛이 없어, 주문한 샐러드도 미처 다 먹지 못했다.

그녀는 호수의 댐을 가로질러 고산지대로 향하는 길을 택했다. 돌아갈 때는 시내를 거쳐 가지 않기 위해서였다. 계속 가랑비가 내렸다. 비에 젖은 도로가 마주 오는 차들의 전조등 불빛을 반사했다. 밤길 운전에 아스트리트는 긴장되었다. 지난 며칠 밤잠을 설친 뒤라 행여 눈이 감기기라도 할까 겁이 났다. 이 모든 게 토마스 탓이라는 생각에 토마스를 원망해보려 했지만 원망보다는 오히려 그에 대한 걱정이 앞섰다. 그녀는 운전석에 몸을 똑바로 세우고 앉아 나직이 노래를 흥얼거렸다. 그러나 피로가 독처럼 서서히 온몸에 스며들면서 감각이 점점 외부세계와 단절되어갔다.

그녀는 빈터투어 못 미쳐 있는 휴게소에 들러 조그만 주유소 옆에 차를 세웠다. 그러고는 주유소 편의점에서 커피를 사들고 나와 처마밑에 서서 차 안에 있는 아이들을 건너다보았다. 빗길을 달리는 자동차 소리, 젖은 도로에 반사되는 전조등 불빛, 휘발유 냄새 등에 그녀는 부모님 댁을 방문하고 일요일에 밤길을 운전해 돌아오던 날이 떠올랐다. 그 기억에 조금은 안심이 되었다. 커피가 너무 뜨거워 천천히 마실 수밖에 없었다. 그제야 문득 토마스의 새로운 종적에 관해 경찰에 알려야겠다는 생각이 들었다. 그녀는 주머니에서 루프 경관의 명함을 꺼낸 후 시계를 들여다보았다. 열시였다. 잠시 망설이다 명함 뒷면에 그가 적어준 휴대전화번호로 전화를 걸었다. 대여섯 번쯤 벨이 울리다 그가 전화를 받았다. 너무 늦은 시간이지요? 그녀가 물었다. 천만에요, 괜찮습니다. 그가 말했다. 원래 늦게 잡니다. 수화기 너머에서 아기 울음소리가 들렸다. 좌우지간 요즘에는 더 그렇죠. 그가 건성으로 웃으며 말했다. 지금 막 기저귀를 갈아주고 있었어요…… 아스트리트는 그런 얘기는 듣고 싶지 않았다. 그녀는 그의 말을 끊고, 계좌에서 세 번에 걸쳐 돈이 빠져나갔다고 말했다. 그리고 스포츠용품점에 들렀다는 얘기도 전했다. 유익한 정보로군요, 루프 경관이 말했다. 지금 어디 계십니까? 빈터투어 가기 전에 있는 휴게소예요. 집으로 돌아가는 길이고요. 경관은 잠시 뜸을 들이다 말했다. 남편분께 맨트레일러를 붙여드릴 수 있습니다. 뭐를 붙인다고요? 수색견이요. 우선 댁으로 가십시오. 댁에 도착하시면 다시 전화 주세요. 그때까지 저는 좀더 알아보겠습니다.

아스트리트는 졸음이 확 달아났다. 토마스가 문득 아주 가까이 있는 것 같았다. 동시에 그녀는 그가 자기를 마주보며 왜 집을 나갔는지 설명하게 될 순간이 두려웠다. 사흘 전, 그녀가 콘라트를 달래기 위해 집으로 들어가는 순간 그는 사라져버렸고, 그들의 관계는 그 순간에 얼어붙은 채 멈춰버렸다. 토마스가 실종 상태로 머무는 한 아무것도 달라지지 않을 것이다. 그가 돌아온 뒤에야 시간은 다시 흐르기 시작할 것이다. 그래야 비로소 모든 게 다시 시작될 수 있을 것 같았다.

그녀는 집 앞에 차를 세우고 아이들을 깨웠다. 아이들이 이를 닦고 마침내 잠자리에 들기까지 시간이 한참 걸렸다. 열한시가 되기 직전에 그녀는 루프 경관에게 다시 전화를 걸었다. 그는 십오 분 후에 그녀의 집에 들르겠다고 했다.

아스트리트는 초인종소리가 아이들 잠을 깨우지 않도록 문 앞에서 그를 기다렸다. 그녀는 이미 커피를 준비해놓고 거실에서 경찰관과 마주앉았다. 그가 한밤중에 아내와 아기를 놔두고 자기를 도와주러 왔다는 사실에 그녀는 일종의 만족감을 느꼈다. 그가 이 일에 더 비중을 두고 있다는 생각이 들었다. 그는 슈비츠주의 수색견 전담 동료들과 통화한 결과, 수색견이 지금 중앙부서에 배치되어 있다고 전했다. 그래서 제가 우리 쪽 수색견 전담자를 한 명 투입할 작정입니다. 그렇게 하는 편이 더 빠를 것 같습니다. 우리는 내일 아침 일찍 출발합니다. 남편분의 흔적이 아직 뚜렷하니까요. 지형이 험하다면 밤에 돌아오는 건 가급적 피해야겠지요.

그런데 어제는 경찰에서 할 수 있는 일이 아무것도 없다고 말씀하셨잖아요, 아스트리트가 말했다. 토마스에겐 잠적할 권리가 있다고 말이에요. 네, 그럴 권리가 있습니다, 그분께는, 하고 루프 경관이 말했다. 하지만 우리도 그를 찾을 권리가 있어요. 어쨌든 그가 사흘 전부터 종적을 감췄다고요. 실종 사건은 매번 상황이 다르게 나타나기 때문에 표준 지침이 없습니다. 감에 의지할 수밖에 없어요. 이번 사건에서 경관님의 감은 어떤 건데요? 아스트리트가 물었다. 제 윗분이 내일 바로 그런 질문을 할까봐 두렵습니다, 루프 경관이 말했다. 하지만 그건 부인과는 상관없는 일이고요. 중요한 건 우리가 남편분을 찾는 일입니다. 남편분의 옷가지들 갖고 계시죠? 속옷이면 더 좋고요. 남편분만 손을 댄 것 말입니다. 그 사람 옷을 모두 빨았는데요, 아스트리트가 말했다. 왜 그랬는지 저도 모르겠어요. 그녀는 양손에 턱을 괴고 울기 시작했다. 경관은 탁자 주위를 맴돌며 한손으로는 그녀의 어깨를 토닥이며 차분하게 말했다. 진정하십시오, 무언가 찾을 수 있을 겁니다. 재킷이나 스웨터도 괜찮아요, 무엇이든 가져와보시죠.

마음을 진정시킨 아스트리트가 앞장서서 침실로 가 옷장 문을 열었다. 그녀는 옷장 속을 들여다보고 망연자실했다. 스웨터 거기 있습니까? 루프 경관이 물었다. 스웨터는 그 사람이 한 번도 입은 적이 없어요. 그녀는 얼이 빠진 채 빨아놓은 옷가지들을 바라봤다. 휴가여행 기간에 그가 입었던 셔츠를 다려둔 것과 정성스럽게 개켜

놓은 티셔츠뿐이었다. 마침내 그녀는 토마스가 배구할 때 입던 운동복이 떠올랐다. 지하실 계단에 놓여 있던 운동복 가방에서 그녀는 트레이닝복 바지를 찾았다. 손대지 마세요, 루프 경관이 말했다. 그대로 보전해야 합니다.

그들은 다시 거실에 앉아 두번째 커피를 마셨다. 언젠가는, 하고 아스트리트가 무언가 말을 꺼내려다가, 아, 코냑을 한잔 마셔야겠어요, 하고 말했다. 경관님은 근무중이라 술은 안 되겠죠? 텔레비전에서 보면 수사반장은 항상 그렇게 말하던데. 경관은 그렇지 않다고 눈짓을 하면서, 자신은 지금 근무중도 아니고, 수사반장은 더더욱 아니라고 했다. 두 사람은 서로 잔을 부딪쳤다. 경관이 말했다. 제 이름은 파트릭입니다. 그렇게 두 사람은 이야기를 좀더 이어갔다. 경관은 다시 아기 이야기를 꺼냈다. 경찰에 관한 아스트리트의 지식은 모두가 텔레비전의 범죄드라마를 통해 얻은 것이었다. 드라마에 등장하는 경찰들은 거의 모든 인간관계가 깨져 있거나 아내와도 별거중인 것으로 항상 묘사되는데, 파트릭의 단란하고 행복한 가정생활은 그런 경찰상과 어울리지 않는 것 같았다. 그는 두번째 코냑은 사양했다. 그녀는 자기 잔에 한 잔을 더 따르면서, 자신이 그보다 훨씬 더 세상물정에 밝고 노련한 편이라는 생각이 들었다. 토마스의 가출에 대해 그가 화를 낸 것조차도 이제 그녀에게는 순진함으로 비쳤다. 그가 지금 단서조차 잡지 못하고 있는 이 사건을 그의 힘으로 해결할 수 있을지도 의문이었다. 그러나 다음 순간 그녀는 다시 기분이 좀 풀리면서, 자기 신변에 무슨 일이 일어났는지 자신도 알 수 없다고 자인했다. 조만간 아기는 잠이 푹 들 것이라고 그녀는 말하며 일어섰다. 어떤 아기들은 빨리 잠드는 법을 배우고 어떤 아기들은 시간이 좀 걸린다고 일러줬다.

계좌에서 처음 인출한 돈은 어디에 썼던가요? 파트릭이 물었다. 그는 어느새 현관에 나가 있었다. 프라우엔펠트의 M&K 요식업 유한회사라고 나와 있었어요, 아스트리트가 말했다. 어쩌면 음식점이었는지도 모르겠어요. 인출액은 얼마였습니까? 20프랑이었어요. 잠깐만요, 그가 말했다. 전화 한 통만 할게요. 그는 밖으로 나가서 문을 닫았다. 아스트리트는 현관에 멈춰 서서 시계를 보았다. 자정이 지났다. 몇 분 후 파트릭이 다시 들어왔다. 그는 피곤해 보였다. 모든 에너지를 밖에다 두고 온 것 같았다. 유감입니다만, 그 회사 이름을 듣는 순간 바로 알아버렸네요. 경찰 일을 하다보면 이런 부류들과 자주 부딪치니까요. 인출은 갤럭시에서 했어요. 빌 옆의 브라우나우에 있는 '업소'죠. 아스트리트가 무슨 얘긴지 모르겠다는 표정으로 그를 쳐다보았다. 성매매업소 말이에요. 그가 말했다. 그녀는 뒤로 돌아 거실로 달려갔다. 혼자 있고 싶었다. 아무도 보고 싶지 않았고, 아무에게도 자신을 보이고 싶지 않았다. 하지만 파트릭이 그녀를 따라 들어왔다. 그는 다시 그녀의 어깨에 손을 얹었다가 그녀가 몸을 움직이며 마뜩잖아하자 도로 내렸다. 아, 미안, 아주 적은 금액이네. 아마 거기서 맥주 한잔 정도 마신 것 같군. 아스트리트는 말이 없었다. 파트릭이 갑자기 말을 놓은 것이 상황을 더 나쁘게 했다. 그럼 갈게요, 내일은 하루가 길어지겠군. 새로운 소식 접하는 대로 연락하죠.

아스트리트는 그가 문을 닫고 나가는 소리를 들었다. 그녀는 파트릭이 마시던 잔에 다시 한번 코냑을 가득 채웠다. 잔을 비우면서 그녀는 자신의 입술에 그의 입술이 마주 닿는 느낌이 들었다. 그녀는 커피잔들과 코냑잔들을 주방으로 가져갔다. 그녀는 토마스가 이제까지 줄곧 자기 모르게 이 업소라는 데를 드나들었을지 궁금해졌다. 마침 그의 고객이 있어서 그가 가끔 낮에 다녀오는 지역이긴 했다. 그런 식으로 운영하는 술집들이 밤에만 문을 열지는 않을 것이다. 그녀는 랩톱을 열고 구글에서 그 술집을 찾아보았다. 컴퓨터 화면에 토플리스 차림의 여자 사진이 뜨고, 바의 이름 아래로 동스위스에서 가장 섹시한 클럽이란 글자가 반짝거렸다. 마음 주는 뜨거운 아가씨, 음료는 시가市價. 월요일부터 일요일, 18시에서 5시까지.

그녀는 다른 화면을 하나씩 넘겨보았다. 실내 구조가 나오고, 업소 여성들의 방이 전시되어 있었다. 이 아가씨들이 오늘밤 당신을 모십니다. 밀레나, 브리기타, 아만다, 로라, 티나, 마리아. 이름 밑에는 요염한 슈미즈 차림이거나 전라의 젊은 여자들 사진이 나열되어 있었다. 어떤 여자들은 머리카락을 얼굴에 늘어뜨리고, 어떤 여자들은 노란색 별로 얼굴과 치부를 가리고 있었다. 여자 사진들 중 하나를 클릭하자 여자에 대해 짤막하게 소

개된 글과 더 많은 사진들이 담긴 새로운 화면이 떴다. 타고난 섹시녀, 섹스광, 터부를 모르는 여자. 숨을 쉬기 위해 공기가 필요하듯이 이 뜨거운 피의 아가씨는 섹스가 필요해요! 당신이 다시는 맛볼 수 없을 즐거움을 온몸으로 안겨드려요! 아스트리트는 속이 메스꺼워 브라우저를 닫고 랩톱을 덮었다.

그녀는 오래도록 잠을 이룰 수 없었다. 그 익명의 여자들, 언제고 서로 이름을 바꿀 수 있는 여자들의 사진이 자꾸 떠올랐다. 그들은 엉덩이를 카메라 쪽으로 향하고 유방이 더 크게 그리고 더 탄력 있게 보이도록 하기 위해 등을 잔뜩 뒤로 젖히고 있었다. 아스트리트는 잠옷 차림으로 나이트클럽 한가운데 서 있는 자신을 보았다. 벽에는 얼굴에 가면을 쓴 알몸의 남자들과 여자들이 짝을 이루거나 몇 명씩 그룹을 지어 서 있었다. 시간이 지날수록 사람들은 말이 없어지면서 그녀 쪽으로 방향을 고정시켰다. 그녀는 이 사람들이 자기를 알고 있는 것 같다는 생각이 들었다. 그들은 그녀를 꿰뚫어보는 것 같았다. 사람들이 조금씩 다가오면서 그녀를 둘러쌌다. 아스트리트는 빠져나오려고 애를 썼지만 사람들은 그녀를 내보내주지 않았다. 손들이 그녀를 더듬었다. 뿌리치려 해도 손들이 막무가내로 그녀의 잠옷과 속옷을 잡아당기고, 팔들이 그녀를 껴안고 몸을 조여왔다. 그 순간 그녀는 혼잡한 사람들 틈으로 벽에 서 있는 토마스를 봤다. 그는 발가벗은 여자의 허리에 팔을 감고 즐기면서 웃고 있었다. 그가 뭐라고 입을 움직이고 있었으나 주위가 시끄러워서 무슨 말인지 알아들을 수가 없었다. 갑자기 그녀는 정신이 들면서 의식이 맑아졌다. 방안은 깜깜해져 있었다. 그녀는 탁상시계를 더듬어 찾았다. 새벽 네시였다. 그녀는 일어나서 목욕가운을 걸치고 정원으로 나갔다. 그녀는 비로소 숨을 제대로 쉴 수 있었다.

맞은편 골짜기 측면 위로 해가 떠 있고, 구름들이 한층 가까이 다가와 있었다. 그 밖에는 이전과 달라진 것이 없었다. 토마스는 유년 시절에 경험했던 이중상二重像이 떠올랐다. 동일한 대상이 이중으로 보이는 이 착시현상에서는 열 가지가 다르게 보였었다. 이제 소는 더이상 거기 없었고, 초원에 피어난 많은 꽃들 중 한 송이는 꽃

잎이 다 떨어졌으며, 지빠귀는 더이상 사과나무에 앉아 있지 않았다. 그리고 스위스 십자가가 깃발에서 사라졌다. 호수 위 저멀리 낚시용 보트가 한 척 보였는데, 낚시꾼은 보트의 뒤쪽 아니면 선실에 있는지 보이지 않았다.

도로는 호숫가를 따라 굽이굽이 이어졌다. 호숫가 여기저기에 꼼짝 않고 말없이 앉아 있는 낚시꾼들은 풍경의 일부처럼 보였다. 그 밖에는 아무도 없었다. 사방 분위기가 장엄했다. 강렬한 햇빛에 토마스는 눈이 부셨다. 길이 다시 굽이졌고, 그는 오리나무숲의 푸른빛 그늘로 들어섰다. 나무 줄기들은 표면이 거칠거칠했고, 이끼로 뒤덮여 있었다. 초록으로 반짝이는 잎사귀들과는 잘 어울리지 않아 보였다. 초원에서는 콜키쿰들이 다시 눈에 띄었다. 다른 봄꽃들보다 힘이 없고 연약해 보이는 것이, 왠지 벌써 짧아지는 낮시간의 영향을 받는 듯했다.

호수 끄트머리에는 작은 모터보트 몇 대와 부표들이 떠 있었고, 호숫가에는 덧문이 내려진 별장 두어 채와 음식점도 하나 보였다. 음료 광고문이 적힌 간판에 금일 영업중이라는 표지가 걸려 있고, 유리문이 활짝 열려 있었는데, 옥외 테라스석이 텅 비어 있었다.

자갈길은 어느새 숲을 통과해 가파르게 오르막을 이루는 계곡을 향하고 있었다. 길의 좌우로는 이끼 긴 거대한 바위들이 줄지어 늘어서 있었다. 토마스는 숨을 고르기 위해 몇 번이고 걸음을 멈추었지만 옆구리 통증은 가라앉을 기미가 없었다. 길은 거의 무너져내린 목장에 이르러 끊어졌다. 목장은 한눈에 봐도 오래전에 이미 폐쇄된 것 같았다. 아직 이른 시간이기는 했지만 그는 여기서 하룻밤을 보내기로 했다. 그가 모르는 지역인데다 고산지대라 밤이 되면 너무 춥진 않을지 걱정이 되긴 했다.

예전에 외양간으로 사용되던 곳 위층에 건초가 쌓여 있었다. 그는 이곳에 잠자리를 마련하기로 하고, 먼지가 쌓인 얼마 안 되는 건초 더미를 목재 바닥에 펼쳐놓았다. 그리고 그 위에다 짙은 초록색 비옷을 깔았다. 그러고는 배낭에 들어 있던 것들을 얇은 인조섬유 직물 위에 죄다 쏟아놓았다. 어릴 때 생일 저녁이면 그날 받은 선물을 흐뭇한 기분으로 확인해보던 생각이 났다. 바라던 것이 다 이루어졌음에도 불구하고 항상 약간은 실망했던 기억. 바라던 것을 손에 넣은 사람이 그 어떤 것도 자신의 욕구를 채워주거나 대체해주지 못한다는 것을 깨

닫고 어찌할 바를 모르는 그런 상황 말이다. 그는 주머니칼을 집어들고 여러 용도의 칼날과 연장들을 하나씩 뺐다가 다시 집어넣었다. 그리고 이런 용도를 생각해 사두었던 사슬을 주머니칼 고리에 끼워 칼을 매달았다. 그 다음에는 나이트클럽에서 가지고 나온 재킷에서 발견한 휴대용 달력을 주머니에서 꺼냈다. 여기저기 들춰보니 이름들과 시간들이 적혀 있고, 미용실과 병원 예약일이 표시되어 있었다. 브리기타라는 여자의 이름이 여러 번 나왔다. 토마스가 아는 사람들 중에는 그런 이름이 없었다. 그럼에도 이 이름이 왠지 친숙하게 다가왔다. 그는 이 브리기타라는 여자가 약간 나이가 들고, 그다지 미인은 아니어도 진지하고 마음이 푸근한 사람일 거라고 생각했다. 그는 휴대용 달력의 소유자와 그녀가 무슨 관계일지, 달력 주인이 그런 업소에 드나든다는 것을 그녀도 알았을지, 알았다면 그녀는 뭐라고 말할지 등이 궁금했다. 그는 루마니아 출신 밀레나를 생각했다. 그녀는 그가 상상하던 창녀와는 전혀 달랐다.

토마스는 이런 생각들을 떨쳐버렸다. 그러고는 아랫마을에서 산 식료품 봉지에 적혀 있는 칼로리 표시들을 읽고 나서 달력 빈자리에다 그 숫자들을 적고 합산을 해보았다. 아껴 먹으면 이 식량으로 이 주 정도는 버틸 수 있을 것 같았다. 다이어트, 이런 상황에서는 웃기는 소리일 뿐이었다. 신선한 과일이나 최소한 비타민 정제라도 살 걸 그랬다는 생각이 들었다. 그가 아직 계산을 하고 있는 동안 비가 내리기 시작했다. 쏴쏴거리는 빗소리가 일정하게 들려오면서 비가 몰고 온 한기로 몸이 으스스해졌다. 낡은 슬레이트지붕 몇 군데에서 빗방울이 떨어져내렸다. 위험을 무릅쓰며 불을 피우고 싶지는 않았다. 그는 배낭에서 간단한 먹을거리를 꺼내 허기를 채웠다. 그러고는 물병을 가지고 밖으로 나가 개울물을 병에 채웠다. 비에 젖어 몸을 떨면서 건초 더미가 있는 자리로 돌아왔다. 화주병을 꺼내 한 모금 마시고 잠자리에 누웠다. 쏴쏴 내리는 빗소리와 오래된 건초 냄새, 풀냄새와 비에 젖은 돌멩이 냄새가 그의 마음을 편안하게 해주었다. 아스트리트와 아이들 생각이 났다. 또렷한 기억이나 생각은 아니었고, 그들의 모습이 떠오른 건 더더욱 아니었다. 그저 연결되어 있다는 막연한 느낌, 그것만으로도 그는 마음이 푸근해졌다.

토마스 없이 먹는 네번째 아침식사였다. 아이들은 이미 새로운 상황에 익숙해진 것 같았다. 더는 질문도 하지 않고, 지난 며칠간처럼 더이상 주눅이 들어 있지도 않았다. 심지어 둘이 다시 다투기까지 했다. 아스트리트는 좋은 징조라고 여겼다. 그녀도 기분이 좀 가벼워졌다. 하지만 아이들처럼 새로운 상황에 익숙해져서가 아니라, 경찰이 오늘 토마스에 대한 수색에 나설 것이고 그렇게 되면 그를 발견할 가능성이 더 커질 거라는 걸 알고 있었기 때문이다. 실상 비가 그렇게 문제되지는 않는다고 파트릭이 어젯밤에 말했다. 비가 와도 수색견은 흔적을 찾을 수 있으며, 더욱이 흔적이 최근 것이면 찾기가 더 쉬워진다고 했다. 그녀는 그에게 휴대전화번호를 알려주면서 새로운 소식이 있으면 지체 없이 연락 주기 바란다고 말했다.

아침 내내 파트릭에게서 짤막한 소식들이 연달아 날아왔다. 현재 수색중이며, 수색견이 흔적을 포착해 그의 옷가지들을 찾아냈다는 것이었다. 지금은 배기 계곡이라고 했다. 기분전환삼아 아스트리트는 휴가 때 찍은 사진들 중 잘 나온 것들을 뽑아 사진첩을 만들었다. 지금까지 매년 해오던 일이다. 클라우드의 소프트웨어가 다양한 사진첩 모델을 제공해주었다. 아스트리트는 그중 몇 가지를 시험삼아 적용해보았지만 별다른 것이 없었다. 그녀는 결국 흰색이 무난하다는 생각이 들어 흰색을 배경으로 사진들을 정리했다. 예전에 손으로 직접 앨범에다 사진들을 붙이며 정리하던 것처럼. 토마스와 그녀는 카메라 한 대를 함께 사용했다. 그가 찍은 사진에는 대부분 그녀가 나와 있었는데, 때로는 아이들과 함께였고 때로는 혼자였다. 그에 반해 그녀가 찍은 사진은 거의 항상 아이들뿐이었다. 아이들을 제외하면 풍경 사진과 휴가여행중 잠시 나들잇길에 다녀온 바르셀로나의 명소 사진들이었다. 적어도 앨범에서 토마스가 한 번 정도는 눈에 띄었으면 해서, 그녀는 그의 사진도 끼워넣었다. 경찰에게 보낸 바로 그 사진이었다. 그 사진은 다른 것들과 전혀 어울리지 않았다. 휴가중에 찍은 사진들 사이에 낯선 존재가 끼어든 것 같은 느낌이었다.

배기 계곡에서 파트릭이 마지막으로 문자를 보내온

것은 열한시가 되기 직전이었다. 그후로는 오랫동안 아무 소식이 없었다. 아스트리트는 점심 준비를 했고, 아이들이 집으로 돌아와 점심을 먹었다. 엘라와 콘라트는 다시 학교에 갔다. 아스트리트는 차츰 불안해졌다. 두시가 가까워왔다. 파트릭에게 전화를 걸어봐야겠다는 생각이 들던 차에 마침내 휴대전화 벨이 울렸다. 흔적을 찾았는데, 흔적은 배기 계곡에서 위쪽 방죽으로 이어져 있었다고 했다. 그들 일행은 호수를 따라 이십 킬로미터가 넘는 거리를 추적하여 이제 호수의 상부에 있는 외딴 목장에 도달했는데, 아마도 토마스가 이곳에 묵고 간 것 같다고 했다. 하지만 개가 너무 지쳐 있어서 더이상 추적하기가 힘들다는 것이었다. 이십 킬로미터는 훈련된 수색견에게도 너무 벅찬 거리라고 했다. 다른 수색견은 없느냐고 아스트리트가 물었다. 지친 개가 휴식을 좀 취하고 나면 다시 추적을 할 수 있지 않겠어요? 잠시 말이 없던 파트릭은, 자기 상사가 이 사건에 이 정도면 최선을 다한 셈이라고 하더라고 전했다. 실종자가 그 어떤 위험에 처해 있다는 근거 같은 건 없으며, 오히려 그 반대라고 했다. 아스트리트가 말이 없자 파트릭은 약간 뜸을 들인 후 말했다. 여기서부터는 길이 그렇게 많지 않아요. 저 넘어 클뢴 계곡 쪽으로 갈 수도 있었겠지만, 그랬다면 한참을 되돌아와야 합니다. 분명 그렇게는 하지 않았을 겁니다. 필시 프라겔 산길을 넘어 무오타 계곡으로 갔을 거예요. 오늘 아침 일찍 출발했다면 벌써 그쯤가 있을 것 같아요. 그는 슈비츠 쪽 동료들에게 다시 한번 추적을 의뢰했고, 현재로서는 그 이상 다른 방도가 없노라고 말했다. 그럼 이제 어떻게 하신다는 얘기죠? 마침내 아스트리트가 물었다. 우린 철수해요, 하고 파트릭이 기어들어가는 목소리로 말했다. 아스트리트는 감사의 말이나 인사말 없이 전화를 끊었다.

그녀는 휴대전화를 주방 식탁에 올려놓고 침실로 가서 침대에 누웠다. 방금 전 파트릭과 나눈 대화가 아주 서서히, 주사약이 처음에는 혈관을 흐르다가 온몸으로 퍼지는 것처럼 아주 서서히 그녀의 가슴에 파문을 일으켰다. 십오 분가량 그렇게 꼼짝 않고 누워 있던 그녀는 결국 걷잡을 수 없이 격렬하게 오열하기 시작했다. 문이 열리는 소리와 엘라의 건조한 인사 소리가 들렸지만 그녀는 울음을 그칠 수 없었다. 엄마, 어디 있어? 엘라가 소리쳤다. 곧이어 엘라가 침실로 들어왔다. 아스트리트는 아이에게서 몸을 돌려 배를 깔고 누워 얼굴을 베개에 파묻었다. 울음은 여전히 멈추지 않았다.

그리고 잠이 들었던 게 분명하다. 깨어나보니 엘라가 침실에 서 있고, 엘라 옆에는 경찰이, 그 뒤에는 콘라트가 서 있었다. 아이들이 나직하게 그녀에게 말을 걸었다. 엄마, 깨어났어? 무슨 일 있어? 괜찮아? 하고 엘라가 그녀를 어루만졌다. 콘라트는 침대로 들어가 그녀 옆에 착 달라붙었다. 작은 몸의 따뜻한 체온이 느껴졌다. 하지만 아스트리트는 아이를 뿌리치고 다시 돌아누운 채 아무 말도 하지 않았다. 애들아, 이리 온. 그녀는 파트릭이 나직이 말하는 소리를 들었다. 잠시 후에는 침실 밖에서 발소리가 들렸고, 거실에서 파트릭이 아이들을 달래는 소리와 아이들 목소리가 들렸다. 방안이 어둑어둑해질 무렵 그녀는 일어났다. 불을 켜지 않은 채 약간 열린 침실 문 옆에 서서 그녀는 동정을 살폈다. 몸이 아파 비몽사몽간을 오가던 어린 시절이 떠올랐다. 텔레비전이 켜져 있었고, 만화영화 인물들의 빠른 말투가 들렸다. 그녀는 까치발로 욕실에 들어가 찬물로 얼굴을 씻고 나와 다시 침대에 누웠다.

문에서 벨소리가 들렸다. 방안은 이제 완전히 깜깜해졌다. 거리의 불빛만이 희미하게 새어들었다. 현관 쪽에서 마누엘라의 쾌활한 목소리와 아이들의 환호성이 들렸다. 마누엘라는 이따금 방문할 때마다 쓸데없는 선물을 아이들에게 갖다줬다. 하필이면 파트릭이 토마스의 누이에게 전화를 한 것이었다. 아스트리트와는 얘기가 한 번도 통해본 적이 없는 마누엘라에게. 하지만 짐작건대 아이들에게 떠오른 이름이 그녀밖에 없었던 것 같다. 누가 아이들을 돌봐줄 수 있었을까? 누가 엄마를 걱정해줄 수 있을 것인가? 그녀에게는 친구들이 없었던가? 가까운 친척은? 근처에 사는 사람 누구라도 없었던 건가?

침실 문에 노크 소리가 들렸다. 파트릭이 들어와서 난감한 표정으로 아스트리트의 침대 옆에 섰다. 나는 이제 가봐야 해요. 대신에 당신 시누이가 왔어요. 당신이 나아질 때까지 그녀가 여기에서 밤을 보내면서 당신과 아이들을 보살펴주겠다고 해요. 그러고는 오늘 토마스를 찾지 못해 미안하다고 했다. 아스트리트는 고개를 저으며 도와줘서 고맙다고 말했다. 시누이에게 내가 깨어났다는 말은 하지 마세요, 하고 그녀가 속삭이듯 말했다. 꼭 필요한 말만 해줬어요, 하고 그가 말했다. 그는 잠시 더 머물러 서 있다가 나갔다.

잠시 후 아스트리트는 마누엘라와 아이들의 음성을 들었다. 다들 조용히 말하려고 애를 쓰는 것 같았다. 아스트리트는 계단 올라오는 소리도 들었다. 화장실 물 내리는 소리와 나직하게 부르는 동요 소리, 웃음소리와 속삭이는 소리가 들리다가 다시 층계를 올라오는 소리가 들렸다. 그녀는 눈을 감았다. 곧이어 침실 문이 열렸다가 다시 닫히는 소리. 그리고 온 집안에 침묵이 흘렀다. 하지만 그녀는 방이 달라지는 걸 알아차렸다. 방이 넓어졌다가 다시 닫혔다.

집을 나온 이래 처음으로 토마스는 충분한 휴식을 취한 후 잠이 깼다. 그는 힘이 절로 솟는 것 같았다. 비는 그쳤지만 해가 높은 산머리 뒤에서 아직 떠오를 생각을 하지 않아 공기가 습하고 차가웠다. 아침햇살에 드러난 선명한 초록빛과 회색이 어우러진 광활한 풍경이 마치

한 폭의 그림 같았다. 빵과 말린 과일로 간단하게 아침 식사를 하고 나서 그는 다시 짐을 챙겨 자리에서 일어섰다. 길은 전날보다 더 가팔랐다. 토마스는 산에 다니면서 익힌 지그재그 걸음으로 천천히 내려왔다. 그런 식으로 걸으면 몇 시간이고 견딜 수 있었다. 숲이 끝나자 식물 군락은 한층 볼품없어졌다. 초원은 엉겅퀴로 가득했고 길가에는 영아자와 용담이, 바위틈새에는 양치식물들이 자라고 있었다. 줄곧 개울물소리가 들렸는데, 커다란 바위를 돌아서자 갑자기 조용해졌다. 들리는 것은 오로지 자갈에 부딪히는 그의 신발 소리와 걸음에 박자를 맞추는 그의 숨소리뿐이었다. 그는 지금까지 한 번도 경험해보지 못한 자신의 현재성을 느꼈다. 마치 과거와 미래를 갖고 있지 않은 듯 느껴졌다. 존재하는 것은 오로지 이날과 그가 서서히 산을 오르면서 내딛는 이 길뿐이었다. 그때 마멋의 휘파람 소리가 들렸다. 토마스는 걸음을 멈추고 사냥 자세를 취하는 포수처럼 긴장해 주위를 살폈다. 하지만 어디에서도 마멋의 모습은 보이지 않았다.

고갯마루에 도착한 그는 바위에 앉아 신발과 양말을

벗고 발을 주물렀다. 산을 올라오는 동안은 땀이 났으나 이제는 차가운 바람에 추위를 느꼈다. 그는 허리춤에 동여맸던 재킷을 풀어 어깨에 걸치고, 빵과 말린 과일 그리고 초콜릿을 꺼내 요기를 했다.

앞쪽은 경사지대였다. 넓은 계곡이 펼쳐져 있었는데, 처음에는 남쪽으로 뻗어나가다가 나중에는 서쪽으로 방향을 틀었다. 그 뒤로는 거대한 돔처럼 생긴 바위가 평평한 등을 드러내고 있었다. 눈 덮인 산들 사이에서 어울리지 않게 맨몸을 드러낸 바위가 마치 딴 세상에서 온 것처럼 보였다. 구름들 사이를 뚫고 나온 햇살을 받은 바위가 은빛, 아니 거의 백색으로 반짝거리면서 마치 대지보다 하늘에 더 가까이 있는 것 같은 인상을 짙게 풍겼다. 토마스는 기이한 감동에 사로잡혔다. 그는 다시 발길을 재촉했다.

그는 상당히 긴 거리를 내려가야 했다. 내려갈수록 계곡의 경사가 많이 줄어들었다. 도처에 풀을 뜯는 소들의 발자국이 깊이 팬 진흙땅이 물을 가득 머금고 있었다. 길이 엉망이 되어버려 어디로 향하는지 알 수가 없었다. 토마스 오른쪽의 계곡은 기다랗게 늘어선 바위들과 면해 있었고, 절벽 아래 초원은 자갈투성이였다. 어디선가 돌멩이 굴러떨어지는 소리가 건조하게 들려왔다.

멀리에 벌써 목장이 보였다. 산장과 외양간 주변의 목초지에서 염소들과 말 몇 마리 그리고 당나귀 두 마리가 풀을 뜯고 있었다. 토마스는 그쪽으로 걸어갔다. 가까이 가보니 한 노파가 작은 산봉우리에 설치된 나무벤치에 앉아 쌍안경으로 예의 그 은빛 바위를 바라보고 있었다. 그는 노파가 혹여 놀랄까봐 멀찌감치 떨어져서 먼저 인사를 건넸다. 하지만 노파는 이미 한참 전부터 그를 보고 기다렸다는 듯이 태연하게 인사를 받았다. 쌍안경을 벤치 옆에다 내려놓고 상냥한 음성으로 인사를 받는 것이었다. 그는 노파에게 돔바위로 가는 길을 물었다. 우리 고원목장은 저기 건너편으로 가야 해요, 하고 노파가 말했다. 저 위에서도 풀이 자라나요? 토마스가 물었다. 노파가 고개를 끄덕였다. 그 바위 뒤에서 자라지. 하지만 석회암지대는 균열이 심하고 구멍이 팬 곳도 많아요. 두 사람은 건너편 회색 바위들을 바라봤다. 거의 해마다 소나 양이 한 마리씩 떨어져 죽는다오, 노파가 말했다. 올여름엔 운이 좋은지 아직 사고가 한 번도 없었고. 계속 그렇게 되길 빌어요. 내일은 우리 사람들이 목장에서 모두 내려올 거라오. 원래는 한 주 더 있을 예정이었는데, 눈이 온다는 예보가 있어서. 여름이 습하면 그해 겨울이 춥다고 이 고장 기상예보관들이 말했다오. 대화의 내용은 별로 귀에 들어오지 않고 이 고요한 풍광의 침묵이 깨지는 소리만 귓전에 남았다. 드디어 토마스가 작별 인사를 건네자 노파가 고맙다고 말하면서 다시 쌍안경을 손에 들었다. 그는 노파가 뭐에 대해 고맙다고 하는지 알 수 없었다.

얼마 안 가 토마스의 발아래로 산 위를 휘감아도는 좁다란 고갯길이 나타났다. 차선은 하나밖에 없는데 이삼분 간격으로 스포츠카가 위쪽을 향해 굉음을 내며 달렸고, 이따금 자동차들이 떼를 지어 몰려왔다. 고속회전으로 인해 윙윙거리는 엔진소리가 침묵을 깨뜨렸다. 자동차들이 커브를 돌아 다음 커브로 사라질 때마다 소음이 일었다가 사라졌다.

고개 위에 작은 예배당이 한 채 있었는데, 그 앞쪽 높다란 깃대엔 스위스 국기가 나부꼈다. 평평한 초원 건너편으로 건물 몇 채와 길게 늘어선 외양간 한 채 그리고 주택 한 채가 보였다. 어쩌면 그쪽에 음식점이 있을지도 몰랐다. 어쩌면 하룻밤 묵을 만한 곳이 있을지도. 아무튼 건물 앞에 자동차가 몇 대 서 있었다. 어느새 벌써 늦은 오후였고, 하늘은 구름이 덮인데다 춥기까지 했다. 그는 이곳에서 하룻밤 묵기로 했다.

아스트리트는 아침 일찍 잠이 깼다. 그리고 더이상 잠을 이룰 수 없었다. 명료해진 의식이 어젯밤의 혼란을 말끔히 몰아냈다. 사람이 협박을 받으면 한 가지 목표에 온 힘을 기울이게 되는 것처럼. 그녀는 깊이 생각하지 않아도 자신이 해야 할 일이 무엇인지 잘 알았다. 토마스의 목표와 계획 따위는 그녀에게 문제되지 않았다. 그가 비록 늘 생각해왔던 일이라 해도, 이렇게 호락호락 가게 내버려둘 수는 없었다. 그를 끌고 오고야 말 것이다. 이제 남은 건 계획을 실천에 옮기는 일뿐이다. 마누엘라와 아이들이 일어나는 기척이 들리자 그녀는 다시 잠든 척했다. 아이들이 학교에 가고 나서야 그녀는 자리에서 일어났다. 마누엘라는 설거지를 하고 있었다. 아스트리트가 주방에 들어서자 시누이는 마치 장례식에서 만난 사람들처럼 말없이 그녀를 포옹했다. 아스트리트는 내심 초조하고 내키지도 않았지만 그녀가 포옹하도록 그냥 내버려두었다. 정말 속상하네요. 마침내 아스트리트를 놓아주면서 마누엘라가 말했다. 뭐라고 위로의 말을 해야 할지. 그럴 수도 있는 일이죠. 아스트리트가 차갑게 대답했다. 마누엘라가 커피를 두 잔 따라 앞장서서 거실로 갔다. 그녀는 마치 거기가 자기 집인 것처럼, 그러니까 자기가 손님 접대를 하는 집주인이고 아스트리트는 잠시 한담을 나누러 들른 손님이라도 되는 양 행동했다. 소파에는 모포가 한 장 놓여 있었다. 마누엘라가 소파에 진을 친 게 틀림없었다.

이건 도무지 토마스에게 어울리는 짓이 아니에요, 마누엘라가 말했다. 왜 그런 짓을 하는지 알 수가 없군요. 고마워요, 아이들을 챙겨줘서. 아스트리트가 말했다. 당연한 일 가지고 뭘 그래요. 이럴 때 가족이 필요한 거죠. 마누엘라가 말했다. 당신은 내 가족이 아니잖아. 아스트리트는 속으로 말했다. 그러고는, 우린 토마스가 어디 있는지 확실히 알아요, 하고 말했다. 우리란 파트릭과 나를 두고 하는 말이야, 하고 다시 속으로 말했다. 파트릭이 자기에 대해 마누엘라에게 이야기했다는 생각을 하니 자존심이 상했다. 그녀는 파트릭이 자기를 배반했다는 생각이 들었다. 무오타 계곡으로 가보려고 해요. 거기서 누군가 그를 본 것 같아요. 경찰은 거의 손을 놓고 있어요. 오늘 아이들 좀 봐줄래요? 마누엘라가 괴로운 표정을 지었다. 그렇게 해도 괜찮겠어요? 그녀는 마치 환자라도 마주한 것처럼 물었다. 오늘은 컨디션이 아주 좋아요, 아스트리트가 대답했다. 그게 우리가 가지고 있는 유일한 단서예요. 어쩌면…… 그녀는 더이상 말을 잇지 않았다. 내가 토마스의 누이라서 그를 편들 거라고 생각하면 안 돼요, 마누엘라가 말했다. 오빠가 한 행동은 나도 믿기지 않으니까요. 믿기지 않는다는 표현은 시누이의 진심에서 우러나온 말이 아니라고 아스트리트는 생각했다. 그 말의 진의란, 그는 그런 짓을 할 사람이 결코 아닌데, 그가 집을 나갔다면 그건 당신 탓이 아닌가, 였다. 그녀는 마누엘라가 토마스의 행방에 대해 무언가 알고 있나 하는 의구심이 들었다. 남매 사이에는 그녀로서는 결코 이해하지 못할, 그래서 그녀를 당혹스럽게 만드는 신뢰가 쌓여 있었다. 외동으로 자란 그녀는 남동생이나 여동생이 있는 삶이 어떤 건지 상상할 수가 없었다. 마누엘라가 아무리 아니라고 해도 그녀는 당연히 토마스 편이었다. 그 사람이 어디 있다는 걸 이제 알았는데 여기 가만히 앉아 있으려니 미칠 것 같아요. 아스트리트가 말했다. 두 분이 싸웠어요? 마누엘라가 물었다. 여전히 간호사다운 어투였다. 고모가 아이들 봐주기 힘들면 이웃집 여자에게 부탁해볼게요. 아스트리트가 말했다.

아홉시가 지나서야 그녀는 출발할 수 있었다. GPS에 의하면 무오타 계곡까지 자동차로 두 시간 거리였다. 아스트리트는 규정 속도보다 더 빠르게 달렸다. 열한시가 채 못 되어 그녀는 고속도로를 빠져나왔다. 지방도로가 이제 산 위로 연결되어 있었다. 그녀는 곧 고지의 골짜기에 도달했다. 지대가 평평했고, 계곡이 끝나는 지점에 마을이 있었다. 긴 도로 하나로 구성된 것처럼 보이는 마을이었다. 그녀는 한 음식점 앞에 차를 세우고 가방에서 토마스의 사진을 꺼낸 후 차에서 내렸다. 내리자마자 그녀는 계곡이 이상하리만치 고요하다는 느낌을 받았다. 모든 소음이 가라앉아 있었으며, 그녀가 토마스에 관해 묻는 사람들마다 나직하게 머뭇거리며 대답했다. 마치 대공연을 관람중인 관객이 공연에 방해가 될까 봐 조심하는 것 같았다. 아이들도 데리고 오지 않은데다 지역도 낯설기에 그녀는 토마스에 관해 수소문하기가 훨씬 더 용이하겠다는 생각이 들었다. 혹시 이런 남자 못 보셨어요? 어제 분명히 이곳을 지나갔을 거예요. 트레킹 복장을 했고요. 어쩌면 수염을 안 깎았을지도 모르겠어요. 그녀는 이미 몇 안 되는 행인들에게 묻는 사이 토마스가 여길 지나가지는 않았다는 걸 직감했다. 그는 분명 마을은 피해 가려 했을 것이고, 그렇다면 강 건너편 산허리를 돌아 풀 뜯는 소들 사이로 드문드문 농가와 외양간들이 서 있는 곳으로 길을 잡았을 것이다. 사람들이 불친절하지는 않았지만 겸연쩍어하고 말수가 적었다. 대부분 고개를 가로젓기만 하고 계속 걸음을 옮기는 것이었다. 학생 몇 명이 웃으면서 버스에서 내렸으나, 여기서는 유쾌하게 떠들면 안 되기라도 하는 양 곧 입을 다물었다. 그러고는 그 남자가 무슨 일을 저질렀느냐고 물었다. 아스트리트는 적당히 꾸며 둘러댈까 하다가, 아니라고만 대답하고 그 사람이 자신의 남편이라고 말했다. 학생들도 토마스를 보지 못했다.

아스트리트는 배가 고프지 않았음에도 한 음식점 앞에 차를 세워놓고 안으로 들어갔다. 음식점 안에 손님은 없었고, 주인 여자만이 식탁 중 하나에 앉아 텔레비전 토크쇼 재방송을 시청하고 있었다. 아스트리트가 의자에 앉자 주인은 텔레비전을 끄고 라디오를 틀었다. 취주악단이 유명한 히트곡들을 메들리로 연주했다. 잠시 후 식탁들은 직공들과 오렌지색 작업복을 입은 건설노동자들로 차츰 채워졌다. 주인을 제외하면 아스트리트가 이 음식점 안에서 유일한 여자였다. 점심 메뉴를 주문했지만, 접시 가득 담겨 나온 음식을 보는 순간 그녀는 식욕이 사라져 음식을 이리저리 휘젓기만 하다 반도 먹지 못하고 남겼다. 음식을 치우면서 주인은 음식맛이 별로냐고 물었다.

남자 손님들 대부분은 벌써 커피를 마시고 있었다. 아스트리트는 식탁마다 돌아다니며 토마스에 관해 물었다. 노동자들이 식사중에 농담을 하며 웃어대는 걸 보자 아스트리트는 그들이 자기와 자기 질문을 웃음거리

로 만들면 어쩌나 걱정이 됐다. 하지만 그녀의 긴급하고
도 심상치 않은 상황을 눈치챈 그들은 쓸데없는 얘기는
삼가고 정중하게 대답을 해주었다. 저기 있는 저 사람들
한테 물어보세요. 톱밥이 잔뜩 묻은 감색 플리스 재킷을
입은 젊은 남자가 이렇게 말하면서 오렌지색 작업복 차
림의 사람들을 가리켰다. 그들은 간선도로공사에 투입
된 인부들이었다. 그들도 친절했다. 작은 키에 뚱뚱하
고 수염이 텁수룩한, 아마도 십장인 듯한 남자가 사진을
한참 들여다보더니, 고개를 내저으며 동료 한 사람에게
사진을 건네주고는 말했다. 자네들 이 사람 본 적 있나?
주인 여자도 다가와 인부의 어깨 너머로 사진을 들여다
보았다. 여기 이 마을에 호텔이 있나요? 아스트리트가
물었다. 식당 '포스트'에 객실이 몇 개 있어요, 하고 주
인이 말했다. 저기 위쪽 슈탈덴에는 '알프스전망'이라는
호텔이 있고, 고개 위에는 게스트하우스가 있어요. 라디
오에서는 이제 민요풍 히트곡이 흘러나왔다.

아스트리트는 식당 포스트와 알프스전망에 가보았지
만 아무런 소득이 없었다. 그녀는 고개로 올라가보기로
했다. 도로는 일차선뿐이었으나 다행히 대피소가 꽤 많

왔다. 아스트리트는 맞은편에서 달려오는 스포츠카가 많은 데 놀랐다. 대부분의 차들이 독일 표지판을 달고 있었다. 그녀는 차창을 약간 열었다. 서늘하고 상쾌한 산 공기가 몰려들어왔다.

멀리 위쪽에서 수염을 기른 목동 두 사람이 소를 스무 마리쯤 몰면서 도로를 내려오고 있었다. 그녀는 뒤쪽 대피소로 한 구간 차를 후진시키는 수밖에 없었다. 소들이 덜거덕거리는 소리를 내며 터벅터벅 그녀의 차 옆을 지나갔다. 목동들은 말없이 고개를 까딱하며 인사를 건넸다. 그 모습이 왠지 고집스러워 보였다. 이렇게 일찍 산 위의 목장을 떠나는 게 이상하다는 생각이 들었다. 그러나 다음 순간 그녀는 앞으로 며칠간 이 고산지대에 눈이 내릴 것이라는 일기예보를 들은 기억이 떠올랐다.

고갯마루에는 음식점을 겸한 목장이 하나 있었다. 장식이 없는 건물들 뒤쪽으로 울타리를 두른 목초지가 있고, 그 안에 소들이 백여 마리 정도 보였다. 그 사이로 남자들과 여자들 몇몇이 소들을 무리 지어 몰고 있었다. 아스트리트가 여행안내서나 치즈광고에서 보았던 알프스 고산지대 목장들의 멋진 풍경과는 거리가 먼 장면이었다. 다채로운 의상들이며 꽃으로 장식된 소들은 없었다. 그 대신 짐을 잔뜩 실은 말 두 마리가 목초지 가장자리에서 풀을 뜯고 있었고, 작은 무리의 염소들이 전부였다.

아스트리트는 자갈밭에 차를 세웠다. 스웨터를 걸쳤는데도 몸이 떨렸다. 하늘에는 검은 구름이 몰려오고 있었다. 그녀에겐 다가오는 눈 냄새가 벌써부터 나는 듯했다.

커다란 식당에 손님이 앉은 식탁은 두 개뿐이었다. 한쪽 식탁에는 아스트리트 또래에 오토바이 복장을 갖춘 남녀가 헬멧을 식탁 가장자리에 올려놓은 채 앉아 있었고, 다른 한쪽엔 노인 네 사람이 앉아 카드놀이를 하고 있었다. 사투리로 보아 이 지역 사람들인 것 같았다. 계산대에는 젊은 아가씨가 서 있었는데, 수줍음을 많이 탔다. 아스트리트의 질문에도 한 음절로만 대답하다가 결국 어머니를 데려오겠다고 했다. 한참 만에 강인한 인상을 풍기는 작은 체구의 여자가 나타났다. 머리카락은 검은색이었고, 투박한 작업복에 고무장화 차림이었다. 그녀는 토마스의 사진을 먼저 살펴본 다음 아스트리트를 쳐다보았다. 그러고는 이윽고 사진 속 남자가 여기서 묵고 아침에 떠났다고 말했다. 저 위 지붕 밑 방에 여럿이 잘 수 있는 자리가 있거든요. 이분이 댁의 남편인가요? 그녀가 물었다. 이리 와보세요. 그녀는 다른 손님들로부터 조금 떨어진 자리로 아스트리트를 데리고 갔다. 그러고는 딸을 불러 커피 두 잔을 가져오게 하고, 아버지에게 곧 간다고 전하라고 일렀다. 지금 막 외양간으로 가려던 참이었거든요, 그녀가 아스트리트에게 양해를 구하며 말했다. 그럼 얘기를 들어볼까요, 제 이름은 베르나데테예요. 아스트리트는 그녀에게 저간의 사정을 전부 털어놓았다. 왜 그랬는지는 자신도 몰랐다. 주인 여자는 침착하게 경청하면서 몇 차례 묻기도 하고, 고개를 끄덕이며 이따금 위로의 말을 건네기도 했다. 아스트리트의 얘기가 끝난 순간 베르나데테는 자기 말을 보태거나 조언을 하지 않고, 아스트리트의 아래팔에 손을 얹은 채 커피를 한 잔 더 마시겠느냐고만 물었다. 그러고 나서는 꼭 필요한 이야기만 간단히 전했다. 아스트리트의 남편이 어제 늦은 오후에 도착해 숙박이 가능한지 물었다고 했다. 그래서 그녀는 그를 공동침실로 데려다주었으며, 그가 유일한 손님이었다고 말했다. 그는 저녁도 여기서 먹었으며, 말을 많이 하지 않았다는 것이었다. 토마스의 행색이 어떻더냐고 아스트리트가 물었다. 베르나데테는 잠시 생각에 잠기더니 상냥하고 조용해 보였다고 대답했다. 그리고 약간 얼이 빠진 사람 같아 보였다고도 했다. 어디로 간다는 말은 하지 않았어요, 하고 그녀가 계속해서 말했다. 하지만 그가 배기 계곡에서 왔다면 틀림없이 무오타 계곡으로 갔을 것이라고 했다. 왜냐하면 그 계곡이 트레킹 여행자들이 가장 즐겨 찾는 계곡이기 때문이라는 것이었다. 거기서는 아무도 본 사람이 없더라고요. 아스트리트가 말했다. 물론 다른 길들도 있으니까요. 주인 여자가 말했다. 토마스가 몇시쯤 떠났는지는 그녀도 알 수 없다고 했다. 그가 늦은 아침을 먹고 계산을 했으며, 그후 그녀는 장을 보러 계곡으로 내려갔었고, 정오경에 돌아와 위층의 공동침실에 가보니 이미 그는 떠나고 없었다는 것이다. 그러고는 아스트리트에게 자기가 더 도울 일이 있는지 물었다. 그녀는 이제 소젖을 짜러 가야 한다고 했다.

아스트리트는 평평한 고원지대를 가로질러갔다. 목장에는 소들이 먼젓번 목장의 반 정도밖에 없었다. 경사면

이 시작되는 지점에 작은 예배당이 한 채 서 있었다. 한참 동안 아스트리트는 십자가에 못박힌 사람을 바라보았다. 그녀의 할머니라면 여기서 틀림없이 도와달라는 기도를 했을 테고, 그녀의 어머니는 성호를 긋기는 하겠지만 그것이 곤경에 처한 자신을 도울 수 있을지에 관해서는 혼란스러워했을 것이다. 아스트리트에게 십자가상은 단지 나뭇조각과 쇠붙이일 뿐이었다.

아래쪽 길가에는 여러 갈래 방향을 가리키는 노란색 이정표들이 세워져 있었다. 아스트리트는 지명들을 읽어보았다. 뵈드머렌, 트베레넨, 아이겔리스숲, 포라우엔, 카렌 계곡, 질베렌, 드레크로흐. 토마스가 택했을지 모를 길이 십여 가지는 되었다. 그중 어느 길로 가야 할지 그녀는 잠시 생각에 잠겼다. 맥 놓고 가만있을 수는 없는 노릇이었다. 하지만 벌써 거의 네시가 되어가고 있었고, 곧 눈도 내릴 것이었다. 그녀는 아침에 일어나면서부터 동원한 에너지가 모두 소모돼버린 것 같은 기분이 들었다.

토마스가 들어섰을 때 식당은 비어 있었다. 계산대 옆에 유리진열장이 있었고, 그 속에는 알프스치즈와 다른 유제품들이 들어 있었다. 그는 헛기침을 하고 식탁 하나에 가서 앉아 기다렸다. 마침내 상당히 키가 작고 마른 체구에 검은 머리의 부인이 들어와 인사를 하면서 그가 앉아 있는 식탁으로 다가왔다. 부인의 말에는 슬라브 억양이 약간 섞여 있었다. 토마스는 이백 년 전에 이곳을 침공한 러시아 군대가 생각났다. 그는 커피를 한 잔 시켰다. 부인이 커피를 가져오자 그는 빈방이 있느냐고 물었다. 공동침실밖에 없지만, 그가 유일한 손님이라고 그녀가 말했다. 일곱시에 저녁식사가 준비된다고도 했다. 그러고는 계산대 쪽으로 가더니 그 뒤에 있는 문으로 사라졌다. 그녀는 고무장화를 신었지만 거동에 기품이 있는 것이, 이 지역에 어울리지 않아 보였다.

　　그는 커피를 마시면서 식탁 위에 놓여 있던 지역신문을 들춰보았다. 얼마 후 부인이 다시 와서 그에게 방을 보여주겠노라고 했다. 그녀는 그를 데리고 주방을 지나 좁은 계단을 올라가서 다락방으로 안내했다. 경사진 지붕 아래 방에는 좁은 매트리스 십여 개가 빽빽하게 열을 지어 있었으며, 매트리스 위에는 잿빛 군용 모포와 붉고 하얀 격자무늬 베갯잇을 씌운 베개들이 쌓여 있었다. 전면의 작은 창을 통해 햇빛이 조금 스며들어오고 있었다. 문 위쪽에 하나뿐인 전구가 희미하게 빛을 발했다. 공동침실은 서늘했고, 시큼한 우유 냄새와 먼지 그리고 건초 냄새가 났다. 주인 여자는 일곱시에 저녁을 먹는다고 다시 한번 일러주었다. 주인 여자가 나가고 나서 토마스는 창문 옆 매트리스에 자리를 마련했다. 이제 막 여섯시가 넘은 시간이었다. 그는 자리에 누워 아래층에서 들려오는 소리에 귀를 기울였다. 일곱시가 가까워오자 그릇 달그락거리는 소리가 들렸다. 그는 아래층으로 내려갔다.

식당에는 기다란 십인용 식탁이 놓여 있었고, 그 식탁에서 약간 떨어진 자리에 일인용 식탁이 하나 있었다. 토마스는 거기 앉아 커다란 식탁이 채워지는 광경을 지켜보았다. 농부와 네 아이 옆으로 젊은이 하나와 노인이 하나 앉았고, 그들이 자리를 채우는 사이 주인 여자와 통통한 체구의 젊은 여자가 음식을 나르며 식탁을 차렸다. 곧이어 젊은 여자가 토마스의 음식을 가져다주면서 맛있게 들라는 인사를 건넸다. 그는 배가 너무 고팠던 나머지 곧바로 음식을 먹기 시작했다. 반면 십인용 식탁에 모여앉은 사람들은 어느새 두 손을 모았고, 농부가 기도를 올렸다. 낯선 손님 앞이라 쑥스러운 듯 농부는 아주 낮은 음성으로 중얼거렸다. 그러고서 한동안 나이프로 무언가를 써는 소리와 스푼이며 포크 들이 달그락거리는 소리만 들리다가 차츰 음식 먹는 소리에 말소리들이 섞여들었다. 누군가 접시를 달라고 하는가 하면 찻 주전자를 달라는 소리도 들렸다. 젊은 남자가 농담을 건네자 통통한 아가씨가 되받아치고, 주인 여자가 그들을 말리며 끼어들었다. 토마스는 그들이 말하는 것을 반쯤만 알아들을 수 있었다. 그는 집을 떠난 이래 처음으로 외로움을 느꼈다. 정처 없이 떠돌아다니는 동안 그는 자신을 완전히 잊었고, 아스트리트와 아이들을 생각할 때면 생각 속에서는 그들과 하나로 엮여 있었다. 그런데 이제 더이상 공동체에 속해 있지 않다는 사실이 괴로웠다. 이 조그만 연극세계에서 자신이 낯선 존재가 되었다는 것이 괴로웠다. 커다란 식탁에는 자리가 하나 비어 있었다. 그는 거기에 앉아 옆 사람들의 손을 잡고, 그들과 식사기도를 올린 후 함께 먹고 마시고, 그러다 나중에는 식탁 치우는 일을 돕고, 설거지를 함께 하는 장면을 상상해보았다. 고산지대의 목장인데 언제고 일손을 환영하지 않겠는가.

파리들이 그의 식탁에 날아들었다. 그는 계속해서 파리들을 쫓았지만 짜증스럽게도 그것들은 금방 또 날아들었다. 그가 스푼과 포크를 내려놓자마자 파리 세 마리가 그의 빈 접시로 날아와 앉았다. 그는 레드와인 반 리터를 시켰다. 다른 때보다 술기운이 빨리 올라 와인병을 다 비우지 못했다. 반쯤 빈 와인잔을 바라보며 불과 나흘 전에 집 앞에 그냥 두고 온 와인잔을 생각했다. 자리에서 일어나려던 그는 잠시 몸의 균형을 잃고 의자를 붙잡았다. 그는 커다란 식탁을 지나면서 잘 자라는 인사를 건네고 위층으로 올라갔다.

아래층 식당은 따뜻했는데, 다락방 공동침실은 여전히 추웠다. 냉기로 차가워진 담요를 석 장이나 덮었는데도 온기가 돌 때까지 한참 걸렸다. 아래층에서 들려오는 말소리들이 아까보다 커진 듯했다. 그러고 나서 다시 그릇 달가닥거리는 소리와 발소리가 들렸고, 얼마 후에는 건물의 다른 쪽 구석에서 라디오 소리와 물 흐르는 소리가 들리더니 또다른 어딘가에서 문 여닫는 소리와 누구를 부르는 소리가 먼발치에서 들려왔다.

토마스는 다음날 아침 일찍 잠에서 깼으나 일어날 생각이 들지 않아 다시 눈을 감았다. 그가 두번째로 잠에서 깨어난 것은 아홉시가 지나서였다. 지난 며칠 밤 사이 온갖 꿈을 다 꾸었었다. 비몽사몽으로 밤을 보냈고 낮에도 환상에 사로잡혀 지냈다. 이제까지 거쳐온 풍경들보다 종종 더 실제 같은 환상들에. 그런데 지난밤에는 꿈을 전혀 꾸지 않았다. 그는 바깥 복도에 나가 조그만 세면대에서 간이 세수를 했다. 그 순간 그는 이 한순간만이 존재하는 것 같은 느낌이 들었다. 먼지 냄새와 물 흐르는 소리, 멀리 외양간과 주방에서 들려오는 소음 그리고 이 전실의 어스름, 수도꼭지를 잠글 때 느껴지는 금속의 냉기, 이것들만이 존재하는 것 같았다.

식당에서는 예의 그 수줍음을 잘 타는 아가씨가 바닥 청소를 하고 있었다. 식탁에는 벌써 아침이 준비되어 있었다. 토마스가 자리에 앉자 아가씨가 말없이 커피가 담긴 보온병과 뜨거운 우유가 담긴 작은 단지를 가져왔다. 계산을 하려고 하자 그녀는 어머니를 불렀다. 어머니는 어제보다 더 바빠 보였다. 그녀 역시 말이 없었다. 토마스는 그녀에게 팁을 줄 용기가 나지 않았다. 그는 감사인사를 하고, 짐을 싸기 위해 다락방으로 올라갔다. 그가 다시 길을 나설 때는 열시가 넘어가고 있었다.

좁다란 오솔길이 지그재그로 오르막을 이루고 있었다. 여기저기에 전나무들이 듬성듬성 보이다가 위로 올라갈수록 초목들이 드물어졌다. 비탈길에는 바위가 대열을 이루었다. 갈색과 초록색이 뒤섞인 초원은 지형이 온통 울퉁불퉁했고, 곳곳에 널린 질퍽한 웅덩이에는 황새풀이 자라고 있었으며, 물이 찬 또다른 웅덩이에서는 일 미터가량 되는 가느다란 나뭇잎들이 익사한 사람의 머리카락다발처럼 부유했다. 하늘에는 구름이 끼어 있었다. 희미한 햇빛을 받은 석회암지대는 거의 새하얗게 보였고, 늪에 고인 물은 검고 깊어 보였다.

주위는 매우 고요했다. 어느덧 꽤나 높이 올랐을 무렵 토마스는 아래쪽에서 개 짖는 소리와 소 방울소리를 들었다. 뒤로 돌아서자 멀리 아래쪽 좁은 길로 엄청난 수의 소떼와 염소 몇 마리를 몰고 가는 목동들이 보였다. 행렬의 꽁무니에는 말 두 마리가 등짐을 가득 싣고 따라가는 중이었다. 토마스는 이들 행렬이 바위의 돌출부를 돌아 사라지고 다시 주위가 고요해질 때까지 바위에 앉아 있었다.

위로 올라갈수록 그는 시간을 거꾸로 걷는 기분이 들었다. 오솔길에서는 시들어버린 꽃들이 이곳 위에서는 만개해 있는가 하면, 아직 봉오리를 열지 않은 것들도 있었다. 지대가 평평해질수록 길이 없어지면서 더욱 걷기가 힘들어졌다. 빗물로 홈이 팬 석회암지대는 출렁이는 바다가 돌로 굳어버린 것 같았다. 곳곳에 나 있는 균열 가운데 어떤 곳은 너비와 깊이가 수미터나 되기도 했다. 다른 쪽에는 만곡을 이룬 융기가 갑자기 낭떠러지로 이어지거나 파충류의 등살이나 모서리각 형태로 끝나는 곳도 있었다. 이런 곳은 승마자세로 넘어갈 수밖에 없었다. 바위의 날카로운 모서리에 토마스는 손에 찰과상을 입었고, 무릎을 베이기도 했다.

앞으로 나아가기가 여간 힘들지 않았다. 토마스는 여러 차례 쉬어야 했지만 계속해서 앞으로 돌진했다. 오후가 되어서야 비로소 허기를 채우며 좀 긴 휴식을 취했다. 하늘은 이제 먹구름으로 뒤덮였다. 햇살은 더이상 그림자를 만들지 못하고 있었다. 다시 길을 떠나기 위해 자리에서 일어난 순간 그는 자신이 어느 방향에서 왔는지 가늠할 수가 없었다. 그는 방향을 잡기 위해 전경全景을 둘러보았다. 그러나 산봉우리들을 알아보기도 힘들었다. 사방에 봉우리들이 첩첩이 이어졌다. 그는 유난히 삐죽 솟은 봉우리를 일단 목표로 정하고 길이 나올 때까지 그 방향으로 가보기로 했다. 그는 지형에만 집중해 걸음을 옮겼다. 한 걸음 옮길 때마다, 무언가를 움켜쥘 때마다 슬로모션처럼 움직였다. 그러다가 바위들의 미로에 빠져들었다. 하지만 그가 느끼는 막연한 불안감은 미로 때문이 아니었다. 설사 목적지에 도달한다 해도, 길을 찾아낸다고 해도 그다음에는 어떻게 할 것인가에 대한 불안감이었다.

구름층이 내려앉았고, 산봉우리들이 더이상 보이지 않았다. 차가운 바람이 고산지대로 안개를 몰고 왔다. 이곳은 바위들 틈이 덜 벌어져 있었다. 토마스는 걸음을 빨리했다. 안개가 더 짙어져 방향을 가늠하기 어려워지기 전에 길을 찾아내야 했다. 그때, 귀를 찢는 듯한 소리에 흠칫 놀랐다. 아니, 그전에 그는 이미 놀랐다. 거칠게 흔들어대는 날갯짓과 거의 동시에 그의 발 옆에서 무언가 회색 물체가 급작스럽게 움직였기 때문이다. 그는 내딛던 발을 다시 뒤로 뺐다. 순간 그는 몸의 균형을 잃었고, 회색 날짐승이 날아오르는 것을 보았다. 아래로 떨어지면서 몸을 돌리는 순간 그의 앞에 갈라진 바위틈이 보였고, 그는 뭐든 잡으려고 팔을 휘저었다. 잠시 그는 날고 있다는 느낌이 들었다.

　이날 아침이 되어서야 아스트리트는 토마스가 내내 자기 곁에 있었다는 걸 깨달았다. 그녀는 자신이 행한 모든 것에서 그의 시선을 느꼈고, 모든 결정에서 그의 동의나 그의 불만을 감지했다. 그러니까 지난 며칠 동안 그녀는 그의 연출 아래 그를 위해 종종 연기를 해왔던 것이다. 이따금 그녀에게 던지던 눈빛, 그녀가 몇 년에 걸쳐 읽어내는 법을 배운 그 눈빛으로 그는 그녀에게 무엇을 해야 할지 일러주는 연출가였던 셈이다. 경찰관을 대하는 그녀의 처신을 그는 미소로 넘겨버렸다. 그는 질투를 한 적이 한 번도 없다. 아스트리트가 이따금 다른 남자들과 시시덕거릴 때에도 그는 재미있어하거나 태연했고, 무관심으로 일관했다. 그런 그의 행동이 그녀의 자존심을 상하게 했다. 그는 항상 그녀에 대해 안심했다. 하지만 그녀는 그에 대해 그렇지 못했다. 그에 대해 의심할 뚜렷한 이유가 없었음에도 말이다. 어쩌면 자신의 사랑이 그의 사랑보다 강하지 않은지도 모르겠다고 그녀는 생각했다. 어쩌면 그에 대한 의심이 실은 자신의 사랑에 대한 의심인지도 모르겠다고 생각했다.

이따금 그녀는 그가 멀리 가 있다가 갑자기 다시 돌아와 그녀 뒤에 서 있는 느낌을 받았다. 그것도 아주 가까이, 그녀가 그의 체온을 느낄 정도로 가까이 말이다. 그녀는 그를 향해 뒤로 돌아서고 싶은 유혹을 떨쳐버렸다. 그녀는, 내가 어떻게 해야 되겠어? 라고 물을 뿐이었다. 당신은 내가 당신을 찾아나서길 원해? 내가 당신한테 매달리기를 바라느냐고? 당신 어디서 나를 기다리고 있는 거야? 아니면 아무 일도 없었던 것처럼 내가 행동해야 할까? 시간이 필요한 거야? 시간이 얼마나 필요해? 그는 대답이 없었다. 이제 아스트리트는 진부한 어투로 값싼 위로만 늘어놓는 마누엘라마저 환영하고 싶은 심정이었다. 하지만 그녀는, 올케에게 정말 컨디션이 괜찮아져서 더이상 도움이 필요 없게 되었는지를 누차 확인하고는, 어제저녁에 돌아갔다.

아스트리트는 일어나 현관으로 나갔다. 토마스의 옷가지와 신발을 담은 비닐봉투가 거기 놓여 있었다. 경찰들이 쇼핑센터에서 찾아와 어제저녁 아스트리트가 산속에서 토마스를 찾는 동안 놓고 간 것이다. 그녀는 경찰관들에게 조롱당하는 기분이었다. 봐라, 이게 네 남편이 남기고 간 물건들이다. 구겨진 셔츠와 더러운 바지, 오물이 잔뜩 묻은 신발 한 켤레. 지금까지 토마스의 실종은 추상적이었다. 그의 부재는 그가 회사에 가 있거나 아니면 배구 연습을 하러 간 것쯤으로 여겨졌다. 그가 벗어놓고 간 옷가지들은 그가 자신의 옛 존재의 허물을 벗어버린 첫번째 구체적인 증거였다. 그는 돌아오지 않을 것이다. 그는 지금까지의 자신의 삶을 던져버리고 신생아처럼 알몸으로 다른 삶을 시작한 것이다. 아스트리트는 그의 옷과 구두를 쓰레기통에 처박았다. 토마스가 그러기를 원한 것이다. 그러나 그것으로 기분이 풀리지 않았다. 그녀는 쓰레기통에서 반쯤 찬 쓰레기봉투를 꺼내 묶은 후, 그것을 들고 쓰레기 컨테이너가 있는 학교 건물로 갔다. 그것이 다음주면 수거되어 다른 쓰레기들과 함께 소각되리라는 생각에 그녀는 어느 정도 해방감을 느꼈다.

돌아와보니 아이들은 아직 자고 있었다. 예전 같았으면 주말에는 아이들을 실컷 자게 내버려두었을 것이다. 하지만 그녀는 아침에 잠에서 깨자마자 매번 엄습해오는 저 고독감 때문에, 아이들과 함께 있기 위해 위층으로 올라갔다. 그녀는 엘라의 침대로 살그머니 들어가 모로 누워 자는 엘라의 등뒤에서 엘라를 안았다. 아이의 머리카락이 그녀의 코를 간질였다. 잘 잤니? 그녀가 속삭였다. 엘라는 하품을 하며 기지개를 켠 후, 똑바로 돌아누워 엄마의 품을 빠져나왔다. 평소 엄마보다는 아빠와 더 가깝게 지내는 아이였지만, 이 순간은 아이의 마음속에 아스트리트가 있다는 걸 그녀는 알 수 있었다. 소녀는 좁은 침대에 누운 채 느긋하게 기지개를 켰다. 창밖의 하늘엔 구름이 덮여 있었다. 소녀를 집밖으로 내쫓을 사람은 아무도 없을 것이다. 주말 이틀 내내 게으름을 피우면서, 침대나 소파에서 뒹굴거리고, 책도 읽고 텔레비전도 볼 수 있을 것이다. 그러다 다시 아빠 생각이, 그리고 엄마 생각이 났다. 소녀는 다른 생각을 해보려고 했다. 자기가 읽은 책, 친구와 같이 짜낸 계획들을 떠올려봤다. 커다란 외양간이 있는 오래된 농가를 사서 말을 키우고 닭과 토끼, 고양이 여러 마리 그리고 개한 마리를 키운다. 그렇게 되면 그들은 함께 살 것이다. 단둘이서만. 무언가 멋진 걸 해낼 수 있을 것 같다. 멋진 것이 구체적으로 어떤 건지는 그려볼 수 없지만, 소녀는 그 멋진 것으로 인해 온 세상을 사랑하고 찬미할 수 있을 것 같다. 그때 아래층에서 엄마 목소리가 들려왔다. 일어나, 학교에 늦겠다. 하지만 토요일이었다. 게다가 여러 해 전부터, 이미 오래전부터 학교는 다니지 않았다. 엘라는 엄마에게서 떨어져 돌아눕다 말고 다시 엄마에게 바짝 달라붙었다. 이제 우리 어떻게 하지? 아스트리트가 물었다. 개 한 마리 사면 어때? 엘라가 물었다.

아스트리트는 자신보다도 아이들이 토마스의 부재를 견디기 힘들어할 줄 알았는데, 정반대였다. 그녀는 지난 토요일 아침, 아빠는 잘 지내지만 당분간 집으로 돌아오지 않을 거라고 아이들에게 이야기했었다. 아빠가 집에 오지 않는 게 아이들이나 가족하고는 아무 상관 없는 일이라고, 그저 그럴 수밖에 없는 사정이 생겨서 그런 거라고 말이다. 아빠가 만약 선장이라면 두 달이고 세 달이고 통째로 집을 비우기 일쑤일 거라는 말도 해줬다. 이런 생각이 아이들의 머리에 각인된 모양이었다. 아빠는 먼 여행을 떠난 것이다. 아빠는 모험을 겪으며 새 세상을 맞이하고 있는 중이다. 그러면서도 매일 가족을 생각할 것이다. 식구들에게 엽서를 쓸 수도 있고, 짧은 메시지를 보내거나 전화를 걸 수도 있겠지만, 아빠가 있는 곳에 엽서도 우표도 우체통도 없는 거겠지. 그리고 휴대전화를 집에 두고 갔다. 심지어 콘라트는 이따금 아빠가 해적선에 타고 있다거나 혼자 무인도에 있다거나 높은 산에 올라가 있는 그림을 그리기도 했다. 아스트리트가 토마스 얘기를 꺼내도 두 아이는 놀라우리만큼 별다른 관심을 보이지 않았다. 마치 자기들의 상상이 깨지는 걸 원치 않는 듯했다. 그들은 자기네가 틀린 상상을 하고 있다는 것을 마음속으로는 알고 있는 게 분명했다.

토마스의 회사에서 비서가 여러 차례 전화를 해왔다. 그녀는 토마스의 안부를 묻고, 의사의 진단서를 요구했다. 결국 아스트리트는 사장과의 면담을 청했다. 약속된 날 아침 아스트리트가 회사에 나타나자 비서는 어색한 미소로 인사를 하며 토마스의 건강이 나아졌느냐고 물었다. 아스트리트가 고개를 내젓자, 그녀는 또다시 자기 어머니의 대상포진에 관해 이야기하기 시작했다.

토마스의 사장은 그 자리에 앉은 지 그리 오래되지 않았다. 일 년 전 그의 전임자가 정년을 맞아 퇴임했는데, 그 자리를 놓고 회사에서 암투가 벌어졌었다. 토마스만 그 자리에 지원하지 않았다. 그는 직원들 문제에 신경을 쓰는 것보다 차라리 고객을 관리하는 것이 편하다고 했다. 옛 사장은 결국 후임자를 외부에서 초빙해왔다. 그런 연후에 사태는 진정되었으나 신임 사장은 그다지 환영받지 못했다. 아스트리트는 저간의 사정을 토마스의 오랜 동료들에게 설명하지 않아도 되어 다행이라고 생각했다. 그녀는 그들과 말을 트고 지내는 사이였고, 그들의 부인들과도 회사의 야유회나 축제를 통해 알고 지내는 사이였다.

사장이 자리에서 벌떡 일어나 아스트리트 쪽으로 다가왔다. 상담 탁자로 가서 앉으실까요? 커피 한잔하시겠어요? 아스트리트는 고맙지만 괜찮다고 사양하고, 커다란 탁자 주위에 놓인 의자들 중 하나에 털썩 주저앉았다. 토마스가 사라졌어요. 그녀가 곧장 단도직입으로 말했다. 사장은 의아한 눈초리로 그녀를 바라봤다. 사라졌다니, 그게 무슨 뜻입니까? 아스트리트는 그에게 저간의 사정을 털어놨다. 자신의 침착한 태도에 그녀 자신도 놀랐다. 사장은 객관적인 태도를 유지했고 군말을 하지 않았다. 그는 당분간 동료들에게는 알리지 말자고 제안했다. 아프다고만 해둡시다. 영원히 종적을 감추지는 않을 겁니다. 그 사람은 돌아오지 않아요, 하고 아스트리트가 말했다. 사장은 그녀를 바라봤다. 그가 보기에는 그녀가 달리 생각하고 싶어하지 않는 듯했다. 그 사람이 절대 돌아오지 않을 거라는 확신이 들어요. 그녀가 말했다. 여하튼 기다려봐야죠. 사장이 말했다. 어쨌든 급여는 통상적인 해약고지 날까지는 지급됩니다. 만약 한두 달 안에도 돌아오지 않으면 안식휴가로 처리할 수 있습니다. 토마스의 근속 연수가 꽤 오래되어서 그 정도는 별문제가 아닙니다.

돈 문제는 아스트리트가 아직 한 번도 생각해본 적이

없었다. 비서와 다시 마주치지 않으려고 빠른 동작으로 사장실을 빠져나오는 동안 그녀는 계산해보았다. 회사에서 최소한 11월은 되어야 급료를 중지시킬 것이다. 토마스는 항상 각종 금전 문제에 신경을 썼다. 하긴 그게 그의 직업이었으니까. 그는 적지 않은 급료를 받았으나, 그들 부부는 돈을 아껴 쓰지 않는 편이었다. 집도 저당이 잡혀 있었다.

나머지 아침 시간 동안 아스트리트는 재정 상태를 요모조모 짚어보면서 남은 돈으로 얼마나 버틸 수 있을지 계산해보았다. 계산을 하던 그녀는 골치가 아파왔고 겁도 나서 모든 서류들을 다시 한데 모아 토마스의 책상 서랍에 넣어버렸다.

그녀는 자기 외에 누구도 토마스의 가출에 관해 모르기를 바랐다. 하지만 마누엘라가 자기 부모에게 전하지 않을 리 없었다. 토마스의 어머니가 전화를 해왔다. 그녀는 걱정이 안 되는 것 같았다. 두서없는 얘기를 장황하게 늘어놓으면서 아들의 행동에 대해 변명하려 했다. 그녀는 아스트리트가 이미 십수 번은 들은 토마스의 어릴 적 얘기를 늘어놨다. 토마스의 권위의식과 옹고집,

그의 괴팍스러운 행동 등에 관한 얘기들이었는데, 아스트리트가 그런 것들을 전혀 모르니 설명한다는 식이었다. 얘기를 끝내며 토마스의 어머니는 아들이 틀림없이 곧 돌아올 것이라고, 그 모든 게 분명 단지 오해에서 비롯되었을 것이라고 말했다. 아스트리트는 그녀의 말에 토를 다는 수고조차 하고 싶지 않았다. 우리가 도울 일이 있으면 뭐든 얘기하거라. 어머니의 말이었다. 고맙습니다, 필요하면 연락드릴게요. 아스트리트가 말했다. 그후로 그녀는 토마스의 부모와 일절 접촉하지 않았다. 마누엘라만이 이따금 전화를 해왔고, 자기가 돕고 싶다고도 했다. 그때마다 그녀는 부모님의 인사도 함께 전한다고 했다. 나는 잘 지내고 있어요, 아스트리트가 말했다. 고마워요, 고맙다고요, 우린 모두 잘 지내요. 아스트리트는 친정 부모에게도 토마스의 가출에 관해서는 이야기하지 않았다. 언젠가 친정에 갔을 때도 그녀는 아이들에게 아무 얘기도 하지 말라고 사전에 단단히 일러두었다. 아스트리트의 어머니는 엘라와 콘라트가 가을방학 때 며칠 와 있다 가면 어떻겠냐고 물었다. 아이들은 외할머니의 제안에 뛸 듯이 기뻐했으나 아스트리트는 단

번에 거절했다. 어디 여행이라도 떠나는 게냐? 어머니
가 물었다. 아직 몰라요, 아스트리트가 대답했다. 우린
아직 몰라요.

　파트릭은 수색에 실패한 뒤로 더이상 연락이 없었다.
그러다 9월 말의 어느 오후, 그가 슬픈 얼굴을 하고 문
앞에 나타났으니 아스트리트는 그만큼 더 놀랄 수밖에
없었다. 그녀가 들어오라는 말을 하기도 전에 그는 토마
스를 찾았다고 말했다.

　토마스가 처음 느낀 건 화끈거리는 통증이었다. 다음
으로 추위와 습기가 엄습해왔다. 그는 뒤로 나자빠져 경
사진 땅에 누워 있었다. 온몸이 쑤셔댔다. 움직이면 안
된다는 생각이 들었다. 그는 통증이 어디어디에 있는지
머릿속으로 짚어보았다. 찰과상과 베인 상처, 즉 외상
으로 인한 통증 외에도 심한 박동을 동반한 다리 관절과
어깨의 통증 그리고 두통, 얼음처럼 차가워진 채 감각이
없어진 손과 발이 무형의 덩어리처럼 느껴졌다. 눈송이
들이 얼굴에 내려앉으며 살짝 스치기만 해도 작은 바늘

로 찌르는 것처럼 아팠다. 눈을 떠보니 폭이 넓고 상당히 깊은 바위틈에 떨어져 있었다. 사오 미터 정도 높이에서 떨어진 게 분명했다. 그의 위쪽 바위틈 사이로 보이는 하늘은 떨어지는 눈발과 이제 막 시작되는 어둠으로 인해 잿빛을 띠고 있었다. 강요된 침묵이 흐르는 것 같았다. 토마스는 그의 실족을 유발한 뇌조雷鳥를 떠올릴 수밖에 없었다. 이렇게 황량한 지역에서 그 새가 어떻게 생존할 수 있는지 그는 궁금했다. 사방이 눈으로 덮인 겨울에 어디서 먹이를 찾을 것이며, 어디서 어떻게 시간을 보내는지 궁금했다. 그는 조심스럽게 고개를 이리저리 돌려보았다. 그제야 그는 위에서 떨어질 때 보았던 이끼와 양치식물 위에 자신이 누워 있다는 걸 알았다. 그의 옆에는 바위가 약간 돌출되어 있고, 바위틈은 점점 좁아들면서 더 깊이 패어 있었다. 모든 것 위에 눈이 얇게 내려앉았다. 재킷은 찢어지고, 바지는 검은 핏자국으로 얼룩져 있었다. 조심스럽게 그는 몸을 일으켰다. 우선 팔을 움직여보고 다음으로 다리를 움직여보았다. 팔과 다리는 그리 크게 다치지 않은 것 같았다. 발목 관절은 부어 있었지만, 부러지지는 않고 삐기만 한 것 같았다. 찰과상은 부위가 넓었으나 상처가 깊지는 않았다. 두통은 여전했다. 혹시 뇌진탕인가 싶었다. 하마터면 얼마나 쉽게 죽을 뻔했는지 생각하지 않을 수 없었다. 하지만 지금 이 순간에 집중하기 위해, 지금도 여전히 처해 있는 위험에 신경을 쓰기 위해 그 생각은 일단 접어두었다. 몸을 일으키자 현기증이 났다. 그는 차가운 바위를 힘껏 붙잡았다. 양팔이 추처럼 이리저리 흔들거리다 드디어 손에 감각이 돌아왔다. 순간 가장 먼저 든 생각은 당장 바위틈을 기어올라가 빠져나가야 한다는 것이었다. 하지만 다시 좀더 생각해보고는 여기 아래에서 밤을 보내기로 했다. 적어도 사나운 기후로부터는 몸을 보호해줄 수 있는 곳이었다. 날도 어두워졌고 발목도 다쳤는데, 이곳 석회암지대를 걷기란 무리일 것 같았다. 바위벽에 몸을 바짝 밀착시켜보니 조그만 바위 돌출부가 지붕 역할을 해주어 아늑했다. 그는 비옷을 바닥에 펼치고, 빵과 말린 과일을 먹었다. 초콜릿은 하나를 통째로 다 먹고 물은 조금만 마셨다. 반병밖에 남지 않아 아껴야 했다. 요기를 마친 뒤 몸을 웅크리고 잠을 청했다. 무거운 눈송이들이 얇은 비옷에 살포시 내려앉는 소리가 작은 신음처럼 들렸다.

그날 밤 내내 그는 자다 깨다를 반복했다. 갖가지 생각들이 머리를 맴돌았다. 비몽사몽중에 이런저런 영상들이 떠오르다가도 다음 순간 통증과 한기와 피곤이 몰려왔다. 눈 덮인 비옷이 무거웠다. 토마스는 집과 따뜻한 침대와 아스트리트 그리고 아이들을 떠올려보려고 했다. 하지만 그 영상들은 사라지고, 그의 눈에는 내부에서 빛을 발하는 산들이 별 없는 하늘 아래 나타났다. 그는 끝을 모르는 바위벽을 날아올라갔다. 바위에 바짝 붙어 있다보니 바위의 세세한 부분도 알아볼 수 있었다. 그는 기류를 타고 있었다. 기류는 그를 싣고 가다가 아래로 떨어지게도 하지만, 떨어지면서도 그는 몸을 제어하면서 수직 절벽을 끼고 아래로 아래로 계속 떨어져내렸다. 그러다 문득 정신이 맑아지면서 추위와 딱딱한 바닥 그리고 통증을 느꼈다. 그는 일어나서 몸을 움직였다. 비옷을 뒤로 벗어젖히고 보니 내리던 눈이 멈췄다. 바위틈 속은 깜깜했는데 하늘엔 별이 총총했다. 그는 배낭에서 헤드랜턴을 꺼내 시계를 보았다. 시계는 일곱시 반에 멈춰 있었다. 그가 떨어질 때 망가진 것이다. 케이스에 흠집이 나고 유리에는 금이 가 있었다. 아직 날이 새려면 멀었으나 그는 바위벽을 기어올라가기 시작했다. 헤드랜턴은 작은 동그라미 모양으로만 불을 비췄다. 전구가 그와 더불어 떨면서 앞과 위를 오르내렸다. 그는 손으로 잡을 곳을 매번 미리 살피면서 천천히 그리고 조심스럽게 기어올라갔다. 바위는 축축하고 미끄러웠다. 바위의 조그만 마디와 틈새마다 눈이 쌓여 있어 손가락 끝이 아렸다. 바위틈을 빠져나와 바위 모서리를 넘어오기까지 꽤나 오랜 시간이 걸렸다. 그는 눈밭에 무릎을 꿇고 헤드랜턴 전구를 탐조등처럼 움직이며 가까운 곳을 이리저리 둘러보았다. 그러고는 랜턴을 껐다. 어둠에 눈이 익숙해지게 하기 위해서였다.

별이 빛나는 하늘은 찬란하기 그지없었다. 별들이 추위에 몸을 떠는 것처럼 보였다. 달은 아직 반달이었지만, 놀랍게도 넓고 황량한 전경을 두루 비추고 있었다. 마치 눈이 희미한 빛을 발산하는 것 같았다. 그럼에도 토마스는 날이 밝아오기를 기다렸다가 출발했다.

지대는 경사가 점차 완만해졌다. 토마스는 꼭대기까지 올라가보기로 했다. 거기에는 분명 이정표가 있을 것 같았다. 간밤에 내려 쌓인 눈은 이십 센티미터가 채 안 되는데도 어제보다 걷기가 더 힘들었다. 눈은 땅이 고르지 않은 자리에도 쌓여서 작은 구멍과 틈새들을 식별해내기가 어려웠던 것이다. 해는 아직 떠오르지 않았지만 하늘은 벌써 밝아오고 있었다. 눈의 광채는 이제 사라지고 잿빛을 띠었다. 눈은 더이상 간밤처럼 빛을 발하지 않았다. 접질린 발목에 통증이 왔다. 토마스는 가다 쉬다 하면서 아주 천천히 걸음을 옮겼다. 드디어 그는 전방의 지평선에 돌피라미드들이 떠오르는 것을 보았다. 안도의 한숨과 더불어 일순간 온몸에서 힘이 다 빠져나가는 것 같았고, 무릎이 거의 내려앉는 듯했다. 멀리 고원에 어른 키만한 돌피라미드들이 마치 무언의 파수꾼처럼 사방을 지키며 서 있었다. 제일 높은 곳에 녹슨 십자가가 솟아 있고, 그 옆으로 노란색 이정표들이 서 있었다. 그중 하나는 뒤쪽 고개를 가리키고, 다른 하나는 고산지대의 목장을 가리켰다. 이정표에 의하면 목장까지는 한 시간이 채 안 되는 거리였다. 돌피라미드의 벽 감에 검은색 양철통이 하나 놓여 있었는데, 그 속에는 정상 등반 기념 방명록으로 쓰이는 간소한 스프링노트

한 권과 볼펜 한 자루가 들어 있었다. 토마스는 방명록을 훑어보았다. 대부분의 등반가들이 날짜와 자기 이름만 적어놓았는데, 자신들이 거쳐온 루트를 적어둔 이들도 있었고, 몇몇 사람들은 신이 세상을 얼마나 아름답게 창조했는지 찬탄하며, 우리는 다시 이곳에 올 것이다, 라고 적기도 했다. 온종일 안개가 끼었고, 너무 늦게 정상에 올라왔다는 기록도 보였다. 가장 마지막 기록은 일주일 전의 것이었는데, 이름 하나만 덩그러니 적혀 있었다. 악필이었다. 토마스는 날짜를 헤아려봤으나 확실치가 않아 결국 그도 이름만 방명록에 남겨두었다.

고원목장으로 내려가는 동안 해가 솟아올라 눈이 부셨기에 그는 실눈을 뜨고 걸었다. 석회암지대가 점차 사라지고 목초지가 나타나면서 지형도 평평해졌다. 정상에 비해 눈은 반 정도밖에 쌓이지 않았고, 몇몇 군데에는 눈을 뚫고 삐죽삐죽 솟아나온 풀들이 보였다.

고원목장까지 가는 데 이정표에 안내된 시간의 두 배가 걸렸다. 마침내 좁고 기다란 모양의 외양간이 그의 눈에 들어왔다. 그 옆에는 작은 산장이 있었다. 그는 곧 그곳에 도착했다. 아래층은 다듬지 않은 돌담으로 둘러쳐져 있고, 돌담 위에는 온갖 풍상을 겪은 낡은 널판이 널려 있었다. 석면지붕만은 새로 올린 지 얼마 안 된 것 같았다. 창문의 덧창들은 모두 닫혀 있었으나 출입문은 잠겨 있지 않았다. 토마스는 머뭇거리며 안으로 들어갔다. 실내가 바깥보다 더 추웠다. 그의 눈이 어둠에 익숙해지기까지 약간의 시간이 걸렸다. 덧창들을 열어도 실내는 별로 환해지지 않았다.

산장은 겨울 내내 비어 있었던 것 같았다. 그는 주위를 둘러보았다. 집안엔 가구들이 별로 없었다. 코너 벤치가 딸린 식탁 하나와 의자들 몇 개를 제외하면 화구가 두 개 달린 가스버너가 놓인 조리대와 그 위의 찬장이 전부였다. 토마스는 먹을 것을 찾았지만 찬장에 있는 거라고는 양념통들과 각설탕 한 갑, 각종 차가 담긴 갑 두세 개 그리고 인스턴트커피 반통뿐이었다. 식탁 옆에는 원통형 쇠난로가, 그 귀퉁이에는 커다란 나무 궤짝이 하나 있었는데, 그 속에 이불과 옷가지 몇 점이 있고 플라스틱 상자에는 온갖 잡동사니들이 들어 있었다. 그 위의 서가에는 지도와 트레킹 안내책자 그리고 이 지역의 동식물에 관한 책들과 소설이 몇 권 꽂혀 있었다. 그리고 단체 유희를 위한 도구 몇 벌, 이를테면 기억력게임 카드와 트럼프게임 카드 그리고 주사위가 담긴 가죽컵 등이 놓여 있었다. 벽에는 이 지역의 지도와 아이들이 그린 그림들 그리고 어떤 부인의 사진이 여러 장 걸려 있었다. 햇볕을 받아가며 산장 앞에서 찍은 사진과 암벽을 등반하는 장면, 염소젖을 짜는 장면, 소들을 모는 장면 등을 찍은 것이었다. 방의 뒷벽에는 문이 하나 있었는데, 자물쇠가 채워져 있었다. 토마스는 궤짝과 찬장을 샅샅이 뒤진 끝에 고무밴드와 압정이 가득 들어 있는 금이 간 컵에서 열쇠를 찾아냈다.

뒤쪽 방은 더 캄캄했다. 그 방에서 가파른 계단으로 연결된 위층에는 산 쪽을 향해 아주 작은 침실이, 그리고 그 앞쪽에 보다 큰 침실이 하나씩 있었다. 매트리스들은 벽에 세워져 있고 담요들은 줄에 널려 있었다. 다시 아래층으로 내려왔을 때 그는 문이 또하나 있는 걸 발견했다. 문 뒤에는 간이 화장실이 숨어 있었고, 일종의 선원가방 같은 큰 나무상자가 보였다. 그는 뚜껑을 열고 라이터를 켜보았다. 상자 안에 쌀과 면, 설탕, 소금, 야채통조림, 심지어 고기통조림까지 갖가지 식품이다 들어 있었다. 와인도 몇 병 있고, 맑은 액체가 담긴 3리터들이 병도 하나 나왔다. 손글씨가 적힌 쪽지에 의하면 트래쉬라는 술인데, 핵과核果로 만든 이 지역 토산품이었다.

토마스는 다시 밖으로 나와 주위를 둘러보았다. 산장 위쪽으로 조그만 호수가 있었는데, 물은 더없이 맑았으나 호수 바닥은 보이지 않았다. 산장 아래쪽에 있는 좁고 기다란 외양간은 길이가 삼십미터가량 되어 보였다. 건초 야적장에는 울타리말뚝이 쳐져 있었고, 노란색 사침대가 달린 물레 외에도 장작이 수북이 쌓여 있었다. 그는 장작을 한아름 안고 산장으로 들어가 난로에 불을 지폈다. 하지만 난로는 연기를 빨아들이지 못했다. 불을 붙이자마자 눈이 따가울 정도로 연기가 실내에 가득찼다. 그는 문과 창문들을 활짝 열었다. 밖을 보니 지붕 위의 굴뚝에 널빤지가 덮여 있었다.

정오경이 되어서야 난로에 불이 붙었다. 산장 안이 비로소 쾌적하게 따뜻해졌다. 토마스는 식품상자에서 찾은 토마토소스로 국수를 버무려 먹었다. 식사를 마친 후에는 산장 앞 볕이 드는 벤치에 앉았다. 다시금 그는 이곳의 절대 정적에 놀라지 않을 수 없었다. 동쪽으로부터 구름이 일기 시작했다.

오후에 토마스는 될 수 있는 한 많은 장작을 산장으로 들여왔다. 아직 장작 나르는 일을 다 마치지 못했는데 다시 눈이 내리기 시작했다. 늦은 밤, 마지막 남은 담배들 중 한 개비를 피우기 위해 산장 밖으로 나왔을 때에도 여전히 눈이 내렸다. 그날 밤 그는 그곳에 있는 식품들의 리스트를 만들면서 도수가 꽤 높은 트래쉬를 마셨다. 술기운이 금세 그의 머리까지 올라왔다. 위층으로 가기 위해 계단에 올라서자 몸이 휘청거렸다. 그는 넘어지지 않으려고 난간을 잡았다.

얼음처럼 차가운 침실은 어찌나 비좁은지, 토마스는 자신이 마치 궤짝 속에 들어 있는 느낌이었다. 피곤하고 술이 올랐지만 오랫동안 잠을 이룰 수가 없었다. 그는 침대에 누워 어둠 속을 응시했다. 눈을 감자 주위가 빙빙 돌았다. 다시 영상이 떠올랐다. 바위틈 아래 경사진 땅에, 사지는 온통 접질린 채 뒤로 나자빠져 누워 있는 자신의 모습이었다. 그는 아주 높은 곳에서 아래쪽을 내려다보고 있었다. 눈에 덮인 채 꼼짝 않고 누워 있는 자신이 보였다. 경직된 얼굴에 어설픈 미소를 띠고 있었다. 그 미소는 죽은 사람의 미소였다.

　며칠 동안 골몰했던 생각들 중 유독 하나가 계속해서 아스트리트의 머리에 맴돌았다. 지금까지의 모든 것이 사실이 아니라는 생각, 그것은 단지 여러 가능성들 중 하나일 뿐이라는 생각이 계속해서 머리를 떠나지 않았다. 이 가능성들 중에서 이것을 선택하느냐 저것을 선택하느냐는 이따금 자신의 의지에 달린 것 같았다. 토마스의 죽음은 간단명료했다. 아주 구체적이고 오해의 여지 없는 명료함이었다. 한 여행자가 산에 오르다 미끄러져 실족했고 즉사한 것이었다. 그녀는 그런 짧막한 기사를 신문에서 얼마나 자주, 그리고 매번 얼마나 무심코 읽었던가. 공식적인 통계에 의하면 한 해에 산에서 사망하는 사람의 수가 평균 150명 정도였다. 예외적으로 200여 명에 이른 적도 있었는데, 사고의 종류별로 분류하면 낙석으로 인한 사고와 낙빙落氷, 눈사태, 실족으로 인한 사고 등이었다.

토마스는 추락사였다. 그가 어쩌다가 그리고 왜 추락했는지를 아는 사람은 아무도 없었다. 추측건대 실족사한 것 같았다. 아니면 금방 죽지 않고 피를 흘리다가 추위와 갈증을 겪다가 죽었을 수도 있다. 부검을 한다면 사망 원인이 분명해질 것이다. 밤새 눈이 내렸다. 이런 고지에서는 흔히 그렇듯 겨울이 빨리 찾아왔다. 사망자의 몸에 눈이 덮여 있었는데, 날씨가 며칠간 춥다가 따뜻해지면서 눈이 녹아내렸고, 사냥꾼들이 시신을 발견했다. 그의 재킷에서 찢어진 조각이 바위틈 위쪽 모서리에 걸려 있지 않았더라면 그는 아마도 오십 년, 아니백 년 뒤에나, 그러니까 아스트리트와 심지어 아이들까지 이미 저세상으로 간 지 오랜 연후에나 발견되었을지도 모를 일이다.

경찰 조서에 상세하게 기록되어 있었다. 시신이 발견된 장소와 날짜, 시간, 발견자의 이름과 주소까지. 토마스가 사고 전날 밤 산상의 고갯길에 있는 게스트하우스에 묵었고, 산 정상의 방명록에 이름을 남겼다는 내용도 적혀 있었다. 아마도 산 정상이라는 목표에 도달한 후 집으로 돌아가기 위해 하산하는 중이었을 것이라고도

했다. 상해의 정도와 사망 원인 등 의학적 세부사항은 추후 보충될 것이라고 했다. 이름과 직업과 가족이 있는 사람들에 의해 구조된 시신이었다. 옷가지와 신발과 간단한 식량 그리고 몇 가지 장비가 담긴 배낭도 함께였다. 모든 사실이 밝혀졌다. 모든 증거가 눈앞에 제시되었다. 하지만 그런 것들이 뭘 의미하는가? 작은 계기 하나면 충분했을지도 모른다. 그러면 상황이 전부 달라졌을지도 모른다. 휴가의 마지막날, 아스트리트 대신 토마스가 콘라트를 달래주러 갔었다면, 그녀가 은행 거래명세서를 좀더 일찍 살펴보았더라면, 수색견이 조금만 더 버텨주었더라면, 그리고 토마스가 발을 잘못 디디지 않았더라면, 비틀거리다 떨어지지만 않았다면 말이다. 아주 조그만 결정이, 아주 조그만 우연이 현실을 두 갈래, 네 갈래, 여덟 갈래, 열여섯 갈래로, 아니 무수한 세상으로 갈라놓는다.

토마스는 한 달 전에 사라졌다. 아스트리트는 그가 돌아오지 않으리라는 것을 처음부터 알고 있었다. 그의 죽음은 가장 간단한 해결책이었다. 그의 죽음은 모든 의문을 해소시켰다. 그의 죽음은 전후 맥락이 닿지 않는 그의 행위들, 이를테면 그가 왜 집을 나갔는지, 왜 그런 길을 택했는지, 자신의 종적을 남기게 될 은행카드를 왜 사용했는지, 방명록에는 왜 이름을 적었는지 등과 같은 행위들에 대해 종지부를 찍었다. 아스트리트의 서툴고 모순에 가득찬 설명들과 그녀의 변명들, 거짓말들, 누구도 한 번 이상 질문을 하지 않을 것이라는 생각들, 이 모든 것도 그의 죽음과 함께 사라졌다. 토마스의 직장 동료들은 가족에게 조의를 표하고, 장례에서는 묘소에 둘러설 테고, 조문객을 위한 식사 접대에서는 유족과는 다른 식탁에 앉아 토마스에 관한 이야기들을 늘어놓을 것이다. 그의 부모와 마누엘라도 그에 관해 이야기할 테고, 배구클럽 친구들과 이웃들도 짤막한 이야기들을 주고받으면서 그를 아직 살아 있는 사람처럼 기억에 떠올릴 것이다. 하지만 그들은 흐르는 세월과 더불어 그를 잊게 될 테고, 그때 비로소 그가 사라졌음을 실감하게 될 것이다.

아스트리트는 다른 생각을 하고 있었다. 토마스는 실족사하지 않았다. 상의만 찢어졌을 뿐 크게 다치지 않았다. 그는 바위틈에서 기어올라와 고갯길로 되돌아갔다.

몇 주 후 찢어진 옷조각을 발견한 사냥꾼들은 그런 생각은 미처 하지 못했다. 그 무렵 토마스는 이미 오래전에 산을 다 넘어갔다. 그녀는 그가 지나갔을 길을 찾기 위해 지도를 구했다. 도로지도에서 산상의 고갯길은 축척 삼십만분의 일로 나와 있었다. 하지만 고갯길로부터 남동쪽에 위치한 석회암지대는 몇 군데의 회색 지역을 제외하면 온통 하얀 평지로만 지형학적으로 표시되어 있었다. 산꼭대기와 고도, 지명 그리고 여러 가지 색으로 표시된 연결도로망과 원거리 교통로, 고속도로 등은 현실과는 거리가 먼 주장이요, 또다른 정보들에 지나지 않을 뿐, 아스트리트를 우울하게 만들기만 했다. 그녀는 지도를 접고 눈을 감았다. 그녀는 토마스가 바위틈으로부터 기어나와 고원을 넘어 절룩거리면서도 빠른 걸음으로 걷는 모습을 보았다. 고원의 산장에서 그는 먹을 것을 찾아내 배를 채우고, 눈 쌓인 목초지를 계속 걷고 있었다. 걷기 힘든 협로가 좀더 편한 길로 바뀌고, 이 길은 좁은 산악도로로 이어졌다. 토마스는 전나무숲을 지나 계곡을 내려갔다. 눈은 비로 변하고, 그는 추위로 떨었지만 자신이 극복한 위험으로부터 생기를 되찾은 것 같았다. 땅거미가 질 무렵 그는 좁은 계곡의 한 황량한 마을에 도착했다. 그는 음식점을 발견하고, 그곳에서 식음을 해결했다. 방에는 난방이 들어오지 않았다. 그렇게 늦은 시간에 손님이 찾아오리라고는 미처 생각지 못했을 것이다. 주인 여자가 실내에서는 금연이라고 했지만, 방에 들어서자 차가운 연기와 방향스프레이 냄새가 났다. 토마스는 텔레비전을 켜고, 두툼한 오리털이불 속으로 들어갔다. 심야뉴스는 갈등과 위기, 참사 등과 같은 사건을 보도하고 있었지만, 그 어느 것도 토마스의 행복을 방해하지 못했다. 그는 기분이 편안해졌다. 그에게는 모든 것이 값졌다. 모든 색채, 모든 냄새, 모든 소음, 무슨 말이든. 그는 살아 있었다.

토마스는 두통을 느끼며 잠에서 깼다. 방안은 어두웠으나 덧창들 틈으로 밝은 빛이 몇 줄기 새어 들어왔다. 그는 침대에서 일어났지만 머리가 어지러워 다시 누워야 했다. 혼탁했던 의식이 조금 맑아지자 그는 일어나서 천천히 그리고 조심스럽게 층계를 내려갔다. 걸음을 옮길 때마다 통증이 머리를 때렸다. 그는 난로에 불을 지피고 커피를 마시기 위해 가스버너에 물을 올려놓았다. 반쯤 남은 채 아직 식탁 위에 놓여 있던 트래쉬를 치워버렸다. 그걸 보기만 해도 다시 머리가 지끈거리는 것 같았다.

커피에 설탕을 잔뜩 넣고 두 잔을 마시자 그는 어느 정도 기력을 회복했다. 그는 산장 앞으로 걸어나가보았다. 해가 비치고 있었으나 밤새 눈이 삼십 센티미터 정도 내렸다. 전날에 생긴 토마스의 발자국은 눈으로 덮여 보이지 않았고, 밤사이 세상이 새로 창조되기라도 한 듯, 사방이 새하얗게 빛나는 미답지로 변해 있었다. 겨울을 이곳에서 보내면 어떨까 하고 그는 생각해보았다. 눈이 일 미터 이상 쌓이고 호수가 얼어붙는다면, 위층 창문을 넘어 산장을 떠나면 될 것이다. 물론 스키나 아이젠 없이는 옴짝달싹할 수 없다. 잘하면 지금 있는 식량으로 두세 달가량 버틸 수 있겠지만 장작과 가스는 턱없이 모자란다. 그는 산장에 걸려 있던 지도를 면밀히 살펴보았다. 석회암이 갈라진 틈과 구멍 들이 눈으로 뒤덮인 상황에 고갯길로 되돌아가는 것은 위험했다. 너른 사방에 인가 없는 높은 계곡과 산 들만 보일 뿐이었고, 가장 가까운 마을도 꼬박 하루는 걸리는 거리였다. 걱정이 태산 같을 상황이었지만 그는 무사태평이었다. 산장이 그에게는 감옥같이 느껴지는 것이 아니라, 오히려 그와는 반대로 전례없이 자유롭게 느껴졌다. 게다가 이 지역에서 겨울을 견디며 생존법을 터득한 동물들처럼 죽은듯 고요히 은둔하여 지낸다면, 먹지 않아도 겨울을 날 수 있지 않을까 하는 엉뚱한 생각마저 들었다.

목적 없는 분주함 속에 어느새 며칠이 지나갔다. 할일이 항상 생겼다. 토마스는 장작을 산장 안으로 들여오고, 작은 호수에서 물을 길어오고, 불씨가 꺼지지 않게 신경을 썼다. 가스버너에 음식을 해 먹다가 가스가 떨어지자 장작난로를 이용했다. 산장을 청소하고, 외양간에서 장작을 더 많이 옮겨두었다. 밀가루 반죽을 만들어, 여러 차례 실패를 거듭한 끝에 빵을 굽는 데 성공했다. 공기는 차가웠지만 일단 해가 나기만 하면 볕이 강해서 재킷 없이도 산장 앞에 앉아 있을 수 있었다. 그렇게 앉아 장작을 쪼아 거칠게나마 목각인형을 만들기도 하고, 산장에서 발견한 책들을 읽기도 했다. 그는 낯선 세계를 그린 소설에는 흥미가 없었다. 그는 동식물에 관한 책을 열심히 읽었다. 그런 책들을 통해 이 지역에 마멋과 영양, 눈토끼, 독수리, 검은 뇌조 그리고 알프스 눈닭 등과 같은 동물들이 살고 있다는 것을 알게 되었다. 눈닭의 수컷은 한 해에 털갈이를 네 번 하고 암컷은 세 번 한다고 적혀 있었다. 이것들은 자신의 노련한 위장술을 철저히 믿고, 사람들이 자기를 거의 밟을 찰나가 되어야 비로소 도망을 친다고 했다. 그러고 나서는 둥지에서 약탈자들을 떨쳐내기 위해 다친 체한다는 것이다. 이런 위장술을 얼마나 훌륭하게 구사하는지 책의 저자 자신도 여러 번 속아넘어갔다고 했다. 계곡 주민들에 관해 다룬 책에는 마지막 빙하기가 끝나자마자 사냥꾼들이 이 지역으로 몰려왔다고 쓰여 있었다. 이 지역의 수없이 많은 동굴들 중 몇 곳에서 수천 년 된 동물 뼈들이 발견되었는데, 그것들 옆에는 연장의 흔적들도 있었다. 알프스의 많은 산들이 이미 수백 년 전부터 손상되어왔다. 이 책은 민속 풍습에 관해 그리고 기이한 기상변화와 자연재해, 고산지대 목장 사람들의 삶에 관해 기술하고 있었다. 양치기들은 돌풍이 불어닥치면 이따금 염소를 잊어버리거나 아주 잃어버리기도 한다고 했다. 겨울을 이겨낸 동물들은 봄이 오면 염분 부족으로 털이 다 빠진다는 기록도 있었다.

토마스는 날짜를 세지 않았다. 하지만 그는 분명 이곳 고원에서 이미 일주일 정도를 보내고 있었다. 푄이 불어왔다. 밤새 기온이 급작스럽게 올라가더니 하루 사이에 눈이 거의 다 녹았다. 이제 사방에서 눈 녹은 물소리가 들려왔다. 지붕에서 똑똑 방울져 떨어지기도 하고 배수로를 흘러내리기도 했다. 졸졸, 촬촬, 쏴쏴 흘러가는 소리가 들려왔다. 이런 소리들 사이로 멀리서 딸랑거리는 종소리가 간헐적으로 들려왔다. 아마도 더 깊숙이 들어가 있는 목장으로부터 들려오는 소리 같았다. 날이 저물 무렵 산장 앞에서 마지막 남은 담배를 피우고 있을 때, 멀리서 길게 이어지는 환호 소리가 들려왔다. 그리고 곧이어 단조로운 성가 소리도 들려왔다.

토마스는 접질린 발목을 매일 화주를 발라 문질렀다. 부기가 빠지고 통증도 점차 사라졌다. 원기가 상당량 회복된 느낌이 들자 그는 주변 지역을 탐색해보기로 했다. 그의 탐색 반경은 날이 갈수록 확대되어갔다. 산장은 평평한 분지의 가장자리에 있었는데, 분지 가장자리에 서면 멀찌감치 아래쪽으로 척박한 계곡이 하나 내려다보였다. 토마스는 좁은 골짜기를 올라갔다. 골짜기의 한쪽 측면으로는 바위들이 줄지어 경계를 이루고 있었는데 넘어가기가 어려워 보였다. 바위 대열의 아래쪽으로는 거대한 암설사면巖屑斜面이 있었다. 골짜기의 맨 아래쪽까지는 산장으로부터 약 반시간가량 걸렸는데, 거기에는 먼젓번보다 약간 큰 쪽빛 호수가 있었다. 가까이 다가가보니 호수 바닥에 깔린 돌멩이들이 환히 들여다보일 정도로 물이 맑았다. 호숫가에는 아직 잔설이 남아 있었지만 호수의 물은 생각보다 그리 차갑지 않았다. 그는 물에 들어가 잠시 수영을 하고 나서 몸을 말리기 위해 바위에 앉았다. 햇빛에 그을고 있는 그의 피부를 하늬바람이 시원하게 스쳐갔다. 준비해 간 음식으로 요기를 하면서 그는 주위를 둘러보았다. 북쪽 석회암지대와 남쪽 바위 대열 사이의 지평선 쪽에는 넘어갈 수 있는 길, 즉 폭이 넓은 안부鞍部 모양 암설사암지대가 있었다. 충분한 휴식을 취한 후 토마스는 안부 방향으로 걸음을 옮겼다. 길은 그가 생각했던 것보다 가파르고 멀었다.

나무가 없는 지역은 거리를 측정하기가 어려웠다. 꼭대기에 채 다 오르기 전이었는데 총성이 들렸다. 바위들에 반향을 일으키며 사방에서 총성이 메아리쳐왔다. 곳곳을 둘러보았으나 사람도 짐승도 어떤 움직임도 보이지 않았다. 그럼에도 그는 발길을 돌려 산장으로 돌아왔다. 산장에 거의 도착할 무렵 짧은 간격을 두고 두 발의 총성이 또 울렸다. 남은 길을 그는 거의 뛰다시피 했다. 사냥꾼들이 짐승을 몰아내듯 그의 은신처에서 그를 몰아낼까봐 겁이 덜컥 났다.

사냥꾼의 출현이 그의 환각을 깨기라도 한 것 같았다. 은신처의 안락감이 사라지면서 그는 이곳 산정이 얼마나 위험한 곳인지를 깨달았다. 설사 사냥꾼들이 그를 발견하지 못한다고 해도, 언제 다시 추위가 닥치고 언제 또 눈이 내릴지 모를 일이었다. 다음에 오는 눈은 아마도 이듬해 봄까지 녹지 않고 그대로 머물러 있을 것이다. 그날 오후 그는 지붕의 굴뚝을 다시 널빤지로 덮었다. 그러고 나서는 덧창들을 닫고 덧창 틈으로 밖의 공기가 맑은 것을 확인한 후 용기를 내서 산장 앞까지만 나가봤다. 그날 밤 그는 물건들을 정리해 배낭을 꾸렸다.

상중에 처음 얼마간의 시간을 어떻게 보냈는지, 훗날 아스트리트는 거의 기억해낼 수가 없었다. 그 에피소드들은 너무 졸지에 엄습해왔고, 그때까지의 모든 삶으로부터 동떨어져 있었기에, 그녀 인생의 연대기에 틈입할 수 없었다. 그녀에게 슬픔은 계속해서 빠져드는 늪처럼 여겨졌다. 그녀는 더이상 생각이란 걸 할 수가 없었고, 더이상 느낄 수도, 더이상 숨을 쉴 수도 없었다. 그녀는 제정신이 아니었다. 시간도 더이상 그녀에게는 아무 의미가 없었다. 그녀에게는 시간이 더이상 존재하지 않는 듯했다. 그 무엇도 그녀의 의식에 들어오지 않았다. 그녀의 정신은 신체 속의 한 캡슐에 갇힌 채 그녀의 의지와는 무관하게 기능하고 있는 것 같았다. 심지어 그녀는 아이들까지도 제대로 의식하지 못한 채 기계적으로 돌봤다. 그녀가 다시 정신을 차렸을 때, 처음 시작됐던 것처럼 불시에 모든 것이 지나갔을 때, 남은 것은 단지 무딘 피로뿐이었다.

그녀의 부모와 시부모, 마누엘라, 친구들 그리고 이웃

들 모두가 그녀를 돕겠다고 나섰다. 그들은 지나간 일들에 대해 그녀와 이야기하면서 그녀를 위로했다. 아스트리트는 아무 이야기도 하고 싶지 않았다. 다만 맡은 바 소임은 다했다. 그녀는 사제와 이야기를 나누고, 장례를 치르고, 사망신고를 하고, 조위편지에 답하고, 법원과 은행에 들르고, 서류를 작성하고, 전화를 하는 등 토마스의 일을 정리했다. 그녀는 이런 구체적인 일들에 매달렸다. 그녀는 상을 당한 경우조차도 규정을 따라야 하고, 혼란을 추스르는 것도 기한을 지켜야 할 것 같은 착각에 빠져들었다. 그런저런 일들을 처리할 때마다 그녀는 자기가 자신을 밖에서 바라보는 느낌이 들었다. 마치 자신의 삶과는 아무런 상관이 없는 영화에서 배역을 맡은 기분이었다.

아이들의 슬픔은 아스트리트보다 훨씬 더 서서히 그들을 잠식해갔다. 하지만 아이들의 슬픔은, 몇 년에 걸쳐 부지불식간에 몸을 약화시키다가 끝내 망쳐놓는 병처럼, 그 깊이가 아스트리트보다 더 깊은 것 같았다. 학교 선생님들은 그런 사정을 고려하여 반 아이들에게 그 아이들을 좀더 배려해줄 것을 당부했다. 콘라트의 반 아이들은 각자 꽃을 그려넣고 위로의 글을 적은 커다란 종이를 그에게 선사했다. 엘라는 색색의 카드들을 여러 통집으로 가지고 와서 그중 몇 통을 아스트리트에게 보여주었다. 뭐라 위로의 말을 해야 할지 모르겠다는 내용이 담긴 조위카드들이었는데, 반짝거리는 색연필로 쓰고, 눈물을 흘리는 심장과 작은 동물 그림이 그려진 스티커들로 장식되어 있었다. 그 카드들을 보여주면서 엘라는 엄마를 바라보았다. 이 쪽지들을 어떻게 해야 좋을지 엄마가 말해주었으면 하는 눈치였다. 아이들이 나한테 초콜릿도 줬어, 하고 엘라가 말했다. 잘됐구나, 라는 말만 하고 아스트리트는 카드들을 알록달록한 봉투에 다시 집어넣었다. 분명 악의는 아닐 거야.

크리스마스가 다가오면서 아스트리트는 어느 정도 다시 기운을 차렸고, 모든 것이 잘돼가는 듯 보였다. 아이들은 받고 싶은 선물 목록을 작성하고, 할아버지와 할머니, 대부와 대모에게 드릴 선물을 손수 만들었다. 엘라는 학교에서 공연될 성탄극에서 역을 하나 맡았고, 콘라트는 과자를 만드는 아스트리트를 도왔다. 엘라의 심적 혼란 증세는 한동안 완전히 사라진 것 같았는데, 크리스마스 연휴가 지나고 춥고 눅눅한 1월과 2월이 찾아오자 다시 나타나기 시작했다. 엘라는 예전보다 더 일찍 일어나 책을 읽었고, 날이 갈수록 더 말이 없어졌다. 엘라는 학교에서도 전력투구했다. 마치 자신의 인생을 몽땅 좋은 점수를 얻어 김나지움 입학자격시험을 통과하는 일에 걸어놓은 것 같았다. 엘라와는 반대로, 언제나 모범생이던 콘라트는 더이상 아무런 노력을 하지 않고 반항적인 아이로 변해갔다. 아스트리트와 자기 누나뿐만 아니라 담임선생에게도 종종 무례하게 굴었다.

이따금 금요일 저녁에 텔레비전영화를 함께 보거나 할아버지 할머니 댁을 방문할 때면 그들은 몇 시간 또는 며칠간 한마음이 되었다. 그리고 수년간 여러 차례 놀러오라고 했지만 한 번도 그 초대에 응해본 적이 없는 테신의 친구들을 부활절 기간에 며칠간 방문할 때에도 마찬가지였다. 그럴 때면 그들은 아무 일도 없었던 것처럼 행동했기 때문에, 별다른 문제 없이 잘 지냈다. 아스트리트는 아이들이 단것을 얼마나 많이 먹는지, 컴퓨터게임에 얼마나 오래 빠져 있는지, 언제 잠자리에 드는지에 대해 더이상 신경쓰지 않았다. 중요한 것은 아이들이 얼마나 만족해하는가였다.

학교 심리상담 교사의 권유에 따라 그녀는 콘라트가 심리치료를 받게 했다. 하지만 심리치료는 콘라트의 행동에 아무런 도움을 주지 못했다. 콘라트는 몇 차례 상담을 받다가 더는 치료를 받으러 가지 않겠다고 했다. 신학기에 반을 옮기고, 갓 교생실습을 마친 젊은 여자 교사가 담임으로 부임하자 비로소 콘라트는 조금 진정되기 시작했고, 학교 성적도 나아졌다. 유도클럽 회원이 되어 일주일에 두 번씩 훈련을 받기 시작한 것도 도움이 된 듯했다. 그러나 엘라와 콘라트의 표정에는 어딘가 그늘과 우수가 배어 있었다. 속마음을 털어놓는 일도 없어졌다. 이따금 아스트리트는 아이들 중 하나가 꼼짝 않고 자기 방에 틀어박혀 허공을 응시하며 생각에 잠겨 있는 모습에 놀라곤 했다. 그럴 때면 아이들은 어머니가 자신들의 생각에 끼어들게 하지도 않고 끼어들게 할 수도 없었다.

여름 언젠가 아스트리트의 가족과 그녀의 친구들은 그녀의 뒤에서 무언가 담합을 하는 것 같았다. 그녀는 주위에서 초조해하는 분위기가 점차 고조되고 있음을 감지했다. 이제 마음을 진정시키고 심사숙고하여 무언가 다시 좀 시도해보기를 기대하는 눈치였다. 이를테면 이제 차츰 새로운 파트너를 찾아보기를 기대하는 것 같았다. 토마스를 잊고 새롭게 시작하는 것이 그녀의 의무라도 된다는 듯한 분위기였다. 그가 죽은 지 어느새 거의 일 년이 가까워오고, 그녀의 나이 이제 불과 마흔네 살이고, 매력적인 여자이며, 아이들에게도 아버지가 생기는 게 더 좋지 않겠는가 하는 얘기들을 하는 눈치였다. 애들에게는 엄연히 아버지가 있으며, 토마스와 아이들의 관계가 토마스가 여기 없다고 끝이 난다고 생각하는 사람은 아무도 없을 것이라고 그녀는 말했다.

자신은 원하지 않았지만 그녀는 이중생활을 영위하고 있었다. 그녀는 일상을 잘 극복해나갔다. 아이들을 학교에 보내고, 깨끗이 집안 청소를 하고, 요리를 하고, 정원을 가꾸고, 엘라의 숙제를 도와주었다. 김나지움에 들어간 이래로 엘라에게는 숙제가 더 힘에 부쳤기 때문이다. 그 밖에도 그녀는 콘라트를 유도장에 데려다주고, 아이들과 농담도 하고, 이웃과 수다도 떨고, 아이들이 학교에 가 있는 오전에는 수영장에 가서 몇 바퀴 돌고 오곤

했다. 하지만 밤에 잠자리에 누우면, 잠을 이루지 못하고 토마스를 떠올렸다. 그녀는 그가 죽지 않았다고 확신했다. 그 확신은 사고思考라기보다는 직관直觀이었다. 생각의 산물이라면 팩트를 가지고 반론을 제기할 수 있겠지만, 예감은 뿌리칠 수가 없었다. 그것을 뿌리치고 싶지도 않았다. 슬픔보다는 예감이 그녀에게는 훨씬 도움이 되었다. 슬픔은 아무것도 치유하지 못하고, 아무것도 설명하지 못했다. 그 어떤 도움도 증거도 되지 못했다. 밤이면 떠오르는 환영幻影은 그녀가 자신을 위로하기 위해 지어낸 이상상理想像이 아니었다. 토마스가 사라졌다는 데에는 의심의 여지가 없었지만, 그는 죽지 않았다. 그녀는 그가 인적이 끊어진 지역을 돌아다니는 것을 보았다. 비가 오면 처마밑에 들어가거나 주유소 또는 교회에 들어가 비를 피했다. 그는 구멍가게에 들어가 먹을 것을 사고, 목로주점에서는 다른 손님들에게서 멀리 떨어져 앉았다. 밤이면 싸구려 민박집이나 헛간에서 잠을 잤다. 돈이 필요하면 임시직으로 일했고, 추수기에는 어느 농부를 도왔으며, 양계장에서도 일을 했고, 식당 주방에서 설거지를 했다. 그렇게 몇 주가 지나면 그는 또

다시 떠났다. 그는 늘 걸어다녔으며, 날씨가 아무리 나빠도 그는 상관하지 않았다.

한번은 경찰의 검문을 받은 적이 있었다. 비가 오는데 자동차전용도로를 따라 걷는 바람에 경찰의 눈에 띈 것이다. 순찰차가 그의 옆으로 다가와 섰다. 조수석에 앉아 있던 경찰관이 괜찮으냐고 물었다. 그 경찰은 파트릭처럼 생겼다. 그러고는 신분증을 좀 제시해달라고 했다. 하지만 토마스의 이름은 수배자 명부에서 이미 삭제됐다. 그의 실종은 아스트리트를 제외한 모두에게 종결된 사건이었다.

그녀는 자신의 환영에 관해 누구와도 이야기하지 않았다. 미친 사람 취급을 받을까 두려워서가 아니라, 그 영상들을 누구와도 공유하지 않고 혼자만 간직하고 싶었기 때문이다. 그녀는 엘라와 콘라트의 마음속에도 토마스가 계속 살아 있음을 눈치챌 수 있었다. 아이들이 아버지에 관해서는 이야기를 하고 싶어하지 않고, 아버지 얘기에는 침묵을 하고, 아스트리트가 아버지의 얘기를 꺼내도 화제를 돌리는 것으로 보아, 달리 설명할 도리가 없었다. 아이들은 아버지의 묘소에 한 번도 동행한 적이 없으며, 아스트리트도 묘소를 관리하기 위해 가기는 하지만 내키지 않는 걸음이었다. 시간이 지나면 지날수록 그녀는 토마스가 무덤 속에 들어 있다는 생각이 들지 않았다. 그녀는 가면 갈수록 자신이 거짓말쟁이요, 빈 무덤을 돌보는 사기꾼이라는 생각이 들었다.

그녀는 시든 오랑캐꽃을 캐내 퇴비 더미에 던져버렸다. 에리카를 심는 동안 그녀는 토마스가 그녀의 등뒤에 서서 말하는 듯한 소리를 들었다. 그만하자고. 그가 말했다. 우리 둘하고는 아무런 상관이 없어. 갑시다. 그녀는 일어서서 공동묘지의 출입구를 빠져나가 거리로 향했다. 그녀는 역에서 비로소 그 마을이 그녀가 어린 시절을 보낸 곳이라는 것을 알아차렸다. 차단기는 아직도 지하도로 대체되지 않았고, 어느 날 밤 불이 났던 화물 창고는 아직도 그대로 있었으며, 우체국 옆 오래된 별장과 별장에 딸린 황폐한 정원도 그대로였다. 전에 토마스가 누구하고든 그녀와의 첫 만남에 관해 이야기할 때면, 아스트리트는 매번 더이상 기억나지 않는다고 말하곤 했는데, 지금은 그때의 장면이 또렷이 떠올랐다. 봄이었다. 그녀는 몇 주 전에 수습을 시작했다. 그래서 아직 긴 근무일에 익숙하지 않았다. 별실에서 주문한 책들이 담긴 상자를 풀고 있을 때였다. 그때 초인종소리가 들렸다. 서점 주인이 일을 보러 가고 없었기 때문에 아스트리트가 그녀 대신 손님을 맞으러 나갔다. 서점 중간쯤 되는 곳에 그녀 또래의 젊은 남자가 서 있었다. 그는 책들이 있는 서가로 가지 않고 카운터로 와서, 민법전과 채권법에 관한 책을 찾는다고 했다. 그 책은 주문을 해야 해요, 하고 아스트리트가 말했다. 공급 가능한 도서 목록에 관해 주인이 간단하게 설명해준 적이 있었지만, 그녀는 아직 일이 서툴러 주문서를 찾아 주문 내용을 제대로 적기까지 한참이 걸렸다. 그녀는 토마스의 시선을 느꼈다. 그녀가 고개를 쳐들 때마다 그는 그녀에게 웃어 보이며 고개를 끄덕였다. 마치 그녀가 하던 일을 잘 끝낼 수 있도록 용기를 주려는 것처럼. 그녀는 그에게 이름과 주소를 물었다. 그러자 그도 그녀의 이름을 물었다. 이상한 나라의 아스트리트, 하고 그가 말했다. 아뇨, 그녀가 말했다. 그건 앨리스죠. 아, 그렇군요. 그 책을 읽어본 적이 없어요. 그가 말했다. 나도 그래요, 라고 말하며 아스트리트가 웃었다. 법률 책만 읽나봐요. 진지한 책들 말이에요. 내가 읽으려는 게 아니에요, 그가 말했다. 직업학교에서 필요해서요. 그쪽은 뭘 읽고 있어요? 이사벨 아옌데의 『영혼의 집』이요, 하고 아스트리트가 말했다. 주제가 뭔데요? 여러 가지예요, 하고 그녀가 말하며 또 웃었다. 세 세대에 걸친 가족사예요. 남자들이 읽을거리는 못 돼요. 그럼 여자가 남자에게 추천할 만한 책은 어떤 건데요? 토마스가 물었다. 그녀는 카운터에서 나와 그를 서가로 안내했다. 그녀는 서적상 흉내를 내고 있었다. 그녀는 자기가 그의 앞을 사뿐사뿐 걸어가 서가에서 책들을 꺼내들고, 줄거리를 요약해주는 것이 정녕 어색하게만 느껴졌다. 하지만 달리 어떻게 할 방도가 없었다. 마침내 토마스는 정말 책을 한 권 샀다. 조르주 심농의 추리소설이었다. 긴장감 넘치는 책들을 좋아한다는 그의 말을 듣고 그녀가 추천한 책이었다. 그녀는 그가 자기 때문에 그 책을 샀다는 생각을 떨쳐버릴 수가 없었다. 그 책 다 읽은 다음에 얼마나 재미있었는지 나한테 얘기해줄래요? 그럴 거죠?

토마스는 고트하르트 지역에서 겨울을 났다. 처음 며칠간은 어느 사제의 숙소에서 묵었다. 잠자리를 내준 이는 계곡의 작은 교구 두 군데를 관리하는 카푸친교단의 수도사였다. 수도사는 친절한 사람으로, 하는 일이 많아 몹시 분주했다. 그는 아무것도 묻지 않고 토마스에게 마을 목공소의 일자리를 주선해주었다. 토마스는 특별히 손재주가 있는 편은 아니었지만, 인근 스키장으로부터 큰 주문을 받아 일손이 아쉽던 차에 값싼 노동력을 얻게 된 목수는 기뻐했다. 토마스는 방 몇 개를 장기 투숙객들에게 세놓는 늙은 과부의 하숙집에 거처를 정했다. 하숙집은 좁은 계곡 아래쪽에 있어서 겨울이면 하루 종일 해가 들지 않았다. 방들은 조명도 어두운데다 별로 따뜻하지도 않았다. 게다가 시큼한 냄새와 먼지 냄새가 났다. 토마스 외에 퇴직자 한 사람과 교생실습을 갓 마친 젊은 여자 보조교사가 하숙을 들어 있었다. 그는 어두워서야 일터에서 돌아왔다. 그가 하숙집에 돌아와 불을 켜면 거기에는 종종 퇴직자가 앉아 있었다. 토마스는 처음엔 자기가 그를 깨웠나 하고 생각했으나, 나중에 알고 보니 노인은 잠든 게 아니라 그저 어둠 속에 앉아 있는 것이었다. 어두운 데에 숨어 있는 것 같기도 하고, 아니면 매복이라도 하고 있는 것인지 알 수가 없었다. 토마스는 샤워를 하고 나면 저녁식사를 할 때까지 잠깐 마을을 거닐거나 자기 방에 들어가 있었다. 과부는 매우 인색했다. 기회 있을 때마다 토마스에게 전등을 끄라고 했고, 그가 방을 나가거나 한밤중이 되면 난방을 꺼버렸다. 그의 옆방에 묵는 젊은 여자 교사는 그에게 자기 이름이 프리스카라며 인사를 건네왔다. 저녁을 먹으면서 그녀는 명랑한 목소리로 자기 학생들과 동료들에 관해 이야기했다. 이따금 과부는 아이들을 항상 오 분 일찍 집에 보내는 선생의 이름이 무엇이냐, 교장 선생의 부인이 여전히 학교 도서관 업무를 보고 있느냐 등을 물었다. 그러고는 이 여자는 마을 끝 노란 집에 사는 역장의 딸이며, 역장 부인은 제과점 주인의 누이인데 복합경화증을 앓고 있고, 여선생의 오라버니는 루체른에서 신학교를 다니다가 결혼해서 지금은 취리히에 있는 광고 회사에 다닌다는 등, 얽히고설킨 가족사들을 끝도 없이 늘어놓았다. 그 얘기를 듣고 있노라면 토마스는 곧 머리가 복잡해지고, 이곳에서는 모두가 서로에게 친척이거나 사돈인가 싶은 인상만 남았다. 이따금 과부는 재능이 출중한 자기 아들 이야기도 했다. 그녀의 아들은 런던에 살면서 금융산업회사에 근무한다고 했다. 그리고 좋은 성과를 올려 높은 급료를 받고 있다고, 잔뜩 흥분하여 아들 이야기를 했다. 하지만 토마스가 보기에 그녀는, 아들이 그녀 가까이 마을에 머물면서 소박하게 살았으면 하고 은근히 바라는 눈치였다.

프리스카는 주말이면 종종 아랫마을로 갔다. 토마스는 주중에도 식사 때만 그녀를 보았지만, 정작 그녀가 없으면 허전했다. 일요일 저녁, 그녀가 돌아와 그녀의 방으로 들어갔다가 세 하숙인이 공동으로 사용하는 샤워실로 들어가는 소리가 들리면, 토마스는 마음이 편안하고 푸근해졌다.

아침이면 토마스가 제일 먼저 샤워실로 들어갔다. 집을 나온 이래 그는 더이상 면도를 하지 않았다. 그러는 사이 수염이 아주 길어져서 그 자신이 보기에도 거울 속 얼굴이 낯설었고, 그가 기억하던 얼굴보다는 나이가 더 들어 보였다.

그는 고원산장에서 반병 남은 트래쉬를 가져왔다.

술병은 옷장에 넣어두었는데 한 번도 건드리지 않았다. 그는 술을 끊었다. 어떤 결심을 해서가 아니라, 술에 취할 이유가 없어졌기 때문이다. 글을 읽는 것도 그만두었다. 신문도 더는 들춰보지 않았다. 그의 방에 있는 트랜지스터라디오조차 거의 틀지 않았다. 음악 역시 그에게는 본질적인 것으로부터 벗어나 있었다. 그러나 목공소 일은 대체로 단조롭지만 그의 마음에 들었다. 한마디로 그는 규칙적인 일상과 고정된 일과가 좋았다. 이를테면 아침마다 우르제렌 계곡의 공사장으로 가는 것과 항상 같은 음식점의 같은 식탁에서 동료들과 함께 점심을 먹는 것 그리고 저녁이면 아래쪽 쉴레넨의 그늘진 계곡으로 산책 나가는 것을 좋아했다.

11월 말일은 프리스카의 생일이었다. 저녁식사 때 그녀가 지나가는 말로, 오늘 제 생일이에요, 하고 말했다. 모두가 그녀의 생일을 축하해주었다. 저녁식사 후 과부는 냉동고에서 바닐라아이스크림을 한 통 꺼내왔다. 아이스크림은 꽁꽁 얼어 있었고, 먹고 난 후에 끈끈한 뒷맛을 남겼다. 그것으로 그녀의 생일 축하는 끝나는 것 같았다. 하지만 그들이 모두 함께 그릇들을 주방으로 가져가 싱크대에서 설거지를 마치고, 과부와 퇴직자가 거실 텔레비전 앞에 가 앉았을 때, 프리스카가 토마스에게 자기와 함께 맥주 한잔 마시지 않겠느냐고 물었다. 그러니까 자신의 생일파티에 그를 초대한 셈이었다. 그들은 금지된 짓이라도 하는 사람들처럼 몰래 하숙집을 빠져나왔다.

토마스는 누군가와 대화를 하는 것이 더는 익숙지 않았다. 그에게 일거리를 주고, 그가 할 일을 설명해주는 목수나 그 동료들과 이야기 나누는 것 외에 그는 하루종일 거의 말을 하지 않고 지냈다. 식사 때에도 그는 스스로 말을 하기보다 주로 남의 이야기를 듣는 편이었다. 처음에 프리스카는 자기가 얘기를 많이 하는 바람에 그의 침묵을 전혀 알아차리지 못했다. 그러나 그녀가 두번째 맥주를 주문하고 나자 침묵의 순간이 왔다. 항상 그렇게 말이 없으세요? 그녀가 물었다. 나도 모르겠네요, 토마스가 대답했다. 나는 얘기할 게 많지 않아서요. 동스위스에서 오셨어요? 투르가우에서 왔어요. 가족은 있으세요? 그는 곰곰이 생각해야 할 것처럼 잠시 망설이더니, 있어요, 하고 말했다. 그의 음성에는 놀라움이 담겨 있었다. 자기가 대답하는 음성에 스스로 놀라기라도 한 것 같았다. 그는 프리스카의 시선을 보았다. 그녀는 계속 질문을 하고 싶은 눈치였다. 그래서 그는, 선생님은요? 하고 되물었다. 남자친구도 있고요? 있기는 해요. 그녀가 머뭇거리며 대답했다. 맞혀보세요, 제가 몇 살이됐는지. 그녀의 서른번째 생일이었다. 그래서 그들은 십년에 한 잔씩 계산해 맥주를 세 잔씩 마셨다. 아니면 우리 일 년에 한 잔씩 마시는 걸로 할까요? 프리스카가 웃으며 물었다. 토마스는 술기운이 올라오는 것을 느꼈다. 이제 갈 시간이 됐네요. 내일 아침 일찍 일어나야 해서요, 하고 그가 말했을 때는 아직 열시가 채 되지 않았다.

돌아오는 길에 프리스카는 자기 취미가 카이트서핑이라고 했다. 그게 뭐냐고 토마스가 묻자 그녀가 설명해줬다. 하숙집에는 불이 다 꺼져 있었다. 그들은 귓속말을 주고받으며 어두운 하숙집으로 살그머니 들어가 그녀의 방으로 갔다. 작년에 카이트서핑을 하러 아일랜드에 갔었어요, 하고 프리스카가 재빨리 속삭였다. 그녀의 음성은 숨 돌릴 겨를이 없었다. 아킬섬이라고 서해안에 있는 섬이에요. 사진 보실래요?

그들은 침대 위에 나란히 앉았다. 프리스카가 랩톱을 무릎 위에 얹어놓고 황량한 풍경이 담긴 사진들을 그에게 보여주었다. 호수가 하나 있고, 카이트서핑을 하는 사람들이 물위에서 돛을 이용해 방향을 잡는 모습이 담긴 사진이었는데, 너무 멀리 있어서 사람들을 알아볼 수가 없었다. 그 밖에 사람은 전혀 보이지 않고, 검은 머리에 색색의 컬러스프레이를 몸통에 뿌려 구분한 털이 덥수룩한 양들만 있었다. 잔뜩 무리를 지어 있는가 하면, 무리에서 떨어져 홀로 새끼양들을 돌보는 어미양들도 있었다. 광활한 지역에 흩어져 있는 조그맣고 하얀 집들, 다 부서진 마구간들, 급조해 만든 울타리, 깎아지른 절벽들과 그 밑의 바다. 지평선에서 밝은 하늘 속으로 사라지는 끝없는 평원. 이러한 풍경이 토마스에게 강한 매력을 불러일으켰다. 그곳은 이별의 장소이자 동시에 안착의 장소였다.

방안이 서늘했음에도 프리스카는 스웨터를 벗었다. 스웨터 속에는 민소매 티셔츠를 입고 있었다. 티셔츠의 얇은 옷감 아래로 그녀의 볼록한 브래지어가 도드라져 보였다. 토마스는 그녀의 위팔이 자기 위팔을 누르고,

허벅지에는 랩톱을 잡고 있던 그녀의 손이 와닿는 것을 느꼈다. 그는 프리스카의 머리카락과 몸 냄새 그리고 살짝 풍겨오는 비누 냄새를 맡았다. 그는 그녀 쪽으로 몸을 돌렸다. 그녀는 컴퓨터 화면에서 눈을 떼지 않았지만, 그녀의 몸에는 어떤 강력한 전율을 준비하는 것 같은 긴장이 감돌았다. 그녀의 목에 입을 맞추었을 때 그는 그녀의 온몸이 가볍게 떨리는 걸 느꼈다.

토마스는 방으로 돌아와 침대에 누웠다. 자정이 지났지만 잠을 이룰 수가 없었다. 그는 아스트리트를 생각했다. 두 사람이 서로 어떻게 알게 되었는지, 그러다 서로에 대한 관심이 어떻게 식어버렸는지를 생각해보았다. 그는 서점에서 그녀를 처음 본 순간 사랑에 빠졌다. 그때부터 그는 그녀를 보기 위해 정기적으로 서점에 들렀다. 그는 그렇게 책을 많이 읽는 편은 아니었지만, 그녀와 나누는 대화의 기쁨 때문에 독서를 마다하지 않았다. 처음에 그녀는 주로 범죄소설을 추천해주었는데, 시간이 지나면서 고전소설이나 현대소설 같은 무거운 책들도 권했다. 그는 자신의 독후감을 들려주기 위해, 그녀가 권해준 책들을 한 주 내내 열심히 읽었다. 그 당시만 해도 그는 수줍음을 많이 타서, 그녀에게 자기와 밖에서 만나자는 말은커녕 최소한 커피라도 한잔하자는 얘기조차 꺼내지 못했다. 아마도 대부분 손님이 없는 시간에 서점에서 그녀와 만나는 것으로도 그는 만족했던 것 같다. 어쩌면 이런 만남이 바깥에서 만나는 것보다 더 은밀할 수 있다는 생각이 들기도 했다. 서점 주인은, 그가 서점으로 들어서는 것을 보면, 종종 뒷방에서 일하고 있던 아스트리트를 불러내곤 했다. 그녀는 네 고객이 오셨네, 하고 미소를 지으며 아스트리트를 불러낸 뒤 뒷방으로 사라졌다. 두 사람에게 조용한 시간을 만들어주기 위해서였다. 이따금 토마스에게는 바깥세상이 너무 밝고 시끄러운 데 반해, 서점이 자기와 아스트리트만을 위한 은밀한 만남의 장소라는 생각이 들었다.

두 사람이 함께 책을 읽어가면서 그들의 대화는 달라졌다. 에리히 프롬의 『사랑의 기술』을 읽고 나서는 한 주 내내 사랑과 인간관계에 대해 토론했다. 토마스는 성숙한 사랑이란 성애性愛에 근거하는 것이 아니라고 믿고 싶었다. 성숙한 사랑은 개인에 속한 문제가 아니라 전 세계와 연결된 문제라는 그의 견해는 이 저명한 심리학자의 견해와 상충했다. 사람은 자신이 얻고자 하는 것을 사랑하고, 자신이 사랑하는 것을 얻으려고 해요, 라고 아스트리트가 말했다. 그는 아스트리트의 말을 자신이 모르고 있던, 은밀한 전언傳言으로 이해했다.

모든 것이 그렇게 계속될 수 있을 것 같았다. 어느 날 아스트리트가 아주 우연히 지나가는 말로 남자친구 이야기를 하지만 않았어도 말이다. 여름휴가에 남자친구와 함께 이탈리아로 여행을 간다는 것이었다. 그는 항상 사랑을 고백하기에는 너무 이르다고 생각해왔는데, 이제 갑자기 너무 늦어버렸다. 여름휴가 내내 그는 아스트리트를 다시 만나면 무슨 얘기를 할까 고심했다. 그러다 8월 말에 이르러 드디어 그녀를 다시 보게 되었지만, 갈색으로 그을린 피부에 싱그럽게 미소 짓는 그녀를 보는 순간, 그간 준비해두었던 말을 한마디도 꺼내지 못했다. 그 대신 그녀가 추천해준 체사레 파베세의 소설 『아름다운 여름』을 한 권 샀다. 그리고 한 주 내내 그 책 속에서 숨은 전언을 찾아보았다.

한동안 그들은 그렇게 그냥 평범한 친구로 지냈다. 토마스는 아스트리트가 남자친구와 함께 있는 것을 보면 마음이 아팠다. 하지만 그녀를 보지 못하는 날이면 그보다 더 마음이 아팠다. 그러고 나서 그는 수습기간을 끝내고 군에 입대했다. 그가 다시 마을로 돌아왔을 때는 아스트리트가 남자친구와 함께 시내로 이사를 간 후였다. 토마스는 수습사원으로 근무하던 회사의 정직원이 되었다. 그때부터 아스트리트와의 관계는 느슨해졌다. 그들은 휴가철이면 엽서를 주고받았고, 이따금 자질구레한 일상과 의례적인 말이 담긴 짤막한 편지들도 오갔다. 아스트리트가 부모를 만나러 마을에 올 때면 이따금 축제나 거리에서 마주쳤다. 토마스도 그사이, 자의 반 타의 반, 한 여자를 알게 됐는데, 그가 속한 배구클럽에서 만난 여자였다. 그는 자신의 사랑의 결핍을 에리히 프롬의 철학으로 해명해보려 했지만, 별 효험이 없었다. 일 년 후 여자가 그와 헤어졌을 때 그는 개처럼 끙끙거리며 신음했다.

스물다섯번째 생일날 아스트리트는 토마스를 자기 생일파티에 초대했다. 그날 저녁 그는 그녀가 남자친구와 헤어지고 혼자라는 얘기를 들었다. 그는 마침내 용기를 내어 그녀에게 식사에 초대해도 되겠느냐고 물었다.

맑은 날도 있었고, 흐린 날도 있었다. 슬픔의 강도는 줄어들지 않았으나, 예전만큼 그렇게 자주 찾아오지는 않았다. 낮에는 종일토록 토마스 생각이 나지 않았지만, 밤에 잠자리에 들어 그와 함께 잠들던 날이 떠오르면 슬픔이 몰려왔다. 매번 같은 장면이 떠올랐다. 침대에 누워 있는 자기 옆에 토마스가 무릎을 꿇고 앉아 있던 장면이었다. 두 사람은 말이 없었다. 그는 마치 손상되기 쉬운 물건의 포장을 벗기듯, 조심스럽게 그녀의 옷을 벗겼다. 그럴 때마다 매번 그는 잠시 동작을 멈추고, 그녀가 진짜 아스트리트인지 확인이라도 하려는 듯, 그녀를 뚫어지게 바라보며 그녀를 만져보았다. 그녀는 미소를 지었고 그도 미소를 지었다. 그러고 나면 그도 옷을 벗고 그녀 위로 누웠다. 그들은 천천히 움직였다. 그들은 몸으로 서로 대화를 나누는 것 같았다. 주고받는 대화가 아니라 그들의 몸이 일체가 되어 만들어낸 문장들로 이루어진 언어로, 질문이자 동시에 대답인 언어로 말이다. 아스트리트가 눈을 감으면 토마스가 그녀의 망막을 가득 채웠다. 그녀의 흥분이 서서히 가라앉을 때쯤이면 그의 영상도 서서히 어둠 속으로 사라지고, 잔상만 남았다. 그리고 이 잔상마저 사라지고 나면 그녀를 빨아들일 것 같은 엄청난 공허만이 남았다.

두 사람이 처음으로 함께 잔 날이었다. 둘이 함께 달아올랐으나 아스트리트가 먼저 절정에 달했다. 그날 저녁 그들은 함께 영화를 보고 난 후 펍에 갔다. 토마스가 운전을 해야 해서 두 사람 다 많이 마시지 않았는데, 아스트리트는 차에 오르자 술에 취한 듯한 기분이 들었다. 토마스가 그녀의 셋집 앞에 차를 세웠을 때는 자정이 지난 시간이었다. 그는 두말없이 그녀의 방으로 들어갔다. 두 사람은 어찌나 긴장을 했는지 서로 만지고 껴안고 정신이 없었다. 그다음에는 모든 것이 간단했다. 정말이야? 토마스가 물었다. 당신 항상 그렇게 빨리 오는 거야? 아스트리트는 웃으며 어깨를 으쓱했다. 그녀는 말을 하고 싶진 않아서, 일어나 불도 켜지 않은 채, 물을 한 잔 가져오기 위해 주방으로 갔다. 토마스가 그녀를 따라갔다. 그녀가 싱크대 앞에 섰을 때 그가 뒤에서 그녀를 껴안았다. 그가 아직 흥분해 있는 게 느껴졌다. 빨리 와, 하고 그가 말했다. 그녀는 뒤로 돌아서서 방어라도 하려는 듯 두 팔을 몸에 밀착시킨 채 물을 한 모금 마시고, 잔을 그에게 건넸다. 그는 잔을 받아 탁자 위에 내려놓고 그녀의 손을 잡고는 함께 침실로 돌아왔다. 이 영상이 아스트리트의 기억에 남아 있는 첫날밤이었다. 알몸이 된 두 사람이 서로의 손을 잡고 침실로 향하던 기억 말이다.

훗날 토마스는 자기가 처음부터 그녀를 사랑했으며, 그녀 때문에 상사병에 다 걸렸었노라고 그녀에게 말했다. 그는 마라톤에 우승을 한 선수가 뛰는 동안 느꼈던 고통을 자랑스럽게 늘어놓듯 거리낌없이 그렇게 말했다. 그의 어조에서 아스트리트는, 그녀에게도 사정이 그러했는지, 즉 그녀도 그를 사랑하여 그에 대한 꿈을 꾸고 그에게 은밀히 신호를 보냈었는지 그가 알고 싶어한다는 느낌을 받았다. 그녀는 너무 피곤해서 여러 차례 깜빡깜빡 졸았다. 자기가 잠을 잤던 건지, 토마스의 음성을 실제로 들은 건지, 아니면 단지 그런 꿈을 꾼 건지 알 수가 없었다. 아직 잠들지 않은 거지? 그가 물었다. 응, 하고 그녀가 대답했다. 그 대답 말고는 아무 말도 하지 않았다. 그들이 서점에서 처음 만난 이야기와 트라우베 레스토랑의 홀에서 열렸던 가면무도회에 관한 이야기, 그녀와 그녀의 남자친구와 함께 시내에서 음악회에 다녀온 이야기를 그가 늘어놓는 것을 그녀는 듣기만 했다. 그녀는 그와의 사랑이 시작된 계기를 떠올려보았다. 그러나 토마스의 이야기는 그녀가 기억하는 것과는 양상이 전혀 달랐다. 사랑과 절망 그리고 희망으로 가득찬 이야기였다. 단어 하나하나마다, 얼굴 표정마다 그리고 제스처마다 어떤 의미가 깃들어 있었다. 그녀는 아무것도 알아차리지 못했던가, 전혀? 전혀 알아채지 못했노라고 그녀는 말했어야 했다. 나, 당신 좋아했어. 하지만 반하지는 않았어. 그리고 당신이 나에게 반했다는 것도 전혀 눈치채지 못했어. 그렇다면 그녀는 왜 그를 자기 방에 들였을까? 사람이 하는 모든 일마다 이유가 있는 것은 아니다. 큰 결단에서 나온 행동이라기보다 무목적적인 일련의 작은 결정들, 어쩌면 단순한 부주의, 혹은 상대방의 요구에 응해주자는 것이었는지도 모른다. 그가 손을 잡았을 때 뿌리칠 수 없었고, 그가 키스를 하려고 했을 때 고개를 돌릴 수 없었으며, 그가 시동을 끌 때까지 차에 앉아 있을 수밖에 없었고, 그가 차에서 내려 그녀의 뒤를 따라 계단을 올라와 집으로 들어섰을 때 아무 말을 할 수가 없었기 때문이다. 나는 섹스를할 때 당신 모습을 한 번도 떠올릴 수가 없었어, 토마스가 그녀의 무릎을 베고 말했다. 왜 그런지 모르겠네. 아무리 생각해도 모르겠어. 벗은 당신을 상상할 수가 없었어. 그녀는 그의 말이 칭찬인지 아니면 그녀로부터 대답이나 대답 비슷한 걸 들으려고 하는 말인지 종잡을 수가 없었다. 그녀는 토마스의 벗은 모습이나 섹스할 때의 모습을 떠올려본 적이 없었다. 도대체가 그런 상상을 해본적이 없고, 그와 무엇을 하겠다는 계획을 미리 세워본적도 없었으며, 과거에 대해 물어본 적도 없었다. 토마스가 그들의 관계에 관해 이야기하면, 그마저도 나중에 얘기해, 라고 말했다. 이미 오랫동안 잠자리를 같이하고 있는 사이인데도, 그의 머릿속이 왜 그렇게 온통 복잡한지 그녀는 늘 이해가 가지 않았다. 하지만 그녀는 그런 이야기들이 좋았다. 그들의 사랑이 자기들만의 복합적인 세계이며, 무언가 의미 있고 피할 수 없는 것이라는 느낌이 싫지 않았다. 절정에 달할 때 당신 참 아름다워,

그가 말했다. 이 미소와 당신 몸놀림 말이야. 그는 이야기를 끝낼 줄 몰랐다. 아직 잠들지 않았지? 응. 사랑해, 당신. 이제 자야겠어, 하고 아스트리트가 말했다. 당신 팔, 하고 그가 말했다. 당신의 아름다운 팔, 당신 어깨, 당신의 등 그리고 당신의 엉덩이 보조개 말이야. 정말이야? 아스트리트가 말했다. 그녀는 시계의 알람을 맞춰놓기 위해 잠시 침실용 불을 켠 다음, 곧 다시 불을 끄고 토마스로부터 돌아누웠다. 어둠 속에서 그녀는 그의 두 손과 그의 따뜻한 몸, 그의 숨결, 그의 키스의 감촉을 느꼈다. 그들은 다시 한번 사랑을 나눴다. 먼저보다 더 격렬했다. 서로 더이상 밀착될 수 없는 침묵의 레슬링이었다. 아스트리트는 이제 자신의 육체를 전신으로가 아니라, 개개의 부분들을 통해서만 느꼈다. 토마스의 손길을 통해, 그의 무게를 통해, 그리고 그가 그녀의 두 손을 머리 위로 올려 움켜쥐는 그 힘을 통해서만 말이다.

그녀는 어둠 속에 누워서 토마스와 함께한 이 첫날밤을 떠올리다가 절로 웃음이 나왔다. 본능적인 충동과 조심스럽고 다감한 그의 동작이 눈앞에 아른거렸다. 그렇게 그는 그녀를 탐구하고 그녀를 취했다. 그날 이후, 그들이 결혼하기까지는 꽤 오랜 시간이 걸렸다.

    토마스는 일찍 일어나 배낭을 꾸렸다. 그의 짐은 두 달 전 이 집에 들어올 때보다 더 많아지지도 않았다. 주인 여자는 벌써 주방에서 지역신문을 읽고 있었다. 토마스는 떠나야겠다고 말했다. 그녀는 까다롭게 굴었다. 떠날 생각이었다면 좀더 일찍 얘기해줬어야 한다는 것이었다. 그렇게 갑자기는 다음 하숙인을 들이기가 쉽지 않기 때문이라고 했다. 그녀는 잔뜩 볼이 부어 그를 노려봤다. 그는 다음주 하숙비의 반을 지불하겠노라고 제안했다. 그녀는 결국 제안을 받아들이기는 했지만, 그가 그렇게 급작스럽게 떠나면 여러 가지로 번거로운 일이 생긴다고 다시 한번 투덜댔다. 그러더니 그에게 커피나 한잔 마시고 가라고 권했다. 아마도 그가 떠나는 이유를 알아내려는 속셈 같았다. 그는 고맙다는 인사와 더불어 커피는 사양하고, 돈을 치른 후 그곳을 떠났다.

    목수도 마찬가지로 그가 떠난다고 하자 섭섭해했다. 그는 토마스의 능력과 성실성을 칭찬하며, 심지어 노임을 올려주겠다는 말까지 했다. 하지만 토마스가 마음을 돌릴 생각이 없음을 간파하고는, 무슨 특별한 계획이라도 있는 거요? 하고 물었다. 떠나야 합니다. 토마스가 대답했다.

목수의 자동차로는 매번 십오 분도 안 걸리던 거리였는데, 도보로 가니까 두 시간 넘게 소요되었다. 보도는 눈으로 덮여 있었다. 그는 하는 수 없이 도로를 따라갔다. 도로는 제르펜티넨에서 좁은 골짜기로 올라가더니 계속해서 터널과 터널로 이어졌다. 도로에는 보도가 끊어지는 곳이 종종 나타났고, 이따금 터널에서 관광버스가 경적을 울리며 지나갈 때면 그는 벽에 바짝 붙어서 걸어야 했다. 토마스가 마지막 터널을 빠져나오자마자 그의 앞에 높은 계곡이 두 팔을 벌리고 서 있었다. 그때 순찰차 한 대가 그의 옆으로 다가와 멈춰 섰다. 조수석에 앉은 경관이 차창을 내리더니, 괜찮으냐고 물었다. 이어서 트레킹하기에 좋은 날씨는 아니군요, 라며 그에게 신분증을 요구했다. 경찰은 잠시 신분증을 훑어보다 돌려주고는 잘 가라고 인사를 건넸다.

남은 겨울 동안 토마스는 한 음식점에서 주방보조로

일했다. 그는 그곳에서 직원 숙소도 얻을 수 있었다. 음식점 주인은 이스라엘 사람이었는데, 전 주인의 딸과 결혼했다가 훗날 경영권을 물려받았다고 했다. 그는 토마스에게 적정 임금을 지불했으며, 그에게 매주 조금씩 더 까다로운 일을 맡기면서 그만큼씩 급료도 인상해주었다. 당신은 훌륭한 요리사가 될 자질이 있어요, 하고 다비드가 말했다. 이따금 토마스는 주인이 자기를 눈여겨보고 있다는 느낌을 받았다. 그러나 그가 그렇게 그를 눈여겨보는 이유는 호기심이라기보다 그에 대한 공감 때문인 걸로 보였다. 그렇게 그를 눈여겨보던 다비드는, 자신이 이 지역에 처음 왔던 시절에 대해, 이곳 생활과 이곳 사람들 그리고 이곳 풍토에 적응하기 위해 얼마나 애를 썼는지에 대해 이야기했다. 그와 그의 부인 사이에는 각각 다섯 살, 일곱 살짜리 사내아이가 있었는데, 아이들은 종종 가게와 주방에 나와 돌아다니곤 했다. 그다음부터는 토마스가 다비드를 눈여겨보았다. 그가 아이들을 다감하게, 거의 엄마처럼 보살펴주는 것을 보고 놀라움을 금할 수 없었다.

4월로 접어들어 스키시즌이 끝나고 손님들도 끊어질

무렵이 되자 토마스에게는 돈이 좀 모였다. 다비드는 그에게 무슨 계획이 있느냐고 물었다. 토마스는 고트하르트를 넘어 계속해서 남쪽으로 갈 예정이라고 말했다.

제설차가 벌써 몇 주 전부터 눈을 치우기 시작했지만, 산상의 고갯길은 빨라도 오순절은 되어야 통행이 가능해 보였다. 토마스는 비 오는 동안 며칠을 기다렸다. 그는 시간의 대부분을 자기 방에서 보냈다. 날씨가 좋아지자 그는 출발했다. 다비드는 그에게 풍성한 점심도시락을 준비해주었다. 그와 그의 아내 그리고 심지어 아이들까지 레스토랑 앞에 나와 그가 마치 가족의 일원이라도 되는 것처럼 그를 포옹했다.

계곡길에서 고갯길이 갈라져 산상으로 올라가는 길목에 작은 예배당이 한 채 나타났다. 여기서 길이 갈라진다네. 오, 친구여, 어느 방향으로 가려 하는가? 불후의 로마로 내려가는가? 거룩한 쾰른으로, 독일의 라인강으로 가려 하는가? 서쪽으로 저멀리 프랑스로 가려 하는가? 몇 달간 한 곳에 틀어박혀 있던 토마스는 마침내 다시금 도상途上에 있다는 기쁨에 한껏 가슴이 부풀어올랐다. 그것은 전에 경험하지 못한 미래와, 걸음을 옮길 때

마다 새로운 세계가 열릴 수 있다는 기대에 대한 기쁨이
었다.

　계곡의 풀들은 이미 초록빛을 띠고 있었지만, 마을 너
머 멀지 않은 곳의 고갯길은 횡목으로 차단되어 있었다.
높이 올라가면 갈수록 눈은 점점 더 많이 쌓여 있었다.
처음에는 요지凹地와 비탈 그늘에만 눈이 쌓여 있었는
데, 꼭대기가 가까워질수록 온통 눈밭이었다. 지난 며칠
간 계곡 아래쪽에는 비가 왔는데, 이곳은 한 차례 제설
작업이 이뤄진 길 위에 또 눈이 내린 것이다. 고갯길로
부터 멀지 않은 곳에서 토마스는 인부들을 만났다. 그들
은 커다란 제설차 옆 양지바른 곳에서 이제 막 점심식사
를 하는 중이었다. 그는 그들에게 길의 상태가 어떠냐고
물었다. 인부들은 며칠 전 설판이 녹아 아직 위험한 지
역이 있으니 조심하라고 일러주었다. 그들은 그의 등장
을 이상하게 여기지 않았다. 아마도 자기 같은 사람들이
많은가보다고 토마스는 생각했다. 그는 자신을 세상에
널린 숱한 방랑자들 중 하나로 여기고 있었다. 그는 동
물들의 이동을, 대륙에서 대륙으로 이동하는 어류와 조
류들을 생각했다. 세상 도처에서의 이동, 이것이 그에게

는 정착보다 더 자연스럽게 여겨졌다.

일 미터 가까이 쌓여 벽을 이룬 눈 사이로 길이 뚫려 있었다. 산비탈에는 여기저기 눈사태로 생긴 돌출부들이 보였고, 딱딱하게 굳은 눈덩어리들이 도로까지 널브러져 있었다.

산상의 고갯길에 올라서자 차가운 강풍이 몰아쳤다. 하늘은 짙은 남색을 띠고 있었다. 토마스는 햇볕이 얼굴에서 이글거리는 느낌을 받았다. 그는 요기를 하기 위해 눈 위에 재킷을 펼쳐놓고 앉았다. 그는 남쪽을 바라보았다. 번쩍이는 햇살에 그의 시야가 베일에 가린 듯 흐려졌다.

그동안 아스트리트는, 토마스가 세상을 떠난 지 얼마나 되었느냐고 누군가 물으면, 계산을 해봐야 했다. 처음에는 이 년이 되었다고 말하다가, 다음에는 삼 년이라고, 그다음에는 육 년이 지났다고 말했다. 하지만 그녀는 결혼반지를 그대로 끼고 있었고, 전화번호부에도 그들 두 사람의 이름이 나란히 올라 있었다. 그리고 어디에서고 가족사항을 밝혀야 할 경우 그녀는 여전히 기혼이라고 체크했다. 세무서 직원은 매번 그녀에게 묻는 일 없이 싱글로 수정했다. 싱글이란 단어는 아이들이 편모라는 단어에 익숙해지지 않듯이 그녀에게도 낯설었다.

콘라트는 의무교육기간을 마치고 어느 보험회사에 수습사원 자리를 얻었다. 그는 스쿠터를 살 돈을 모으기 위해 여름 내내 아르바이트를 하기로 했다. 이제 비로소 그는 이따금 아버지에 관해 물었다. 그러면 아스트리트는 이런저런 이야기를 들려주었다. 하지만 그럴 때마다 자신이 토마스에 관해 알고 있는 게 얼마나 적은지, 자기가 알고 있는 것이 과연 정확한 것인지, 그를 제대로 이해한 상태에서 알고 있는 것인지, 이런 생각이 들 때마다 그녀는 가슴이 미어졌다. 그에 관한 모든 이야기가 그를 배반하는 행위였으며, 영원히 그렇게 기억되기를 바라는 마음의 표현이라는 생각이 들었다. 너의 아빠는 어쩌면 전혀 다른 분이었을지도 몰라, 하고 그녀가 말했다. 너는 아빠를 많이 닮았어. 콘라트는 그 말을 듣고 매우 기뻐하는 눈치였다.

엘라는 대학입학자격시험에 합격했다. 가을이면 그

녀는 대학에서 로망어 문학을 전공할 것이다. 그녀는 프랑스어를 좀더 알차게 배우기 위해 한두 달가량 프랑스에 가고 싶어했다. 그녀는 여러 어학원에 자료를 보내달라고 요청했고, 그렇게 도착한 각양각색의 수업요강 팸플릿을 아스트리트에게 보여주었다. 컬러풀한 팸플릿에는 강의실에 앉아 있거나 승마를 하고 윈드서핑을 하는 활달한 젊은이들의 모습이 담겨 있었다. 아스트리트에게는 수강료 항목만 눈에 들어왔다. 우린 이런 수강료를 감당할 능력이 없어, 얘. 오페어* 자리를 알아보는 건 어때? 하고 그녀가 말했다. 토마스의 가출 이후 연금을 받고 있긴 했지만, 아껴 써야 하는 상황이었다. 처음 몇 년 동안은 친구들이 종종 다시 일을 해볼 생각이 없느냐고 물었다. 그 당시 일자리가 하나 있었다. 어떤 사무실에서 임시직으로 일할 여자 직원을 찾는다고 했다. 그 밖에도 예전에 그녀가 일하던 서점의 주인이 노령으로 서점을 더이상 운영할 수가 없다며 그녀에게 서점을 인수

---

* 입주 보모로 일하며 급료를 제공받고 자유시간에는 그 나라의 언어와 문화를 익히는 프로그램.

할 생각이 없느냐고 물어왔다. 아이들이 더 성장해서 자립할 수 있는 나이가 되었을 때도 그녀는 직장을 구하려 하지 않았다. 사실 그녀는 다시 일을 하고 싶은 마음이 없었다. 그녀는 마누엘라가 염려하는 것처럼 그렇게 우울하지 않았다. 마누엘라는 그녀가 이따금 며칠간 어디로 바람을 쐬러 가기 위해 아이들을 맡길 때마다 울적해서 그러느냐고 물었다. 난 그저 무언가 달라지는 것이 싫을 뿐이에요, 하고 아스트리트가 말했다. 그게 바로 당신 남편이 죽었다는 것을 당신이 드디어 인정한다는 증거예요, 하고 파트릭이 말했다. 심리학자 노릇 그만해요, 아스트리트가 말했다. 난 당신이 경찰관인 게 더 마음에 들어요. 그러니까 당신도 변화를 바라지 않는군요. 그렇다면 결국 우린 서로 뜻이 통하는 사람들이란 얘기예요, 하고 파트릭이 말했다.

그후 그들은 호숫가를 따라 산책을 하며 마치 늙은 두 친구처럼 자기 자식들에 관한 이야기를 나눴다. 우리가 하고 싶은 대로 다 할 수 있는 형편이 못 된다는 걸 엘라가 깨닫는다 해도 그애의 마음은 달라지지 않을 거예요, 아스트리트가 말했다. 우리집 사정이 그렇게 나쁜 건 아니에요. 그애의 실망감을 난 이해해요, 파트릭이 말했다. 그애의 나이에는 다들 그래요. 그 나이라고 그애의 말이 용서되는 건 아니에요. 아스트리트가 말했다. 자기 아버지를 더러운 인간이라고 부르다니요. 그 더러운 인간이 우리를 곤경에 빠뜨렸기 때문에 자기가 프랑스로 유학을 갈 수 없게 된 거라고. 그애가 그렇게 말했어요. 그러더니 자리를 박차고 자기 방으로 뛰어올라가 방문을 잠갔어요. 아스트리트는 엘라에게 다음달 용돈을 주지 않기로 작정했다. 가끔 당신은 너무 엄격해요, 파트릭이 말했다. 근본적으로 보면 엘라가 틀린 건 아니에요. 물론 그런 말은 하지 않는 게 좋았겠지만. 그 얘기 또 시작하지 말아요, 라며 아스트리트는 걸음을 빨리했다. 그의 다음 말을 피하기 위해 그를 앞질러가려는 것 같았다. 파트릭도 더 빠르게 걸었다. 당신, 토마스에 대해서는 부정적인 말을 일절 허용하지 않는군요, 파트릭이 말했다. 개자식 같은 행동이었다는 걸 이제는 인정해도 돼요. 아스트리트는 더이상 아무 말도 하지 않았다.

언제부턴가 파트릭과의 접촉이 끊어졌다. 특별한 계기가 있었던 건 아니다. 그들 중 누가 먼저 더이상 연락하지 않기 시작했는지, 아스트리트는 아직 말할 수 없었다. 그녀는 개를 한 마리 샀다.

주가 가고 달이 가고 해가 갔다. 콘라트는 수습기간을 마치고 도시로 갔고, 엘라는 석사과정을 밟기 위해 리옹으로 떠났다. 그 무렵 아스트리트는 이따금 자기가 토마스를 만나지 않고 다른 남자와 결혼을 했다면, 지금 혼자 있지 않았을 게 아니냐고 혼잣말을 하곤 했다. 그러나 그녀는 그럴 때마다 곧 그런 생각을 떨쳐버렸다. 필요 없어진 물건 버리듯 그녀의 삶에서 토마스를 내쳐버릴 수는 없었다. 그녀가 그의 한 부분인 것처럼, 그는 그녀의 한 부분이었다. 지금까지 무슨 일이 일어났건, 앞으로 또 무슨 일이 일어나건 상관없이 말이다.

엘라가 리옹에서 돌아왔다. 한 남자의 아기를 가졌는데, 그와 같이 살고 싶지는 않다고 했다. 엘라는 교사 자리를 구했다. 몇 년 동안 어머니에게 거의 아무 소식도 전하지 않았던 그녀인데, 아스트리트가 아이를 돌봐주자 흐뭇해했다. 에밀리는 일주일에 두 번, 오후에 유치원에 갈 때만 할머니 집에 왔다. 콘라트는 자기보다 일곱 살 연상인 여자와 결혼했고, 아이는 낳고 싶어하지 않았다. 그들은 함께 세계여행을 다녔다. 틀림없이 비용이 많이 들었을 것이다. 그는 지금까지 매주 한 번씩 어머니에게 전화를 했다. 세계여행을 떠나기 전에는 어머니와 영상통화를 하기 위해 스카이프 계정을 만들었다. 하지만 몇 차례 영상통화를 해본 아스트리트는 아들에게 다시 일반전화를 이용해달라고 부탁했다. 영상통화를 하다보면 아들이 너무 가까이 있는 것 같았기 때문이다. 엄마, 잘 지내는 거죠? 그가 물었다. 그래, 난 잘 지내, 하고 그녀가 대답했다.

햇수를 계산하지 않았고, 여행에는 일정한 목적지가 없었으며, 체류 장소는 상호 이렇다 할 연관성이 없었다. 토마스는 임시직을 전전하면서도, 일을 하지 않고 쉬거나 계속 떠돌아다니는 동안에 쓸 수 있는 돈은 충분히 마련할 수 있었다. 이탈리아에서는 불법 취업을 했다가 발각되어 출국당했고, 프랑스에서는 별로 상관하고 싶지 않은 사람들에게서 새 증명서를 구입했다. 공한지에 들어선 패션아웃렛에서 건물관리인으로 일했고, 그

다음에는 고속도로 휴게소에서 청소부로도 일했다. 그 지역이 싫증나자 그는 리옹으로 옮겨가 커다란 빵공장에서 빵을 실어나르는 일을 했다. 빵공장에서는 아침에 일찍 일어나야 하는 대신 오후에는 쉴 수 있었다. 한번은 조그만 사고가 있었다. 심각한 사고는 아니었는데, 그가 운전면허증을 소지하지 않은 것을 경찰이 알게 되어 그는 일자리를 잃었다. 한동안은 일을 전혀 하지 않고 술만 계속 마셨다. 그러다보니 갈수록 점점 더 허름한 방으로 거처를 옮겨야 했다. 그러다가 노숙인 식당에서 일을 돕기 시작했고, 나중에는 다시 레스토랑에서 일자리를 얻게 되었다. 일 년간은, 예전에 젊은 교사가 사진으로 보여주었던 아일랜드의 섬에서 살았다. 그는 깎아지른 절벽과 머리가 검은 양들, 끝없는 바다 하며 이섬이 그녀가 이야기한 바로 그 섬이 틀림없다고 생각했다. 이 바다를 보고 있노라면 먼 곳에 대한 동경이 이는가 하면, 동시에 조용히 살기에 안성맞춤이라는 생각도 들었다. 그는 이곳을 한 번도 잊어본 적이 없었다. 다만 그 젊은 선생의 이름이 희미해진 것처럼 섬 이름도 거의 기억나지 않았다. 그곳에서 일자리를 찾지 못한 그는 다시 육지로 나갔다. 처음에는 다시 프랑스로, 다음에는 독일로 갔다. 이따금 그는 자기처럼 세상을 등진 여자들과 정사를 나누었다. 아주 잠깐의 흥분 상태 동안은 아스트리트를 잊는 데 성공했다. 하지만 낯선 여자들을 보내고 나면 다시금 아스트리트가 떠올라 자신의 외도가 창피한 나머지 얼른 그 지역을 떠났다. 그 많은 세월 동안 그는 친하게 지낸 사람도 거의 없었다. 불가피하게 관계를 맺어야 할 사람들과는 그럭저럭 지냈지만, 누구와도 더 가깝게 지낼 필요를 느끼지 못했다. 그가 가장 잘 이해하는 쪽은 아이들이었다. 아이들에게는 그가 하고 싶은 이야기를 들려줄 수 있었다. 그사이 그의 아이들도 많이 성장했을 거라는 생각을 하면 묘한 기분이 들었다. 왠지 성장한 아이들에게는 마음이 가지 않았다. 오히려 반대로 아이들이 그에게서 무언가를 빼앗아간 듯한 기분이 들었다. 아이들을 생각할 때마다 그가 떠나올 당시의 어린 모습만 떠올랐다. 그와 아이들이 함께 보낸 마지막 휴가도 떠올랐다. 그 당시 그는 아이들에게 스스럼없이 다가갈 수 없었고, 아이들도 자연스럽게 그로부터 점점 더 멀어져갔다. 아이들과의 이런 서먹

서먹한 관계를 그는 이미 그 당시에도 여러 차례 느끼고 있었는데, 지금 그때의 기억이 새삼 떠오른 것이다.

몇 년 동안 그는 개를 한 마리 데리고 다녔다. 개도 그처럼 떠돌이였는데, 그를 따라왔기 때문에, 녀석이 여러 가지 번거로운 짓을 해도 그냥 데리고 다녔다. 그런데 녀석이 며칠간 아무것도 먹지 않더니 어느 날 밤 죽고 말았다. 토마스는 어느 시골 길가 숲속에 개를 묻어주었다. 그리스에서 있었던 일이다. 그는 그리스를 넘어 더 먼 곳으로 가지는 않았다. 유럽을 떠날 생각은 없었던 것이다. 유럽 밖의 세계는 그에게 외롭기도 할뿐더러, 집에서 너무 멀다고 생각했다.

그는 그때그때의 기분에 따라 목적지를 정했다. 이따금 그는 남쪽으로 가고, 다음엔 다시 북쪽으로, 가끔은 고향 가까운 곳으로, 그다음엔 다시 고향과 먼 곳으로 갔다. 몇 년간은 스위스의 경계를 벗어나지 않았다. 그것도 뚜렷한 이유가 있어서가 아니라, 그냥 그렇게 하고 싶었다. 사람이 하는 모든 일마다 이유가 있는 것은 아니다.

5월 말이었다. 토마스의 생일이 두 달 전에 지나갔다.

연금 수령이 시작되는 달이었다. 하지만 그의 위조 여권에는 나이가 두 살 적게 기재되어 있었다. 위조 여권을 만들어준 사람이 그에게 생년월일을 물었을 때 그는 아스트리트의 생년월일을 알려줬다. 왜 그랬는지는 그 자신도 알 수 없었다.

그는 겨울 내내 스페인에 가 있었다. 바르셀로나 북쪽 지역에서 별장을 관리했다. 이 별장은 그의 옛 고용주 소유였다. 이 주 전에 그는 시내로 나가 닥치는 대로 장거리 버스에 올라탔는데, 그 버스는 그를 브라이스가우의 프라이부르크로 데려다주었다. 그는 허리가 좋지 않아 무거운 물건을 들면 안 되는데도 어느 도장塗裝 업소에 일자리를 구했다. 스페인에서 몇 달간 일을 하지 않고 보냈기 때문에 돈이 급했고, 다른 일은 그렇게 빨리 구할 수가 없었다.

춥고 비가 오는 날이었다. 토마스는 단독주택의 지붕 전망창 도색 작업을 위해 비계에 올라갔다. 아래쪽에는 그의 동료들이 건물 정면에 애벌칠을 하기 위해 모여 있었다. 토마스는 자동차 한 대가 지나가는 소리를 들었다. 그는 아래를 내려다보려고 몸을 뒤로 돌리기 위해

한 발을 떼어놓다가 그만 페인트 통을 건드리고 말았다. 통에서 페인트가 흘러넘쳐 아스팔트 위로 쏟아져내렸다. 사장이 배달 차에서 내리다 그걸 보고 냅다 고함을 질렀다. 이 멍청아, 조심해야지! 비계의 난간 위로 토마스의 상체가 기울어졌다. 추위와 비, 그의 아래쪽에 있는 잿빛 아스팔트와 푸른 잔디가 이십 년 전 그가 실족했던 석회암지대의 바위틈 언저리로 그를 데려갔다. 돌풍이 빗방울들을 그의 얼굴에 뿌렸다. 까마득하게 내려다보이는 아래쪽에서 아직도 계속 욕을 해대는 사장의 음성이 점점 가늘게 들려왔다. 비가 그치고 구름이 걷히는 듯했다. 그는 빛이 번쩍이는 하늘 속으로 떨어져내리는 느낌이었다.

아스트리트는 주방에서 점심 먹은 그릇들을 설거지했다. 전날 엘라가 에밀리를 데리고 왔었다. 아스트리트는 에밀리의 첫 등교일을 축하해주기 위해 케이크를 구웠다. 남은 케이크를 엘라에게 싸주었는데, 애들이 하도 떠미는 바람에 아주 작은 조각 하나는 남겨두었다. 그녀는 접시에 담긴 케이크를 랩으로 싸서 주방 식탁에 올려놓았다. 싱크대 위의 창문은 열려 있었다. 주위는 조용했는데, 지빠귀 한 마리가 끊임없이 비명을 질러대는 바람에 정오의 정적이 깨졌다. 아스트리트는 채소쓰레기를 거름으로 쓰려고 정원으로 나갔다. 그녀는 자두나무 주위를 어슬렁거리는 고양이를 위협하여 쫓아냈다. 다시 집으로 들어온 그녀는 커피를 마시기 위해 물을 올리고 필터에 커피가루를 넣은 후, 물이 끓으면서 작은 물방울을 만들다가 이어서 큰 물방울을 만드는 광경을 선 채로 지켜보았다. 그녀의 늙은 개 래브라도가 주방으로 터벅터벅 걸어와서 자기의 빈 먹이그릇에 코를 대고 킁킁거렸다. 그녀가 정원 문의 삐걱거리는 소리를 들었나 했는데, 그 순간 개가 머리를 들더니 귀를 쫑긋 세웠다. 그녀는 그가 다시 왔다는 것을 직감했다. 그녀는 그간에 상심했던 일, 고통스러웠던 일은 생각나지 않고, 앞으로 벌어질 일부터 궁금해졌다. 그녀는 급히 거실로 달려갔다. 그녀가 창문을 통해 감지한 것은 사람이라기보다 그녀가 익히 알고 있는 동작, 뻣뻣하면서도 빠르고 단호한 걸음걸이였다. 자갈밭을 걸어오는 발소리가 들리다가 멎었다. 심장이 멈춰 서는 것 같은 느낌이 든 쪽은 아스트리트였다. 그가 다시 발길을 돌려 영원히 사라질 지도 모를 일이었다. 하지만 잠시 망설였을 뿐, 그는 짧게 망설이는 동안 귀향의 순간을 향유하고 있었다. 놀라움이 가득찬 미소로 그는 꽃들이 만발한 정원을 바라보았다. 정원은 많이 달라져 있었다. 그는 커다란 대황大黃 줄기를 보고 놀랐고, 이십 년 전 집을 떠날 때만 해도 작은 묘목에 지나지 않았던 자두나무가 커다랗게 자란 것을 보고 놀랐다. 그는 말오줌나무가 사라지고 자기네 땅을 구분 짓던 철조망 울타리도 철거되어 두 정원이 마치 하나인 듯, 이웃 정원과 경계가 없어진 것도 알아챘다. 옆집에는 다른 사람들이 이사 들어온 것 같았다. 그네와 나무로 에워싼 작은 모래판이 보였고 현관 옆에는 세발 자전거가, 잔디밭에는 공이 놓여 있었다. 정지된 이 순간이 아스트리트에게는 끝없이 길게 느껴졌다. 그녀는 절대 정적 속에서 귀로 피가 몰려드는 소리를 들었다. 다음 순간 다시 발소리가 들렸다. 계단을 오르기가 힘에 겨운지 걸음걸이가 느려졌다. 이제 바깥계단에 다가왔다. 문득 아스트리트는 그간 여러 해가 지나는 동안에도 토마스가 다른 삶을 살지 않았다는 것, 그러니까 그가 새로운 관계를 맺지 않았고, 아이를 낳지 않았으며, 새로운 직업을 구하지 않았고, 교양을 더 쌓지도 더 발전하지도 않았다는 확신이 들었다. 그녀와 마찬가지로 그 또한 이 순간을 기다렸다. 문고리에 손을 갖다대고 그것을 아래로 누르게 될 이 짧은 행복의 순간을, 문이 열리면 환한 정오의 빛을 등지고 나타나는 그의 희미한 실루엣을 그녀가 바라보게 될 이 짧은 행복의 순간을.

옮긴이의 말

1.

　페터 슈탐은 평범한 사람들과 평범한 일상을 치밀하고 절묘하게 형상화하는 작가다. 이 책은 2016년 독일 피셔 출판사에서 출간된 『*Weit über das Land*』를 우리말로 옮긴 것이다. 원제를 자구대로 옮기면 '대지 넘어 먼 곳으로'인데, 좀더 구체적으로 작품의 '인상'을 전달할 수 있는 제목을 고민하다가 작가 페터 슈탐과 협의하여 한국어판 제목을 '가출'로 정하게 되었다. 데뷔작 『아그네스*Agnes*』(1998)에서 평범한 사람들의 사랑과 죽음에 관해 이야기하고 『밤이 낮이다*Nacht ist der Tag*』
(2013)에서는 사고事故와 자기상실을, 그리고 『오늘과
같은 날*An einem Tag wie diesem*』(2006)에서는 병과
무기력에 관해 이야기한 작가가 이 소설 『가출』에서는
작별인사 없는 이별에 관한 이야기를 들려준다.

　이 소설의 주인공 토마스는 직업으로 보나 평소의 개
인 생활로 보나 별다른 야망을 지니지 않은 평범한 시민
이다. 그렇듯 평범한 그가, 갑자기 집을, 자기 부인과 자
식들을 버리고 떠난다. 정신적으로도 육체적으로도 건
강하고, 가족들과 갈등이 있었다거나 가족들에 대해 불
만이 있었던 것도 아닌 사십대 중반의 한 가장이 아무런
말도 없이 집을 떠나 사라지는 것이다.

　때문에 그의 가출에는 이렇다 할 개연성이 보이지 않
는다. 그의 가족은 스페인에서 여름휴가를 "전례없이
화기애애하게" 잘 보내고 돌아온다. 저녁이다. 아이들
은 피곤해서 일찍 잠자리에 든다. 토마스와 아스트리트
부부는 집 앞마당 벤치에 앉아서 와인을 한 잔씩 기울인
다. 그러다 부인은 어린 아들이 우는 소리를 듣고 먼저
집으로 들어가 아들을 달랜 후 집안을 정리하고 잠자리

에 든다. 남편은 잠시 더 앉아 있다가 마침내 일어나서 약간 망설이는 듯하더니 야릇한 미소를 지으며 집을 떠난다. 그는 그렇게 훌쩍 집을 나서서 그 지역을, 자기 가족을 떠난 후 다시는 돌아오지 않는다.

텍스트 어디에도 그의 가출 동기와 이유에 대한 구체적인 설명이나 해명은 없다. 독자는 작품의 첫머리에서 작은, 아주 작은 암시를 받을 뿐이다.

이웃집 땅과 경계를 이루며 우거진 울타리 관목들이 낮 동안에는 거의 눈길을 끌지 않았다. 하지만 해가 지면서 그림자가 길어지면, 초록 일색으로 이어진 울타리는 타넘어가기가 점점 더 어려워지는 담장으로 쑥쑥 자라는 것처럼 보였다. 마침내 정원에서 마지막 빛이 사라지고, 정방형 잔디밭에 온통 어둠이 드리우면 이곳은 더이상 탈출이 불가능한 중세의 지하감옥이 되어버렸다.

우리는 서사적 자아의 이 서술에서 토마스의 심경을 대변하고 그의 일탈을 변론해줄 근거를 찾는 순간 문득 혼란스러워진다. "지하감옥"과 단란한 가정은 모순된 개념쌍이 아닌가. 단란한 가정이 어찌 지하감옥이 될 수 있겠는가. 단란한 가정은 안식처일지언정 탈출해야 할 감옥은 결코 아니다. 그렇다고 이 작품이 베케트의 『고도를 기다리며』나 카뮈의 『이방인』처럼 부조리가 주요 모티브를 이루는 작품도 아니다. 전자는 오지 않는 고도를 끝까지 기다리는 상황설정이 그리고 후자는 '정직한' 청년의 동기 없는 살인과 죄책감 부재라는 상황설정이 부조리하다. 슈탐의 작품도 이유 없는 가출이라는 부조리한 상황설정에서 시작하고는 있지만, 이어지는 에피소드들, 즉 스토리텔링이 뚜렷한 구체성과 일상성을 띰으로써 부조리한 상황이 희석되고 현실성이 부각된다. 그렇다고 이 현실성이 토마스의 가출 이유에 관한 궁금증을 속시원하게 풀어주지는 않는다. 작가는 그 이유를 독자 스스로가 풀어야할 과제로 남겨둔다.

위에서 언급했듯이 이 작품은 도입부에서부터 '모순'이 이야기의 실마리를 제공한다. 모순, 이 모순이야말로 작가에 의해 치밀하게 의도되고 계산된 전략이다. 페터 슈탐은 이 모순의 실타래를 독자가 직접 풀어나가게 유도한다. 이 소설에서 모순은 독자의 긴장을 유발하고 긴장의 끈을 잡아당기는 보이지 않는 손이다. 문학은 모순의 언어라는 말을 정녕 실감케 해주는 소설이다. 릴케의 장미가 "순수한 모순"이라면 슈탐의 모순은 '진정한' 모순이다. 왜냐하면 그의 모순은 풀리는 기미를 보이지 않으며 시종일관 독자를 당황하게 하고 혼란스럽게 만들기 때문이다.

페터 슈탐은 두 상황, 즉 집을 나가 끊임없이 이동하는 토마스의 상황과, 아이들과 함께 집에 머물며 남편이 돌아오기를 기다리는 아스트리트의 상황을 일정 분량씩 계속적으로 교차시켜가며 이야기를 엮어나가는데, 여기서 모순은 주로 토마스의 내적·외적 행위에서 발원한다. 작품의 서사적 자아가 말하듯이 그의 "여행에는 일정한 목적지가 없었으며, 체류 장소는 상호 이렇다 할 연관성이 없었다." 그는 "전에 경험하지 못한 미래와, 걸음을 옮길 때마다 새로운 세계가 열릴 수 있다는 기대에 대한 기쁨" 때문에, 그리고 이동을 "정착보다 더 자연스럽게" 여겼기 때문에 한 곳에 정착하지 않고 계속해서 이동한다. 하지만 "그는 그리스를 넘어 더 먼 곳으로 가지는 않았다. 유럽을 떠날 생각은 없었던 것이다. 유럽 밖의 세계는 그에게 외롭기도 할뿐더러, 집에서 너무 멀다고 생각했다."

　이렇듯 집을 떠나 정처 없이 이동하면서도 토마스는 외로움을 타고, 집 생각과 부인 아스트리트에 대한 생각, 그녀와 함께했던 행복한 시간들을 수시로 떠올린다. 그렇다면 하루속히 집으로 돌아가는 것이 순리일 터인데, 그는 초등학교에 다니던 아이들이 성장해서 직업을 갖고 결혼하기까지 이십여 년에 걸친 세월을 그렇게 떠돌아다닌다. 줄거리 진행과 결말은 다르지만, 한 가정의 평범한 가장이 이와 같이 뚜렷한 이유 없이 홀연히 가정을 떠난다는 상황설정은 박범신의 『소금』과 많은 점에서 유사하다. 『소금』에서는 주인공이 끝내 집으로 돌아오지 않지만, 이 작품에서는 이십 년이 흘러 아이들이 성장한 어느 날 주인공 토마스가 집으로 돌아오는 장면이 서술된다. 여주인공 아스트리트는 온갖 유혹과 협박을 물리치며 이십 년간 남편을 기다린 페넬로페를 떠올리게 하는 반면, 토마스는 루카복음서의 '돌아온 탕아'를 연상시킨다. 이런 그의 행위가 풀리지 않는 모순으로 작용하며 계속 독자의 정서를 흔들어놓는다. '돌아가시오! 당신은 당신을 사랑하는 사람들에게 엄청난 고통을 주고 있소.'—독자가 내심 그를 향해 이렇게 외치면서도 그의 일탈 행위에서 끝내 눈을 떼지 못하는 이유는, 그와 더불어 항상 새로운 미지의 세계가 파노라마처럼 생생하게 펼쳐질 뿐 아니라, 그의 미세한 몸짓과 보이지 않는 제반 행동, 즉 그의 내면이 속속들이 드러나 보이기 때문이다. 토마스를 따라가다보면 우리는 문득문득 그와 같은 방랑자 내지 자유인이 되고 싶은 유혹을 느끼기도 하고, 나아가 토마스의 내심에서 지금까지 숨기고 싶었던 또다른 나의 자화상을 들여다보기도 한다. 작가가 이렇듯 독자를 그와 한통속으로 엮어가는 동안 독자는 어느덧 모순의 모순성을 잊게 된다.

그 밖에도 동기 없는 가출, 이 모순을 어설프게나마 해명해주는 작은 계기는 또 있다. "사람이 하는 모든 일마다 이유가 있는 것은 아니다." 작품의 종반부에 서술되는 토마스의 서술관점과 아스트리트의 서술관점에서 각기 두 사람의 심경(내적 독백)을 대변해주는 서사적 자아의 이 말은 토씨 하나 다르지 않다. 물론 이 말이 나오게 되는 동기와 상황은 다르다. 아스트리트가 토마스와 첫날밤을 함께하게 된 상황은 아스트리트의 관점에서 서술된다.

나, 당신 좋아했어. 하지만 반하지는 않았어. 그리고 당신이 나에게 반했다는 것도 전혀 눈치채지 못했어. 그렇다면 그녀는 왜 그를 자기 방에 들였을까?* 사람이 하는 모든 일마다 이유가 있는 것은 아니다. 큰 결심에서 나온 행동이라기보다 무목적적인 일련의 작은 결정들, 어쩌면 단순한 부주의, 혹은 상대방의 요구에 응해주자는 것이었는지도 모른다.

그런가 하면 토마스가 행선지를 정하지 않고 떠도는 상황은 토마스의 관점에서 서술된다.

---

* 앞의 세 문장은 일종의 내적 독백이지만 마지막 네번째 문장은 일인칭(나)이 아닌 삼인칭(그녀)으로 시작되는 이른바 경험언어Erlebte Rede다. 여기서 화법의 경계가 허물어지고 있음을 목격하게 된다. (경험언어란 서사적 자아, 즉 작가가 등장인물의 내적 독백을 대신해주는 화법으로, 대체로 의문문과 감탄문의 형식을 띠며, 독일문학에서는 특히 카프카의 작품에서 많이 보이는 화법이다.)

266

그는 그때그때의 기분에 따라 목적지를 정했다. 이따금 그는 남쪽으로 가고, 다음엔 다시 북쪽으로, 가끔은 고향 가까운 곳으로, 그다음엔 다시 고향과 먼 곳으로 갔다. 몇 년간은 스위스의 경계를 벗어나지 않았다. 그것도 뚜렷한 이유가 있어서가 아니라, 그냥 그렇게 하고 싶었다. 사람이 하는 모든 일마다 이유가 있는 것은 아니다.

여기서 우리는 두 사람의 심경을 동일한 언술로 대변하는 서사적 자아, 즉 작가의 속내를 어렴풋이나마 들여다볼 수 있다. 삶의 진로進路는 그 어떤 "큰 결단"에 의해서만 이루어지는 것이 아니라 "무목적적인 일련의 작은 결정들", 즉 우연에 의해서도 정해진다는 것이다. 그러니까 토마스가 이유 없이 집을 나온 것이나, 목적지를 정하지 않고 발길 닿는 대로 걸음을 옮기는 것 그리고 아스트리트가 토마스와 인륜지대사인 백년해로의 첫걸음을 내딛게 된 것, 이 모든 일이 필연이 아닌 우연의 소산이라는 점을 작가는 독자에게 암묵적으로 전하고 있는 것이다. 같은 맥락에서 서사적 자아는 아스트리트의 심경을 "아주 조그만 결정이, 아주 조그만 우연이 현실을 두 갈래, 네 갈래, 여덟 갈래, 열여섯 갈래로, 아니 무수한 세상으로 갈라놓는다"고 역설한다. 인생사는 우연과 필연의 연속이다. 때로는 내 의지와 상관없이 우연이 우리의 삶의 방향을 결정적으로 틀어놓기도 한다. 때문에 아스트리트의 심경을 대변하는 다음의 말은 우리의 공감을 불러일으킨다.

모든 사실이 밝혀졌다. 모든 증거가 눈앞에 제시되었다. 하지만 그런 것들이 뭘 의미하는가? 작은 계기 하나면 충분했을지도 모른다. 그러면 상황이 전부 달라졌을지도 모른다. 휴가의 마지막날, 아스트리트 대신 토마스가 콘라트를 달래주러 갔었다면, 그녀가 은행 거래명세서를 좀더 일찍 살펴보았더라면, 수색견이 조금만 더 버텨주었더라면, 그리고 토마스가 발을 잘못 디디지 않았더라면, 비틀거리다 떨어지지만 않았다면 말이다.

우리 역시 원치 않던 일, 불행한 일을 당했을 때—잠시나마—이와 유사한 생각을 했던 기억이 있을 것이다.

모순 이외에도 이 작품에는 긴장을 유발하는 요소가 한 가지 더 있다. 토마스와 아스트리트의 관계가 그것이다. 토마스는 움직임(이동)을 그리고 아트스리트는 머무름(정지)을 표현하는 알레고리다. 이렇게 두 사람의 모습은 서로 상반된 실루엣으로 드러난다. 프롤로그와 에필로그에 해당하는 맨 첫 장면과 맨 마지막 장면을 제외하면, 본 작품은 두 사람의 행적을 번갈아가며 추적하는 서른 개의 장면으로 구성되어 있다. 작가는 이 상이한 세계, 즉 이동과 정지의 세계를 번갈아 보여주면서, 이동 뒤의 정지는 어떤 양상으로 또 그 역은 어떤 양상으로 전개될 것인가에 대해 매번 궁금증(긴장감)을 자아내게 한다. 독자로 하여금 거리를 두면서도 토마스의 행적을 미시적인 눈으로 들여다보게 하다가, 이어지는 아스트리트의 장면에서는 그녀의 행동에 감정이입이 되도록, 즉 그녀의 행동에 적극 공감하도록 만드는 작가의 전략은 가히 일품이다. 독자는 냉탕(토마스의 무모하고 몰인정한 행동에 대한 거부감)과 온탕(아스트리트에 대

한 연민의 정)을 넘나들며 부지불식간에 작가의 용의주
도한 전략에 말려든다.

2.

 헤겔은 『논리학』에서 "내용과 형식은 절대적 관계를
형성하고 있는바, (…) 내용이란 형식을 뒤집어놓은 것
이며, 형식이란 내용을 뒤집어놓은 것에 지나지 않는다"
고 말한다. 다시 말해 내용과 형식은 실과 바늘처럼 불가
분의 관계를 맺고 있는 것이다. 독일 리얼리즘의 두 거장
게오르크 뷔히너와 베르톨트 브레히트는 그들의 작품에
서 헤겔의 이 언명을 명실상부하게 형상화하고 있다. 뷔
히너는 일찍이 총체성이 와해된 사회상(=내용)을 형상
화함에 있어 그에 걸맞는 토막언어와 개방형식(=형식)
을 도입하고, 브레히트는 사건과 인물들을—불변의 영
웅이 아닌—역사적 존재, 즉 일시적 존재(=내용)로 표
현하기 위해 생소화*(=형식) 기법을 도입함으로써 현
대문학에 기여한 바가 크다.

페터 슈탐의 이번 작품 『가출』은 형식면에서뿐 아니라 내용면에서도 기존 소설문법의 범주를 많이 벗어난 작품이다. 이 소설은 서술문과 인용문간의 파격적인 경계 허물기를 비롯해서—연대기적 서술을 깡그리 도외시한—시간의 파격적인 전도 등과 같이 형식상에서 기존의 문법을 벗어나 있는가 하면, 현실과 상상(생각)의 경계 허물기, 우연과 필연의 경계 허물기, 서사적 자아와 작중인물의 경계 허물기 그리고 작품의 두 라이트모티브Leitmotiv, 즉 부조리와 모순의 해법 일체를 전적으로 독자에게 위임하는 등, 내용면에서도 기존 소설문법을 한참 벗어나 있다. (이런 현상은 작품의 원제에서부터 그 함의가 감지된다. '대지 넘어 먼 곳으로'라는 말의 시니피앙은 '주인공 토마스가 집을 떠나 유럽 전역을 떠돌아다닌다'로 들리지만, 여기서 '대지'를 기존 소설문법에 대한 은유로 파악할 경우, 이 말 속에 담긴 시니피

---

* 브레히트는 생소화(Verfremdungseffekt)를 다음과 같이 설명한다. "어떤 사건을 생소화한다는 것은 (…) 그 사건이나 성격으로부터 자명한 것, 알려진 것, 명백한 것을 제거하고 그에 관해 놀라움과 호기심을 불러일으킴을 뜻한다." 여기서 "놀라움"과 "호기심"은 '의문'이란 단어로 치환될 수 있다.

에는 슈탐의 이 소설이 '기존의 소설문법을 멀리 벗어난다'는 의미로 해석될 수 있을 것이다.)

페터 슈탐의 언어는 카프카의 언어처럼 냉철하고 간명하면서도, 섬세하고 내밀하다. 그의 작품에서는 작중 인물의 심리묘사를 찾아볼 수 없다. (주인공 토마스가 어떤 심리상태에서 집을 나갔는지에 관해 작가는 끝내 아무런 언질을 주지 않는다.) 그가 유머와 아이러니 기법 등 비유를 멀리하는 이유도 심리묘사를 기피하기 위해서다. 그는 2014년 밤베르크에서 행한 문학강연에서 "아이러니 기법을 피하라. 아이러니 기법을 사용하지 않아야 감정표현을 억제할 수 있다"라고 역설한 바 있다. 유머와 아이러니 기법 대신에 그는 풍경과 사람, 그리고 사건 진행과정 등을 장식 없는 간결한 문장으로 상세하게 기술한다. 이렇듯 간결한 문장과 절제된 암시 그리고 심리묘사의 기피 등과 같은 페터 슈탐 특유의 작법이—인물묘사에 관한 한—시 작품 못지않게 독자에게 많은 여백을 제공해줌으로써 독자에게 상상과 사유의 공간을 넓혀준다.

시간의 파격적인 전도顚倒는 본 소설의 도입부에서부터 드러난다. 도입부에서 작가는 아스트리트가 집안으로 들어간 후 토마스가 혼자 남아 생각에 잠긴다고 서술하다가 아무런 설명 없이 돌연 독자를 그전 시간, 즉 그들이 여행에서 막 도착하던 시간으로 옮겨놓는다. 그러다가 작가는 다시금 독자를 원래의 시간으로 끌고 가는가 하면, 이어서 독자에게 숨 돌릴 틈도 주지 않고 토마스의 상상의 이미지 속으로 밀어넣는다. 거기서 끝이 아니다. 곧이어 작가는 난데없이 토마스의 일상적인 출근 장면을 펼쳐놓는다. 이렇게 독자를 이리저리 한참 몰고 다니다가 비로소 작가는 토마스가 집을 떠나는 장면으로 안내한다. 아스트리트가 집으로 들어간 후 토마스가 집을 떠나기까지의 얼마 안 되는 시간 속에서 작가의 타임머신은 '현재'와 과거, 토마스의 상상세계 그리고 다시 현재라는 시공을 자유롭게 넘나드는 것이다. (여기서 '현재'는 소설의 과거적 현재를 의미한다.)

이렇게 짧은 서술시간 동안 독자는 작가가 휘두르는 펜대에 이리저리 마구 휘둘리며 잠시 정신이 혼란해진다. (시간의 이러한 전도는 도입부에서 그치지 않고 작품 전반에 걸쳐―그 속도가 조금 완만해지기는 하지만―종횡무진으로 이루어진다.)

그런가 하면 작가는 화법 또한 파격적으로 전도시킨다. 상상의 세계를 간접화법이나 가정법이 아닌 직접화법(직설법)으로 처리하고 있는 것이다.

그녀는 그가 인적이 끊어진 지역을 돌아다니는 것을 보았다. 비가 오면 처마밑에 들어가거나 주유소 또는 교회에 들어가 비를 피했다. 그는 구멍가게에 들어가 먹을 것을 사고, 목로주점에서는 다른 손님들에게서 멀리 떨어져 앉았다. 밤이면 싸구려 민박집이나 헛간에서 잠을 잤다. 돈이 필요하면 임시직으로 일했고, 추수기에는 어느 농부를 도왔으며, 양계장에서도 일을 했고, 식당 주방에서 설거지를 했다. 그렇게 몇 주가 지나면 그는 또다시 떠났다. 그는 늘 걸어다녔으며, 날씨가 아무리 나빠도 그는 상관하지 않았다.

위의 텍스트는 아스트리트가 토마스의 행적을 상상

으로 추적해보는 장면이다. "그녀는 그가 인적이 끊어진 지역을 돌아다니는 것을 보았다." (이 문장에서 "보았다"라는 과거시제부터가 기존의 문법에 어긋난다. 왜냐하면 '보았다'는 말은 어떤 대상을 직접 목격했을 때만 사용하는 단어이지 상상의 경우에는 사용하지 않기 때문이다.) 서사적 자아가 이와 같이 분명하게 밝히듯이 이어지는 글은 아스트리트가 상상한 이미지인데, 그녀의 이런 상상 이미지들 대부분이 직설법 과거로 서술되고 있다. 그러니까 상상이 실제 일어난 사건처럼 기술되고 있는 것이다. 독자를 아연하게 하고 혼란스럽게 하는 것은 이뿐이 아니다. 작가는 이와 같은 상상을 상상인 동시에 실제의 사건기록으로 대치시키기까지 한다. 다시 말해 작가는 아스트리트의 상상을 통해 토마스의 실제 행적을 기술하고 있는 것이다. 작가는 이와 같이 독자를 '희롱'하며 임의로 상상과 현실의 경계를 허물고 있다.

가출한 지 이십 년 만에 토마스가 집으로 돌아오는 마지막 장면은 독자를 무척 당혹스럽게 만든다. 죽은 줄만 알고 장례식을 치르고 무덤까지 만들어놨는데, 난데없이 그가 돌아온 것이다. 황당하기 이를 데 없는 이 상황을 어떻게 받아들일 것인가. 통속소설이나 동화에서 흔히 볼 수 있는 해피엔딩? 하지만 독자는 그를 맞이하는 아스트리트의 태도에서 우선 귀향의 개연성을 찾게 된다. 그녀는 남편이 돌아올 줄 알고 기다렸다는 듯이 반갑게 그를 맞이한다. "그녀는 그가 다시 왔다는 것을 직감했다"라고 서사적 자아는 그녀의 심경을 대변한다. 그러고 보면 우리는 아스트리트가 토마스의 귀향을 예감하는 장면을 앞에서도 여러 차례 목격했다. "그녀는 그가 죽지 않았다고 확신했다." "토마스가 사라졌다는 데에는 의심의 여지가 없었지만, 그는 죽지 않았다." 아스트리트의 생각(상상)을 현실로 치환하는 이 장면, 서사적 자아가 상상과 현실의 경계를 허물어 양자의 구분을 모호하게 만드는 이 장면에서 우리는 토마스가 살아있으며, 언젠가는 집으로 돌아갈 것이라는 생각을 기억의 어디쯤에 가매장해놓았던 것이다.

가정이라는 안락한 울타리를 갑자기 "중세의 지하감옥"처럼 느끼고 맹목적으로 훌쩍 집을 나서는 인물, 그러고도 한 곳에 정착하지 못하고 항상 이동하는 삶에서 참된 삶의 의미를 찾는 인물, 이 인물의 행적과 마음을 훤히 내다보고 들여다보는 뛰어난 형안炯眼을 지닌 그의 부인, 그리고 이 부인의 상상 이미지를 그대로 사실기술로 옮겨놓는 작가, 이 작가가 궁극적으로 추구하는 것은 무엇일까? 현실과 상상의 경계 허물기, 시간의 경계 허물기, 우연과 필연의 경계 허물기, 서사적 자아와 작중 인물의 경계 허물기, 서술문과 인용문 간의 경계 허물기 등등—이러한 경계 허물기를 통해 작가가 궁극적으로 지향하는 것은 무엇일까? 해방? 자유? 질서의 세계로부터의 탈출? 토마스는 알프스 산자락의 어느 시골마을을 바라보며 다음과 같은 상념에 젖는다.

토마스는 뒤를 돌아봤다. 아래쪽으로 조그만 마을이 완벽한 질서를 이루고 있었다. 이 질서를 유지하기 위해 얼마나 힘을 쏟아야 했을까. 매일 아침 일찍 일어나 똑같은 일을 반복해야 했을 것이다. 소젖을 짜고, 외양간을 청소하고, 목초지에 거름을 주고, 풀을 깎고, 건초를 걷어들이는 일을. 지난 수세기에 걸쳐 이뤄진 기계화 덕분에 한결 쉬워지기는 했겠지만, 그가 생각하는 일이란, 체력의 문제가 아니라 일체의 정확성에 대한 신뢰의 문제였다. 그 역시 이러한 무언의 합의에 일조하면서 자신이 예기豫期했던 대로 기능을 해왔다.

토마스는 질서정연한 마을을 바라보며 지금까지 질서에 순응해온 자신을 돌이켜본다. 그러면 그의 가출은 이 질서("일체의 정확성")라는 '질곡'으로부터의 해방을 구현하는 행위였을까? 이 모든 질문에 대한 대답을 작가는 독자의 몫으로 남겨둔다.

임호일

지은이 페터 슈탐

1963년 스위스 투르가우주 쉐르칭엔에서 태어나 바인펠덴에서 자랐다. 방송작가와 저널리스트로 활동하며 창작에 전념, 1998년 장편 『아그네스』로 데뷔했다. 현재까지 7권의 장편소설과 5권의 단편집, 5권의 희곡집을 펴냈다. '스위스 문단의 독보적인 스타일리스트'로 평가받으며, '2018 스위스 도서상' 외 다수의 상을 받았다.

옮긴이 임호일

고려대학교 독어독문학과와 동 대학원을 졸업하고 독일 뮌헨대학을 거쳐 오스트리아 그라츠대학교에서 독문학 박사학위를 받았다. 동국대학교 문과대학장, 도서관장, 한국독어독문학회 부회장, 한국뷔히너학회 회장을 역임했으며 현재 동국대학교 명예교수다. 옮긴 책으로 『진리와 방법』(공역) 『한스-게오르크 가다머』 『희곡과 연극 그리고 관객』 『실천문학이론』 『뷔히너문학 전집』 『이 세상 풍경』 외 다수가 있다.

문학동네 세계문학

가출

초판 인쇄 2018년 11월 22일 | 초판 발행 2018년 11월 30일

지은이 페터 슈탐 | 옮긴이 임호일 | 펴낸이 염현숙

책임편집 이현정 | 편집 오동규
디자인 엄자영 이원경 | 저작권 한문숙 김지영
마케팅 정민호 정진아 함유지 김혜연 박지영 김수현 | 홍보 김희숙 김상만 이천희
제작 강신은 김동욱 임현식 | 제작처 영신사

펴낸곳 (주)문학동네
출판등록 1993년 10월 22일 제406-2003-000045호
주소 10881 경기도 파주시 회동길 210
전자우편 editor@munhak.com | 대표전화 031) 955-8888 | 팩스 031) 955-88
문의전화 031) 955-3576(마케팅) 031) 955-2652(편집)
문학동네카페 http://cafe.naver.com/mhdn | 트위터 @munhakdongne
북클럽문학동네 http://bookclubmunhak.com

ISBN 978-89-546-5369-5 03850

www.munhak.com